벗을 보내다 送友人

푸른 산은 북쪽 마을에 가로누워 있고
흰 물살은 동쪽 성을 감아 흐른다
여기서 한 번 이별하면
외로운 다북쑥처럼 만 리를 떠돌 테지
떠가는 저 구름은 나그네 마음
지는 이 해는 오랜 벗의 정
손을 흔들며 이제 떠나가니
쓸쓸하다 외로운 말의 울음소리여

青山橫北郭, 白水遠東城
此地一爲別, 孤蓬萬里征
浮雲遊子意, 落日故人情
揮手白茲去, 蕭蕭班馬鳴

풍룡강호
風龍江湖

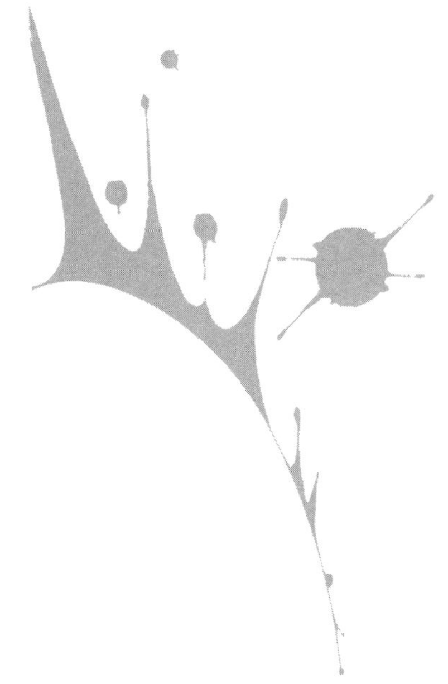

풍룡강호 3

써드 新무협 판타지 소설

초판 1쇄 찍은 날 § 2005년 6월 29일
초판 1쇄 펴낸 날 § 2005년 7월 9일

지은이 § 써드
펴낸이 § 서경석

편집장 § 문혜영
편집책임 § 유경화
편집 § 장상수 · 이재권

펴낸곳 § 도서출판 청어람
등록번호 § 제1081-1-89호
등록일자 § 1999. 5. 31
어람번호 § 제2-0635호

주소 § 경기도 부천시 원미구 심곡1동 350-1 남성B/D 3F (우) 420-011
전화 § 032-656-4452 팩스 § 032-656-4453
http://www.chungeoram.com
E-mail § eoram99@chollian.net

ⓒ 써드, 2005

ISBN 89-5831-502-4 04810
ISBN 89-5831-499-0 (세트)

風龍江湖

풍류강호

Fantastic Oriental Heroes

써드 新무협 판타지 소설

3

풍류룡 · 숨죽이다

도서출판
청어람

【목차】

第二十二章

거인들의 등장

단운평의 외침에 양전의 표정은 차갑게 굳어졌다.

"나를 어떻게 알아봤는지 궁금하군."

흑살개 양전은 이제껏 무림에서 생활하면서 자신보다 어린 자가 자신에게 이처럼 건방지게 말하는 경우를 적지 않게 겪었다. 개방도이다 보니 외견만으로 자신을 평가하고 건방지게 구는 이들이 많았었다. 하나 그것은 자신이 누구인지 상대가 몰랐을 경우였고 자신의 정체를 안 후에 저리 건방지게 말하는 이는 아무도 없었다.

'곽 보주님의 집무실 한쪽 구석에 걸려 있던 초상화가 당신 것임을 알게 된 건 한참의 시간이 흐른 후였소.'

단운평은 양전의 얼굴을 바라보다가 고개를 저었다. 초상화 속의 모습보다 수십 년은 더 늙은 얼굴. 물론 초상화 속의 모습은 지금보다 젊었을 때의 모습이었지만 그것을 감안한다손 치더라도 지금의 모습은 굉장히 나이가 들어 보였다.

"곽 보주님은 당신을 용서했소. 하지만 나는 당신을 인정할 수 없소."

단운평의 말에 양전의 표정이 또다시 변했다. 양전은 개방으로부터 단운평이 황룡보에 있었다는 정보를 들었다. 하지만 그의 위치나 역할이 어느 정도였는지는 알지 못했기에 곽마효와 자신의 관계를 알고 있으리라고 생각하지 못했던 양전에게 단운평의 말은 충격이었다.

"마효는 잘 있는가?"

양전의 표정은 조금씩 안정을 되찾고 있었다.

"건강하시오. 하지만 당신이 외로운 만큼이나 곽 보주님도 외로운 것처럼 보였소."

단운평의 말에 양전은 눈시울이 뜨거워졌다. 자신이 개방의 명으로 황룡보를 저버린 후 자신에게 진심으로 다가오는 이는 아무도 없었다. 명에 의한 것이라고는 하나 친우를 저버린 이를 진심으로 대하는 이가 있을 리가 없었다. 아니, 그전에도 그런 사람은 죽은 사부 외에는 곽마효뿐이었다.

"하지만 나는 그때로 되돌아간다 할지라도 같은 선택을 할 걸세."

양전의 말에 단운평과 관평위는 한 걸음 그에게 다가섰다. 양전의 말 때문이 아니라 그의 몸에서 풍겨 나오는 위험한 기운을 감지했기 때문이다.

"알고 있소."

단운평은 간단히 대답하고는 관평위에게 손을 들어 주변을 가리켰다.

사삭.

단운평의 손짓이 덤불 쪽을 향하자 묘한 소리가 들려왔다. 양전이 모습을 드러내기 전부터 덤불 쪽에 누군가가 있다는 것은 관평위 역시 알아차리고 있었기에 놀라지는 않았지만 기척을 숨기지도 못하는 존재라고 생각했던 것에 비해 하나둘씩 모습을 드러내는 그들의 몸놀림이 너무나 가벼웠기에 미간이 찌푸려지는 건 어쩔 수가 없었다.

"제법 수가 되는군. 설마 저들 모두를 나 혼자 상대하라는 건 아니겠지?"

관평위의 말에 단운평은 고개를 저었다.

"나는 흑살개를 맡을 거네."

단운평의 말에 양전은 얼굴이 찌푸려졌다. 덤불에서 나서는 이들은 모두 양전이 가르친 천단의 무인들. 그들을 가볍게 여기는 것은 자신의 지도 능력을 얕보는 것과 마찬가지인 것이다.

"우습게 보다니……."

양전의 말에 관평위의 눈빛이 변했다.

'내 쪽에서 할 말이오.'

조금 버겁다는 듯 말했지만 저 정도 수의 천단의 젊은 무사들 정도야 충분히 상대할 자신이 있던 관평위였다.

"그럼 나 먼저……."

단운평은 짧은 말과 함께 몸을 움직였다.

타닥.

가볍게 땅을 박차고 앞으로 달려가는 단운평의 모습에 관평위는 감탄하지 않을 수 없었다. 단운평이 어느 정도 회복을 했다지만 여전히 몸 상태가 좋지 않은 것이 분명하건만 지금의 움직임은 조금도 그런 생각이 들지 않게 했다. 더군다나 그가 내공의 사용을 최대한 자제하고 있다는 것을 알고 있기 때문에 관평위의 놀람은 더했다.

"헛!"

단운평의 움직임을 접한 모두와 같은 반응을 보이는 양전. 양전은 단운평의 움직임에 놀라며 뒤로 물러섰다.

'아직… 아직인가?'

양전이 피할 여유를 줄 정도로 자신의 움직임이 빠르지 않다는 것에 단운평의 눈빛이 흔들렸다. 하지만 그것은 일순간의 일. 묵뢰를 쥔 손에 힘을 주고 우측에서 좌측으로 도를 휘둘렀다.

붕―

묵뢰가 내는 소리에 양전은 급히 앞으로 몸을 숙이며 단운평의 품 안으로 달려들면서 손을 뻗었다.

'위험하다.'

단운평은 급히 묵뢰를 놓고 몸을 뒤로 눕히며 왼쪽 무릎을 쳐올려 양전의 공격을 피했다.

"저… 저런!"

관평위는 단운평이 위기를 모면하는 모습에 경악을 금치 못했다. 그가 피해낸 것이 놀라운 일이 아니라 양전의 접근을 허용한 사실이 놀라운 것이었다. 단운평은 위력적인 도법으로도 유명하지만 그 이상으로 뛰어난 움직임에 강호의 고수들이 단운평을 높이 평가하고 있건만… 그 순간 들려온 소리에 관평위의 표정은 차갑게 변했다.

"역시 소문은 과장된 것 같군."

"과장된 것이 아니라 양 교두님께서 강하신 것이지."

"어쨌든 저런 자들이 강호를 어지럽히는 것을 우리 천단이 바로잡아야 할 거야."

차르륵.

세류편 특유의 소리. 품에서 세류편을 꺼내 땅으로 늘어뜨린 관평위는 주변의 무인들을 훑어보았다.

"애송이들이 뭘 안다고 떠드는 거지?"

관평위는 부드럽게 손목을 움직여 가장 가까이에 있던 젊은 무사의 목을 순식간에 감아 당겼다.

"컥!"

퍽!

순식간에 관평위의 앞으로 끌려 나온 사내는 관평위의 발길질에 코를 감싸며 쓰러졌다. 코에서 흐르는 피와 함께 관평위를 향해 천단의 무사들이 달려들었다.

"어디가 좋지 않은 모양이구만."

양전의 말에 단운평은 쓴웃음을 지었다. 순간적으로 눈앞이 흐릿해져서 양전의 모습을 놓쳤던 것이다. 아무래도 무리하여 움직인 모양이었다.

"걱정할 여유가 있는 모양이오만. 취걸개도 그리 여유를 두진 않았소."

단운평의 입에서 취걸개의 이름이 나오자 양전은 깜짝 놀랐다. 무림맹에서 취걸개와의 겨룸은 강호에 알려지지 않은 일이다. 일종의 차륜전 비슷한 겨룸을 하고서도 정점에 서 있는 무인들이 이득을 보지 못했다는 것이 알려졌다간 구파의 문도들이 사기를 잃을지도 모를 일이고, 패배나 다름없는 승부의 결과에 대해서 무림맹의 장로들이 일부러

떠들고 다닐 필요도 없었기 때문이다. 더구나 곧 천앙이나 사파와 결전을 치러야 하는 무림맹의 입장에서 그러한 사실은 최대한 숨기는 것이 좋았다.

"사숙과 겨뤘단 말이냐?"

날카로운 목소리와 함께 양전은 단운평을 향해 달려들며 손을 휘둘렀다. 조금 전과는 전혀 다른 매서운 눈빛이다. 양전이 곽마효를 배반했던 것은 개방의 말이라기보다는 취걸개의 명을 따랐다고 하는 것이 옳았다. 그는 양전에게 있어 하나의 꿈이자 목표이며 그가 개방에 남아 있는 단 하나의 이유이기도 했다. 자신의 사부가 죽은 이후 유일한 끈이었다. 그런 그에게 도를 겨눴단 말을 들었으니 양전의 눈에 불이 튀지 않을 수 없었다.

'이런……!'

단운평은 양전의 주먹이 수십 개로 나뉘면서 가슴의 사혈들을 노리자 왼발로 바닥을 힘차게 박차곤 앞으로 한 걸음 나설 수밖에 없었다.

'뭐… 뭐냐?'

손을 멈추지는 않았지만 양전으로선 당황할 수밖에 없었다. 자신이 분노했다고는 하나 머리 속은 냉정을 유지하고 있었다. 지금의 공격으로 단운평을 상처 입히리라고는 생각지 않았다. 지금 사용하는 무공은 시간이 지날수록 많은 환영을 만들어내는 무공. 때문에 단운평이 뒤로 물러설수록 위력이 강해질 것을 기대했건만 오히려 앞으로 달려드는 바람에 위력이 사라지고 있지 않은가.

"하앗!"

파바박.

단운평은 기합성과 함께 몸을 비스듬히 틀면서 양전의 주먹을 자신의 왼쪽 어깨로 받았다.

"큭!"

두 사람이 부딪치는 순간 터져 나오는 비명성에 주변 모두의 시선이 그들에게로 향했다.

뚜둑.

단운평의 머리칼 사이로 떨어져 내리는 핏방울. 관평위가 놀라 몸을 움직이려 하자 단운평은 손을 들어 그의 움직임을 제재했다. 그리고 놓았던 묵뢰를 들고선 가만히 양전을 바라보다가 땅을 박차고 앞으로 나갔다.

방금 전보다 더 강한 진각과 함께 단운평이 움직이자 두 팔을 늘어뜨리고 있던 양전은 속으로 비명이라도 지르고 싶었다. 단운평의 어깨를 후려갈기면서 그에게 적지 않은 충격을 줬지만 동시에 자신의 한쪽 손목이 부러져 있었기에 잠시간의 시간이 필요했던 것이다.

"덤벼라!"

속마음과는 다르게 양전은 호기롭게 외쳤다. 한쪽 손목이 부러졌더라도 자신에게는 나머지 한 손과 두 다리가 남아 있다. 개방의 무공은 손목 한쪽이 부러졌다고 해서 펼칠 수 없는 것이 아니다.

쇄액!

분명 소리가 나지 않았지만 양전은 눈으로 소리를 들을 수가 있었다. 양전은 급히 뒤로 물러섰다.

"큭!"

허벅지를 가볍게 베인 양전. 하나 상처는 말 그대로 스친 수준. 아릿한 느낌은 있어도 큰 고통은 없었다.

'빨라졌다.'

이번 공격은 파고들 여유는커녕 제대로 피할 수도 없었다. 어느 쪽이 진짜 실력인지는 생각해 볼 필요조차 없었다.

스르륵.

콧등으로 흘러내리는 머리칼. 양전의 얼굴이 굳어졌다. 허벅지 공격을 피하려 움직인 덕에 생명을 구하다니.

'역시나 안 되는 것인가.'

굳은 표정의 양전이 마음을 정하고 앞으로 달려갔다. 심각한 표정과 함께 달려드는 양전의 태도에 단운평은 묵뢰를 쳐들고 다시금 앞으로 달려갔다. 방금 전보다 조금 더 빠른 움직임. 몸을 움직이게 되면서 피의 흐름이 빨라지며 회복 또한 빨라지고 있는 것이다.

"핫!"

단운평은 기합성과 함께 내려치던 묵뢰를 옆으로 움직이면서 발을 분주히 움직였다.

쾅!

거센 기의 흐름과 함께 묵뢰는 바닥을 내려쳤다. 그와 동시에 단운평의 몸이 돌려지면서 양전을 향해 달려갔다. 멍하니 서 있는 양전.

"큭!"

양전의 배를 파고드는 단운평의 주먹에 양전은 배를 잡고 털썩 주저앉았다. 그리고 이어지는 단운평의 발길질.

파바박!

단운평의 발이 양전의 온몸을 쉴 새 없이 두들겼다.

"잠시 멈추는 게 좋겠군."

쓰러진 다섯 명의 무사들을 내려다보며 말을 하는 관평위였으나 남은 무사들은 이미 멍하니 서 있었다. 단운평의 양전에 대한 일방적인 공격. 아니, 몰매라고 표현하는 게 어울리는 모습. 그리고 그것에 조금의 반항도 하지 못하고 있는 양전. 천단의 무사들은 자신이 보고 있는 것을 이해할 수가 없었다.

'왜?'

관평위 역시 어리둥절한 건 마찬가지였다. 단운평의 각법은 상상 이상의 위력을 지녔다. 비록 몸이 완전하지 않다고는 하나 저리 공격을 한다면 피떡이 되어도 시원찮을 상황이건만 양전은 아직 멀쩡히 살아 있다. 아니, 멀쩡하지는 않았지만…….

"이… 이 녀석! 무슨 짓이냐!"

관평위가 단운평에게 다가가는 순간 관평위를 공격하던 무사들 중 한 명이 소리를 지르고는 관평위 옆을 지나쳐 단운평에게로 달려갔다. 관평위는 순간적으로 사내를 공격하려 했으나 반대편으로 공격해 들어오는 두 명의 무사들 때문에 자신을 스쳐 가는 사내로부터 비켜날 수밖에 없었다.

"멈춰라!"

관평위를 스쳐 지나 단운평에게 다가온 사내의 외침에 단운평은 발길질을 멈추고 사내를 돌아봤다.

"누구냐? 누구길래 내게 명하는 것이냐!"

생각지 못했던 양전의 태도에 화가 나 있던 단운평은 사내를 노려보았다. 서슬 퍼런 단운평의 목소리와 살기등등한 눈빛. 순간 움찔했던 사내는 차가운 목소리로 대답했다.

"나는 개방의 방추라고 한다!"

무영개 방추. 차기 개방주로 내정되어 있는 신진무인이었다.

"그런데?"

단운평의 반문에 방추는 봉을 들어 단운평의 미간을 가리켰다.

"네놈이 손대고 있는 분이 개방의 장로란 걸 알고 있는 것이냐!"

천하에서 그 문도 수가 가장 많다는 개방. 천하에 누가 개방의 이름을 듣고 두려움에 떨지 않겠는가! 하나 떨지 않는 이가 있었다.

퍽!

단 한 수로 양전의 목뒤 쪽을 가격해 그를 기절시킨 단운평은 다시금 묵뢰를 들고 방추를 노려보았다.

"헉!"

단운평이 묵뢰를 들어 자신을 가리키자 숨이 막혀오면서 기가 들끓어오르는 방추는 숨을 고르며 안정을 찾으려 노력했다. 그 순간 단운평의 발이 움직였다.

"이제 그만 하게."

단 세 번의 발길질에 정신을 잃고 쓰러진 방추는 입가에 거품을 물고 있었다. 신경이 날카로워진 단운평의 발에 기가 실린 것이었다. 그런 방추에 이어 주변 무사들의 온몸을 두들기며 다니는 단운평을 가만히 바라보던 관평위가 말하자 단운평은 고개를 돌려 관평위를 바라보았다. 그의 눈빛에 관평위는 양전을 바라보았다.

"내가 본 것이 맞다면 마지막 순간 흑살개가 무방비 상태로 달려든 것 같네만?"

관평위의 물음에 단운평은 고개를 끄덕였다.

"음."

관평위의 입에서 신음성이 튀어나왔다. 그리고 관평위의 얼굴이 붉게 변했다.

“망할 놈들! 그리고도 정파라고 할 수 있단 말인가?”

관평위의 분노에 찬 말을 천단의 무사들 중에 아직 정신을 잃지 않은 이들은 이해할 수가 없었다. 그들로서는 양전과 단운평의 움직임을 파악할 능력이 없었던 것이다. 조금 전 양전은 마지막 순간 완전히 무방비 상태로 단운평에게 달려들었다. 그것이 의미하는 바는 결코 가볍지 않았다.

“정파, 그리고 사파 어느 쪽이든 마찬가지지.”

단운평의 말에 관평위는 허탈한 표정으로 천단의 무사들을 둘러보고는 고개를 절레절레 흔들었다. 그리고 정신을 잃은 채 쓰러져 있는 양전을 내려다보고는 손목을 움직여 세류편을 소매 속으로 넣었다.

“어찌 되었든 대단한 일이야. 저리 행동하는 건 그리 쉽지 않은 일인데…….”

관평위의 말에 이번엔 단운평이 고개를 저었다. 쉽지 않은 일이 아니라 몹시도 힘든 일이다. 양전의 처음의 공격은 분명 단운평을 죽이겠다는 의지가 충만했었다. 그러나 시간이 흐른 후 단운평의 실력이 양전을 앞서며 결국 압도시키는 순간에 이르자 단운평의 손에 죽기 위한 행동을 취했다. 누군가가 양전에게 이렇게 명했다고밖에는 생각할 수 없는 일이다.

“풍룡을 죽일 수 있다면 죽여보거라. 만약 그럴 수 없다면 풍룡의 손에 죽기라도 해라.”

단운평이 과거 언하두라는 거물을 죽인 적이 있지만 그는 무림맹의 숨겨진 존재. 다른 사실마저 드러날 수 있는 위협 때문에 사건이 강호에 퍼지지는 않고 있었다.

하나 양전의 경우는 다르다. 그는 천단의 젊은 무사들을 가르치는 인물로도 제법 알려졌을 뿐 아니라 천하 어디에도 존재하고 있다는 걸인들의 집단, 개방의 장로. 지금도 단운평이 무림맹으로부터 적대시되고 있지만 단운평의 손에 양전이 죽게 되는 순간 단운평에 대한 정파인들의 적개심은 걷잡을 수 없게 커지게 된다. 그 어느 곳에서도 마음 편히 있을 수 없게 된다는 것이다.

단운평이야 어떻게라도 견딘다손 치더라도 단운평의 일행은 그 순간 죽음이 정해진 거라 할 수도 있었으니 부인과 처제를 두고 온 관평위로서는 등골이 오싹했다. 게다가 죽으라는 명에 죽음을 각오한 이가 강호 초출의 무사가 아니라 무림에서 산전수전을 다 겪은 양전이라는 사실은 관평위의 마음을 흔들어놓았다.

"움직이는 놈이 있다면 살려두지 않을 것이다."

단운평의 차가운 음성은 조금씩 거리를 좁혀오던 남은 무인들의 움직임을 멈추게 하였다. 단운평으로서는 상대를 협박하는 일이 결코 즐겁지 않았지만 양전의 행동 이후 도를 휘두르는 일이 허무하게 느껴졌기에 이렇게라도 귀찮은 일을 피하고 싶었던 것이다. 하나 일은 그리 간단하지 않았다.

"천단의 무사가 무림공적의 말에 주눅 들어서 동료의 위험을 좌시할 거라고 생각하느냐!"

머뭇거리던 천단의 무사들 중 한 명의 외침과 동시에 천단의 무사들이 다시금 달려들었다.

“자넨 누군가?”

카랑카랑한 목소리와 거대한 체구에서 느껴지는 위압감에 황군명의 목소리는 자신도 모르게 떨렸다.

“후배 무림말학 황군명이라고 합니다.”

그의 포권에 노인은 조용히 고개를 끄덕이고는 고개를 돌려 당거영을 바라보았다.

“오랜만이군.”

그의 말에 당거영의 눈빛이 흔들렸다.

“오랜만입니다.”

당공진, 당이연, 그리고 당이록은 미세하게 떨리는 당거영의 음성에 놀라움을 금치 못했다. 천하에서 당거영을 긴장시키는 사람이 있으리라고는 한 번도 생각해 본 적이 없는 그들이었다.

“그건 그렇고 풍룡이라는 아이를 보기가 이렇게 힘들 거라고는 생각하지 못했는데…….”

노인은 작은 깃털을 엄지와 검지로 잡고선 빙글빙글 돌리고 있었는데 그 간단한 동작에 모두의 시선이 모아졌다.

“뭐, 뭐죠?”

곽소혜는 노인의 손놀림을 바라보다가 머리가 어질어질해지자 균형을 잃고 휘청거리고 말았다. 작은 움직임 속에 담긴 현기. 무의식을 파고든 그 기운을 견딜 수 없었던 것이다.

“갈!”

우렁찬 요호의 일갈에 황군명 등은 간신히 깃털에서 시선을 뗄 수가 있었다.

“오호, 자넨 또 누군가?”

화엽상의 호기심 가득한 눈길에 요호 역시 떨리지 않을 수 없었다. 대답은 하지 않았지만 이 정도의 위압감을 주는 사람이라면 도왕 화엽상이 틀림없었다. 현 강호에서 무신으로 추앙받는 두 사람 중 한 명. 요호에게도 화엽상은 신으로 여겨지는 인물이었다.

"요호라고 합니다."

"들어본 적이 있는 이름이군. 창을 쓴다고 했던가? 한번 보고 싶군."

쿵!

심장이 떨어지는 듯한 느낌이다. 연무를 보이라는 말은 아닐 것이다. 한번 덤벼봐라고 말하는 것이리라. 천하의 마랑 요호라도 그의 말에는 동요하지 않을 수가 없었다.

그러나 그는 몸을 쉽게 움직일 수 없었다. 상대는 도왕. 감히 덤벼들기엔 그 이름이 가진 힘이 너무나 컸다. 또한 어느새 소리없이 나타난 수십 명의 무인들. 그들이 일행을 둘러싸고 있었기에 더 더욱 함부로 행동할 수가 없었다.

"림주님께서 직접 나서시다니요. 저들의 실력을 보고 싶으시다면 저희들이 시험해 보겠습니다."

허리를 깊숙이 숙이고 있던 전습의 목소리다. 황군명의 예상처럼 나타난 노인의 정체는 도림의 림주, 도왕 화엽상이었다. 그리고 황군명 등이 미처 예상하지 못했던 사실이 드러났다.

"당신이 설마……."

"내가 바로 도왕친위대주다."

나직한 전습의 말에 당거영의 입에서 신음이 튀어나왔다. 다른 사람은 몰라도 그는 알고 있다. 도왕친위대주라는 직함을 가지는 자의 힘을.

'알아채지 못하다니…….'

전습이 도왕친위대주라는 직함을 가졌다면 그 실력은 자신에게는 미치지 못할지 몰라도 결코 안심할 수 없는 상대다. 그런데도 그러한 사실을 전혀 눈치채지 못했다. 전습의 말에 화엽상은 고개를 저었다.

“물러서 있거라.”

그의 말에 전습은 숙였던 허리를 펴고 황군명 등의 사이를 빠져나갔다. 전습을 포위하고 있던 황군명 등은 그를 막으려는 생각을 하지 못했다. 눈앞에 있는 사내는 화엽상. 전습이 얼마나 강한지는 몰라도, 전습이 몇십 명이 있다 하더라도 화엽상과는 비할 수 없다. 모두는 화엽상에게서 눈을 뗄 수가 없었기 때문에 전습을 막을 생각은 전혀 할 수가 없었다. 잠시라도 눈을 돌리게 되면 당장이라도 목이 떨어질 것 같은 불안감. 이른바 공포가 그들의 마음을 지배하기 시작했다.

“자네에게 기회를 주는 것이네. 포기할 건가?”

화엽상의 말에 요호는 움찔하지 않을 수 없었다. 생각해 보면 이만한 기회도 없다. 이 자리에서 죽을지언정 도왕과 겨룰 수 있는 기회가 있는데 손 한 번 써보지 못하고 물러선다면 평생을 후회할지도 모른다. 요호는 온몸을 누르는 이상한 위압감을 떨치려는 듯 힘차게 창을 들어 올렸다.

“허허허… 제법이구나.”

화엽상은 부드럽게 손을 들어 올렸다. 그의 손에 희미하게 모이는 기의 흐름. 요호는 심장이 터질 듯했다.

“하앗!”

짧은 기합성과 함께 앞으로 달려가는 요호. 화엽상은 그런 요호를 향해 손을 머리 위로 들어 올렸다가 내릴 뿐이었다.

“크악!”

후두둑.

땅바닥에 떨어지는 핏방울. 요호는 뭐가 어떻게 된 건지 알 수가 없었다. 분명 창으로 막았건만 가슴에 느껴지는 이 지독한 통증은 뭐란 말인가? 요호는 고개를 숙여 깨끗하게 두 개로 나뉘어진 창을 보고선 그대로 정신을 잃고 말았다.

"수, 수강(手罡)!"

당거영의 한마디에 서문호는 두 눈을 부릅떴다. 철혈무제의 검강에 맞설 수 있는 화엽상의 도강에 대해서는 예상한 바가 있지만 도를 들지도 않은 화엽상이 수강을 펼칠 수 있으리라고는 전혀 생각지 못했던 것이었다.

"음… 제법이군."

급히 요호에게 달려가 그의 상세를 살피던 당공진은 요호의 상처가 심했지만 생명에는 지장이 없음에 안도의 한숨을 쉬었다.

화엽상은 쓰러진 요호를 호기심 어린 눈으로 바라보았다. 자신이 전력을 다하지 않았다고는 하나 수강을 막아내다니… 화엽상은 문득 자신이 나이가 너무 든 게 아닌가 생각이 들었다.

하지만 그가 생각하지 못한 것이 있었다. 요호는 화엽상의 공격이 오는 순간 전력을 다해 뒤로 물러섰었다. 마음은 앞으로 나아가고 싶었지만 육체가 반응한 것이다.

'역시나 저자는 인간이 아니야.'

당거영은 압도적인 무력 앞에서 눈앞이 깜깜해졌다. 도왕의 나이가 나이인만큼 어느 정도는 약해졌으리라 생각했었다. 하나 그의 실력은 조금도 줄지 않았다. 아니, 오히려 더욱 강해진 듯하다. 빛나는 자신의 손을 내려다보며 무언가를 중얼거리는 화엽상의 모습에 당거영은 알 수 있었다.

'어쩌면 여기서 뼈를 묻어야 할지도…….'

달려들던 천단의 무인들은 풍운뇌력도법에 낙엽처럼 날아갔다. 단운평이 살의가 없었기 때문에 도면으로 내려쳐 사망자는 발생하지 않았지만 묵뢰에 실린 힘에 의해 어느 한 부위가 부러지는 것은 피할 수 없는 일이었다. 비명을 지르며 이리저리 쓰러지고 있는 무인들의 모습을 어느새 정신 차린 양전이 보고 다시금 단운평에게 달려들자 단운평은 가볍게 옆으로 피하면서 양전의 다리를 향해 묵뢰를 휘둘렀다.

퍽.

다행히 부러질 정도의 타격은 아닌 듯했지만.

"윽!"

짧은 격타음과 함께 양전은 무릎을 꿇고 말았다. 이번에도 칼등으로 쳤기 때문에 다리가 잘리지는 않았지만 고통마저 없을 수는 없는 일. 양전은 이를 악물고 고통을 참아야 했다.

"내가 우습게 보였나 보군."

머리칼 사이로 뿜어져 나오는 차가운 안광. 양전은 고개를 돌려 단운평을 노려보다가 말했다.

"죽여라. 화위무사와 외눈박이 놈에게 이렇게 질 거라고는 생각지 못했는데… 허허허……."

차르륵.

그의 모습에 단운평의 옆에 있던 관평위는 세류편을 풀었다. 양전의 웃음소리에 울컥하고 감정이 격해져 참을 수가 없었던 것이다. 하나 단운평이 손을 들어 관평위의 움직임을 막았다.

“저 정도의 도발은 무시할 수 있지 않은가? 더구나 저자에게서 나온 말이라면 더욱더.”

단운평의 말에 관평위는 양전을 가만히 노려보다가 세류편을 다시 말아 쥐었다.

“철혈무제가 시킨 것이오?”

단운평의 말에 양전은 무서운 표정으로 그를 노려보았다.

“무얼 말이냐?”

차가운 그의 눈빛에 이번에는 관평위가 물었다.

“우리들의 손에, 아니, 운평의 손에 죽으라고 명한 사람이 철혈무제가 아니냐는 말이오.”

자신이 말하는 동안 천단의 무사들이 자신들에게 접근하자 손을 휘둘렀다.

쇄액. 짝.

세류편이 대기를 찢는 소리를 내며 한 사내의 팔을 후려쳤다.

“큭!”

“움직이지 말라고 했다.”

관평위는 고개조차 돌리지 않고 양전을 노려보고 있었다.

“그분이 그런 명을 내릴 리가 없지 않느냐! 그분은 무제이시다!”

양전의 단호한 말에 단운평은 고개를 저었다.

“다시 묻겠소. 시간이 많지 않으니 신중하게 대답해 주시오. 누가 시켰소?”

단운평의 물음에 양전은 휙 소리가 날 정도로 고개를 거칠게 돌리고는 아무런 말을 하지 않았다.

그때였다. 기절했던 무영개 방추가 정신을 차리고 소리쳤다.

“무림공적인 놈이 감히 장로님을 취조하다니!”

방추의 외침에 단운평은 천천히 고개를 돌려 그를 바라보았다. 그리고 방추를 향해 손을 뻗었다. 그 광경에 관평위는 차라리 잘됐다는 듯 표정이 풀렸고 양전의 얼굴은 소태를 씹은 듯 일그러졌다.

“그만! 그만! 다 말할 테니 그만 멈춰라!”

양전의 다급한 말에도 단운평은 태연하게 손을 뻗었다. 간혹 발도 움직여 부드러운 움직임을 보이고 있는 단운평의 모습에 관평위는 몸을 돌렸다.

퍽! 퍽!

소리가 날 때마다 양전의 눈이 움찔움찔댔다. 그리고 그 소리와 더불어 신음성이 들려왔다.

“으… 으…….”

답답한 신음성은 양전의 속을 바짝 태우고 있었다. 차라리 비명을 크게 지르기라도 한다면 이처럼 마음이 아프지 않을지 모르지만 이를 악물고 참아도 터져 나오는 비명은 양전의 인내심을 공중에 날려 버렸다.

“그만… 제발 그만 해라. 말해 주겠다고 하지 않았느냐.”

이제 양전의 목소리는 오히려 잦아들었다. 자신이 화를 내봤자 단운평의 움직임을 자극하는 결과밖에 나오지 않는다는 것을 알았기 때문이다. 하지만 단운평은 여전히 무표정하게 손을 움직였다.

“철혈무제가 아니라고 했으니 당연히 무림맹의 남은 두 군사 중 한 명이겠지.”

잠시 방추를 구타하는 것을 멈춘 단운평이 하는 말에 양전은 비명이라도 지르고 싶었다. 눈앞에서 부들부들 몸을 떨고 있는 방추는 차기 개방의 방주가 거의 확실시되는 이로 양전을 친할아버지처럼 따랐다.

　양전이 이렇게 조급해하는 것은 그가 자신을 잘 따르기 때문이 아니라 앞으로 개방을 이끌 소중한 인재였기 때문이다. 양전에게 있어 명예와 생명 이상으로 소중한 개방의 미래를 맡을 인물인 방추가 자칫하다간 폐인이 될 판이었으니 양전이 비명을 지르고 싶을 지경인 것은 어쩌면 당연한 일이었다.

　"그럼 뭘 알고 싶다는 것이냐?"

　양전의 다급한 음성에 단운평은 한마디를 내뱉었다.

　"다음 계획이 어떤 것이오?"

　단운평의 물음에 양전은 신음성을 내뱉고는 입을 열려고 했다.

　그때였다.

　파박.

　가벼운 소리와 함께 단운평에게 달려드는 한 존재가 느껴졌다. 그 소리에 단운평보다 관평위의 손이 먼저 움직였다.

　"아앗!"

　날카로운 비명성. 관평위의 표정이 일그러졌다. 비명 소리가 생각 이상으로 높고 날카로웠다. 상대는 여인이다.

　"황 소저!"

　"괜찮으십니까?"

　두 사내의 목소리에 조금의 주저함 없이 관평위가 다시 움직였다.

　차르륵.

　세류편 특유의 소리와 함께 관평위는 손목을 움직여 왼쪽 사내의 종아리를 노렸다.

팅!

관평위는 왼쪽 사내가 검을 뽑아 세류편을 쳐내자 그 반동을 이용해 다시금 손목을 틀어 왼쪽 사내의 허벅지를 노렸다. 관평위가 두 사내 중 왼쪽 사내를 맡는 동안 오른쪽 사내가 여인의 옆에 도달하자 단운평은 양전의 반항을 무시하고 가볍게 그의 마혈을 짚었다.

"내 말을 믿지 않는가 보군."

단운평은 부드럽게 허공으로 몸을 날려 오른쪽 다리를 위로 쳐들었다. 황 소저란 여인의 옆에 있던 사내는 급히 몸을 피하려 했으나 단운평의 공격 속도는 강호의 정점에 있는 고수들도 두려워할 정도. 그들이 피하기에는 역부족이었다.

픽!

위에서 아래로 내려쳐진 단운평의 다리에 어깨를 가격당한 사내는 검을 못다 뺀 채 비명을 질렀다. 단운평은 쓰러져 어깨를 부여잡은 사내는 쳐다보지도 않고 몸을 돌려 주먹을 내질렀다.

우드득.

눈으로 들리는 소리도 있다. 귀에 들리지는 않았지만 분명 저 사내의 갈빗대가 부러졌음은 틀림없는 일이다.

어느새 다시 검을 뽑은 여인은 단운평의 가슴을 노리고 달려들었다. 단운평은 뒤로 한 걸음 물러섰다가 앞으로 나가며 묵뢰를 힘껏 휘둘렀다.

쩡!

귀에 거슬리는 소리와 함께 검이 팅겨 나갔다.

"아앗!"

검과 도가 부딪치는 순간 여인은 또다시 비명을 질렀다.

“제법이군.”

두 번째 충격으로 순식간에 손목이 부어올랐건만 검을 떨어뜨리지 않고 있다. 단운평은 여인의 얼굴을 바라보았다. 백의를 입은 여인은 조막만한 얼굴에 커다란 두 눈이 인상 깊은 소녀로 나이는 기껏해야 열여섯 정도로 보였다.

“황 소저, 괜찮습니까?”

입가에 핏물을 머금고 그녀의 곁으로 다가선 사내. 관평위는 어이없다는 얼굴로 그 사내를 바라보았다. 황 소저란 여인이 비명을 지르는 순간 관평위를 향해 검을 던져 관평위가 그 검을 막는 순간 그의 옆을 재빨리 빠져나갔다. 바닥에 떨어진 검은 그 형태나 빛깔로 봐서 결코 범상한 것이 아니건만 쉽게 버리다니, 저 사내는 황 소저란 여인에게 엄청나게 반해 있거나 혹은 엄청난 바보라고밖에는 생각할 수 없었다.

“당신 같은 고수가 여인에게 무지막지한 실수를 쓰다니!”

사내의 외침과 동시에 남아 있던 무인들이 모두 달려나와 황 소저란 여인의 앞을 막아섰다.

“당신은 우리가 상대하겠소!”

“우리가 누군지 알고 경거망동을 하는 것이냐? 우린 천단이다!”

“건방진 놈! 우리는……!”

…….

시끄러운 소리들. 관평위는 조금 전 자신의 예상이 틀렸다는 것을 알 수 있었다. 사랑 따위가 아니었다.

‘꽤나 대단하신 신분인가 보군.’

“조금 전까지 꿀 먹은 벙어리마냥 조용하던 녀석들이 기가 살았군.”

관평위의 말에 천단의 무사들의 얼굴이 창백해졌다. 군중 심리로 인해 겁없이 나섰지만 상대는 풍룡과 관평위. 조금 전까지만 해도 자신들이 숨도 제대로 쉬지 못했던 것을 기억한 것이다.

"버러지 같은 놈들이군."

단운평의 입에서 거친 단어가 튀어나왔다. 그들에게 사부나 다름없는 양전이 당할 때는 겁에 질려 아무런 행동도 취하지 못했던 이들이 여인 앞에서는 저리도 무모하게 행동하다니… 소수의 무사들이 그리 행동했다면 황 소저란 여인에게 진정으로 반해 있어서 그러하다고 이해할 수 있을지 모르지만 지금의 작태는 아니었다.

"누구이기에 저들이 저렇게 날뛰는 것이지?"

단운평의 물음에 손목을 감싸고 식은땀을 흘리던 여인은 가만히 그를 노려볼 뿐 아무런 대답을 하지 않았다. 하나 그녀가 아니라도 그의 물음에 대한 답을 해줄 사람은 많이 있었다. 특히나 관평위에게 검을 던지고 여인의 옆으로 달려간 사내는 입이 그리 무겁지 않았으니…….

"이분은 대아미파의 차기 문주로 예정된 황서연 소저시다. 너는 앞으로 대아미파의 적으로……."

"이미 무림맹에서 나를 공적으로 공표하지 않았나?"

단운평의 대답에 말을 하던 사내, 무당파의 이대제자 원기환은 침을 꿀꺽 삼키는 수밖에 없었다. 무림맹 전체가 단운평을 적으로 간주하고 있는 상황에서 아미파가 적으로 삼는다고 하는 건 의미가 없었다.

"그렇군. 차후 아미파와의 관계를 돈독히 하게 되면 자파에서 그 위치가 확실히 되겠지."

관평위의 말에 원기환을 비롯한 무인들은 얼굴을 붉혔다. 천단이 구성되고 자신들의 조에 황서연이 들었다는 것을 알게 된 후 각파에서 명이 내려왔던 것이 틀림없다.

'아미파와의 관계를 위해서 최선을 다해라.'

짝.

관평위는 못마땅한 표정으로 그들을 바라보다가 세류편을 허공에 휘둘렀다.

"웃기는 놈들이군. 운평이 같은 고수는 하수에게 손을 쓰면 안 된다니… 너희 같은 놈들이 공격해 오면 그냥 당하기만 하라는 건가? 상대의 생명을 노리면서 자신의 생명을 걸 각오조차 하지 않다니. 도대체 천단에서는 무엇을 가르치고 있는 거요?"

단운평이 마혈을 풀어주자 방추에게 달려가 그의 상세를 살피고 있던 양전은 관평위를 향해 고개를 획하니 돌렸다.

"나는 그저 무림맹의 장로일 뿐. 그들의 스승이 아닐세."

양전이 열의를 다해서 가르친다 해도 천단의 젊은 무인들은 그저 자파의 무공을 완성시키는 것에만 신경을 쓸 뿐이다. 무공 교두가 자신이 속한 문파의 비기를 전해주지도 않고 또 익히는 이 역시 타 파의 비기 따위를 익혔다가는 자신의 문파에서 어떤 벌을 받을지도 모를 일. 어차피 젊은 무인이 자신의 이름을 강호에 알릴 기회는 천단의 가입 이상이 없기 때문이다.

"그러니까… 저들이 죽어도 아무런 상관이 없다는 말이군."

단운평의 말에 양전과 천단의 무사들의 표정은 하얗게 질렸다.

스릉.

묵뢰가 가볍게 떨렸다. 그리고 단운평의 눈에서 살기가 폭사되었다.

'어떻게……'

'말이 다르잖아!'

‘제… 제길… 어떻게 해야 하는 거지?

…….

“말을 하겠다고 하지 않았나! 뭐가 궁금한 건가?”

양전의 눈빛이 흔들렸다. 분명 일을 시킨 군사는 단운평은 무관한 이들을 죽이진 않을 것이라고 단언했다. 하지만 방추나 이미 기절해 있는 무인들을 보았을 때는 그의 말을 믿을 수가 없었다. 아니, 지금 생각해 보면 처음부터 양전만을 희생양으로 삼는다는 말을 믿지 말았어야 하는 것일지도 모른다.

“철혈무제가 원하는 것이 무엇이오?”

단운평의 물음에 양전은 멍하니 그를 바라보았다.

“무슨 말인가? 자네가 무림맹에 귀속되지 않는 이상 자네의 존재는 위협이…….”

“위협이라… 무림맹에서 철혈무제의 일수에 제압당한 내가 말이오?”

단운평의 말에 양전의 눈이 커다랗게 떠졌다.

“무슨 소린가? 그럼 군사의 독단적인 명이란 말인가?”

“철혈무제 모르게 그들이 독단적인 행동을 할 수 있다고 보시오?”

단운평이 되묻자 양전은 가만히 고개를 들어 하늘을 바라보았다.

‘더럽게 맑은 날이군.’

“운평, 흑살개는 정말로 모르고 있는 것 같네.”

관평위의 말에 고개를 끄덕인 단운평은 정신을 차리고는 몸을 일으키려는 방추를 무서운 눈으로 바라보았다. 그의 무서운 눈빛을 본 방추는 몸을 움찔했고 그런 방추의 떨림을 느낀 양전은 한숨을 쉬고는 고개를 돌려 단운평을 바라보았다.

"그는……."

"안 돼요! 저런 놈의 말에 따른다는 건 정파인의 자존심이 허락하지 않아요!"

퉁퉁 부어오른 오른쪽 손목을 감싸 쥔 여인, 황서연의 외침. 그녀의 외침에 단운평과 관평위는 차가운 눈으로 그녀를 바라보았다.

"그렇습니다. 차라리 생명을 잃을지언정 저런 자가 바라는 것을 알려줘서는 안됩니다. 더군다나 지금 저자가 묻는 건 저희 천단 소속의 무사들에게조차 비밀인 내용이 아닙니까?"

황서연의 말에 동의를 하고 나선 사내. 그의 상태는 다른 천단의 무인들과 다르게 조금의 상처도 없었다. 또한 눈빛 역시 다른 이들과 달랐다.

"자넨 누군가?"

관평위의 호기심 어린 질문에 사내가 답했다.

"황소홍이오."

짧은 답변. 단운평의 표정이 변했다.

"호에게 들은 기억이 있는 이름이군."

황소홍이라면 서문호와 함께 강호팔걸의 일원으로 당대 젊은 무사들 중에 선두에 있는 인물이다.

"호라면 서문호를 말하는 거요?"

황소홍의 눈빛이 차가워졌다. 소문을 들어 서문세가가 풍운회에 힘을 보태고 있음을 알고 있는 황소홍이었지만 아직 확실하게 드러난 일이 아니기에 소문을 신뢰하고 있지 않았다. 무림공적으로 몰린 단운평을 돕다니 그건 있을 수 없는 일이다.

"그렇다."

단운평의 짧은 대답. 이제껏 단운평과 관평위의 공격을 피하기만 하던 황소홍은 무서운 기세를 뿜어냈다.

"정말로 호가 풍운회, 아니, 당신을 따르고 있는 거요?"

황소홍의 물음에 관평위는 얼굴을 찌푸렸다. 황소홍의 눈만 봐도 그가 무슨 생각을 하는지 알 수 있다. 감히 황소홍 따위가 자신의 친구를 무시하는 건 참을 수 없는 일이었다.

"무슨 말이 하고 싶은 건가?"

단운평의 물음에 황소홍은 차가운 미소를 지어 보였다.

"서문세가가 무림맹을 적으로 돌릴 리가 없지 않소?"

스릉.

범상치 않은 소리와 함께 뽑혀진 황소홍의 검. 그가 자세를 취하자 관평위가 단운평의 앞으로 나섰다.

"저자는 내가 맡겠네."

그렇지 않아도 좋지 않은 감정인 데다가 평소 한번 겨뤄보고 싶었던 강호팔걸의 일인이다. 생각 같아서는 양전과도 겨루고 싶었지만 죽음을 바라며 달려드는 상대를 제압하는 것에는 자신이 없었기에 가만히 있었다.

하지만 서문호와 같은 강호팔걸이라면 자신이 있었다. 세류편은 편왕의 무공. 자신의 성취가 완벽하진 않았지만 저 정도의 사내에게 당할 정도는 아니라고 확신하고 있는 관평위였다.

챙!

세류편의 공격로를 차단하는 황소홍의 검. 관평위는 자신을 향해 달려드는 황소홍을 피해 갈지자로 움직이며 뒤로 물러섰다. 단운평에 비할 수는 없지만 그의 보법도 결코 범상치 않았다.

이유는 간단했다. 편은 적절한 공간이 확보되지 않은 곳에서는 위력을 발휘하지 못한다. 적을 상대할 때 유리한 고지를 확보하기 위해서는 두 가지 방법이 있었다. 적을 자신이 유리한 공간에 끌어들이거나 적이 유리한 공간에서 빠져나가거나. 그것을 위해 가장 필요한 기본적인 것이 바로 보법이다.

채재쟁!

어느새 관평위를 쫓아온 황소홍의 검이 세류편을 두드리자 관평위는 호승심이 더욱 커졌다.

"제법이군."

황소홍의 검은 관평위의 생각 이상으로 강했다. 강할 때는 강하고 부드러울 때는 부드럽다. 검의 기본을 충실히 익힌 자라는 것을 분명히 알 수 있는 움직임에 세류편은 제대로 된 그림을 그릴 수가 없었다.

"후… 이래선 끝이 나질 않겠으니……."

관평위는 자신의 편이 자유롭게 움직이지 못하자 허공으로 치솟아 그곳에서 편을 펼쳤다.

차르륵.

세류편은 나선 무늬를 띠며 아래에 있는 황소홍을 압박했다.

"아앗!"

황소홍은 자신의 머리 위에서 회전하는 세류편을 보고 그 속에 담겨진 힘을 자신의 검으로 감당할 자신이 없자 급히 뒤로 물러섰다. 하나 세류편의 사정거리는 결코 짧지 않았으니.

"윽!"

황소홍의 어깨에 상처를 남긴 세류편은 그 기세를 몰아 그를 더욱 압박하기 시작했다.

기세를 탄 관평위의 공격에 수비 위주의 초식에 치중하는 황소홍은 시간이 흐를수록 자신의 검로가 어지러워지자 이를 악물고 몸을 숙인 채 앞으로 달려갔다.

챙!

목을 향해 날아드는 편을 검으로 튕겨낸 황소홍은 옆으로 움직이면서 검을 휘둘렀다.

"결말을 지으려 하는군."

단운평은 관평위의 양손에 들려진 편을 바라보다가 양전을 향해 고개를 돌렸다. 그리고는 그에게 다가가 전음을 사용하여 무언가를 물었다. 잠시 놀란 표정을 짓던 양전은 고개를 설레설레 저은 후 입을 열었다. 그의 대답 역시 전음이었다. 그의 대답을 들은 단운평은 묘한 표정으로 양전을 바라보다가 소리쳤다.

"저기 버러지들처럼 대해줄 거라고 생각하나?"

쇄액!

단운평의 외침에도 불구하고 몸을 날려 그의 목을 노리고 달려드는 검.

콰!

폭음과 함께 비명이 터져 나왔다.

"악!"

"멍청한……."

양전의 입에서 나온 말.

단운평을 다시 기습한 건 황서연이었다. 그녀가 왼손으로 검을 들고 단운평의 목을 노리고 달려들자 단운평은 조금의 망설임 없이 묵뢰를 휘둘러 황서연의 머리를 베어버리려 했다. 황서연은 무시무시한 기세에 급히 검을 머리 위로 들어 올렸으나 묵뢰의 힘을 막기엔 역부족. 말 그대로 바닥에 처박혀 버린 것이었다. 그리고 이어지는 단운평의 움직임. 양전이 그의 움직임을 막아보려 몸을 일으키자 단운평의 목소리가 허공을 울렸다.

"움직이는 놈이 있다면 누구든 목을 베어버리겠다."

그의 말에 양전을 비롯한 모두는 움직일 수가 없었다. 심지어 관평위와 싸우고 있던 황소흥마저 잠시 손을 멈췄다가 세류편이 어깨를 스치고 지나가자 다시 움직였다.

"생명을 건 것에 대한 예의를 갖춰주지."

단운평의 말에 온몸이 부서지는 듯한 통증에 신음이 절로 나오던 황서연은 급히 몸을 굴려 뒤로 물러선 뒤 일어섰다.

부웅!

엄청난 소리와 함께 날아드는 도. 황서연은 전력을 다해 옆으로 움직이면서 검을 세워 옆구리를 방어했다. 하지만…….

퍽! 우득!

"아앗!"

순간적인 충격에 어깨뼈에서 무시무시한 소리가 들리며 황서연의 몸이 순간적으로 공중에 떴다.

"제법이군. 이것도 막아봐라."

푹.

어느새 황서연의 눈앞에 나타난 단운평의 왼손이 황서연의 복부를 파고들었다.

"쿠웨엑!"

　허리를 숙인 채 피를 토해내는 황서연의 모습에 모두는 숨소리조차
낼 수가 없었다. 어떻게 막을 여유도 없을 정도로 빠른 공격. 그리고
황서연의 처참한 모습. 공격을 하던 관평위마저 움직임을 멈추고 말았
다.

　아직은 어린 소녀가 피를 토하고 동공이 풀려 있는 모습은 순식간에
단운평을 악마처럼 보이게 만들었다. 하지만 단운평은 손을 쓰는 데
조금의 망설임이 없었다. 대아미파의 차기 문주라는 사실도, 열여섯
정도의 어린 나이라는 것도, 마지막으로 여인이라는 것도 단운평은 신
경 쓰지 않았다.

　“좀… 심하지 않은가?”

　황소홍을 뒤로한 채 단운평에게 다가온 관평위의 말에 단운평은 무
시무시한 눈빛을 보였다.

　“자네… 정말 그렇게 생각하고 있는 것인가?”

　단운평의 물음에 관평위의 머리 속을 스쳐 가는 얼굴이 있었다.

　“음. 잊지 말아야 할 것을 잊은 듯하군. 미안하네.”

　단지 단운평을 알고 있었다는 것만으로 갖은 고초를 겪은 인물. 그
를 생각하니 관평위는 오싹했다. 자신의 아내, 자신의 처제가 무림맹
에 잡혀가면 이보다 훨씬 잔혹한 일을 겪을지도 모른다. 때문에 그녀
들을 숨기고 온 것이다. 지금은, 지금은 적에게 동정을 가질 때가 아니
다.

　“이제 그만 하게.”

　양전의 말에 단운평은 피식 웃었다.

　“황서연이라고 했나?”

　단운평의 물음에 신음성을 내던 황서연은 간신히 허리를 세우며 핏

발 어린 눈으로 단운평을 노려보았다.

"그렇다! 이 공적!"

황서연은 입가의 피를 닦고는 단운평의 눈을 피하지 않았다.

"소저, 진정하시……."

원기환은 황서연을 말려보려 했으나 그녀의 눈빛에 더 이상 말을 이을 수가 없었다. 그때 그녀의 곁으로 다가서는 또 한 명의 사내가 있었다. 그 사내는 황서연의 옆을 지나 단운평과 황서연 사이에 서서 단운평의 시선을 받았다. 그 사내는 바로 조금 전까지 관평위와 다투던 황소홍이었다.

"이렇게나 심하게 손을 쓰다니… 압도적인 힘의 차이를 가졌다면 어느 정도는 아량을 베풀어야 하지 않소! 더군다나 황 소저는 여인이 아니오?"

징—

검이 울리는 소리. 검명과 더불어 황소홍의 표정이 굳어졌다. 단운평은 황소홍의 물음에 미간을 찡그린 뒤 그에게 한 걸음 다가갔다.

"그래서?"

단운평의 물음에 황소홍은 한참 동안 그를 바라보았다.

"당신이 사내라면……."

"그만 해라."

양전이 그의 말을 막았다.

"강호팔걸이라는 거창한 명성에 비해서 애송이군."

관평위의 말에 황소홍의 눈꼬리가 올라갔다.

"누가 애송이란 말이오!"

하나 황소홍의 반박에도 불구하고 양전은 관평위의 말에 동의할 수밖에 없었다.

'이것이었구나.'

각파에서 뛰어난 이들만 모아둔 천단이건만 불안했다. 각파에서 무림맹으로 올 때부터 절정은 아닐지라도 어느 수준 이상의 무공을 지닌 이들이었기에 무공으로 인한 두려움은 아니었다. 자신이 맡은 일 때문이라고 생각했었건만 그것이 아니었다. 불안의 실체는 바로 자신을 제외한 모두가 경험이 너무나 없다는 것이었다.

"기회는 충분히 주었다."

단운평의 차가운 목소리. 황소홍은 그의 목소리에 단운평이 한 말을 기억할 수 있었다. 움직이는 자는 죽는다!

"그렇게 쉽게… 앗!"

황소홍은 이번에도 말을 마칠 수가 없었다. 눈앞에서 사라진 단운평의 신형. 잠시 머뭇거리는 찰나 황서연의 목소리가 들려왔다.

"위……."

쾅!

천 근의 무쇠가 떨어지는 듯한 느낌. 간신히 검을 들어 단운평의 묵뢰를 막아낸 황소홍은 이를 악물고 묵뢰를 밀어냈다.

쇄액.

황소홍은 엄청난 속도로 자신의 옆구리를 향해 날아오는 단운평의 오른발을 보고 생각할 틈도 없이 뒤로 몸을 움직였다.

부웅!

무서운 소리와 함께 황소홍의 몸을 스쳐 지나가는 단운평의 발. 황소홍은 숨을 멈추고는 들려진 검을 내려쳤다. 하나 상대는 단운평. 자신의 발을 피하자 다리가 움직이는 힘을 이용해서 그 자리에서 한 바퀴를 돌아 묵뢰를 휘둘렀다.

"컥!"

찌릿한 감각에 검을 놓칠 뻔했던 황소홍의 입가로 핏물이 흘러내렸다. 그 모습에 단운평은 짜증이 치밀어 올랐다. 아직 완전히 몸이 돌아오지 않았다고는 하나 무림맹, 아니, 철혈무제와 맞서고 있는 자신이 황소홍 정도의 사내에게 이처럼 시간을 끌고 있다는 것은 단운평에게는 몹시 불쾌한 일이었다.

'바람이 불어 구름이 걷히니……'

단운평은 초식 풍을 사용하기로 했다. 지금은 도림으로 향할 때. 이곳에서 더 이상 시간을 끌어서는 곤란하다는 생각이 든 것이다.

"어……."

황소홍은 자신의 두 눈을 의심하지 않을 수 없었다. 그렇지 않고서는 자신의 어깨에서 느껴지는 고통과 동시에 자신의 몸이 허공에 떠 있는 것을 설명할 방법이 없었던 것이다.

"이, 이런… 말도 안 되는……."

점혈을 하고도 고통에 몸을 떨고 있던 황서연은 단운평의 도가 황소홍의 어깨를 말 그대로 후려갈긴 것을 인정할 수가 없었다. 쾌도의 수준이 아니었다.

'눈에 보이지도 않을 정도라니……'

양전도 놀라지 않을 수 없었다. 하나 그들보다 더욱 놀란 사람은 다름 아닌 도를 펼친 단운평이었다.

'누가?'

황소홍의 어깨를 베어버릴 생각이었다. 하나 순간적으로 도면에 강한 충격을 받고 도가 비틀어져서 도면으로 황소홍의 어깨를 후려갈겨

버린 것이었다. 순간적으로 느껴지는 짜릿한 충격. 눈에 보이지도 않을 정도로 빠른 그의 도를 공격하다니 보통 적이 아닌 것이다.

"잠시 손을 멈추시게."

허공을 울리는 목소리. 들어본 적이 있는 목소리였다. 그 목소리에 단운평의 표정이 굳어졌다.

"자, 다음은 누군가?"

화엽상은 요호를 쓰러뜨린 후 손을 들어 가볍게 허공에 휘둘렀다.

"뭐… 뭐……."

순간 얼굴에 느껴지는 바람에 고개를 돌리던 당이록은 자신의 바로 옆으로 쓰러진 나무를 보고서 두 눈이 부릅떴다. 그리고 그의 뒤에 있던 당공진은 쓰러진 나무의 베어진 부분이 너무나도 매끄럽게 보여 경악하지 않을 수 없었다.

'이것이 도왕이 도왕인 이유인가?'

당공진은 무공 이상으로 엄청난 존재감을 보여주는 화엽상의 태도에 식은땀이 흐르는 것을 막을 수가 없었다.

"무슨 이유로 우리들을 이곳으로 이끈 겁니까?"

당거영의 물음. 화엽상 앞에서 일행 중 그 누구도 입을 열 배짱이 없었기에 당거영이 나설 수밖에 없었다.

'빌어먹을.'

서문호는 떨리는 자신의 몸을 느끼며 소리라도 지르고 싶었지만 그럴 수가 없었다. 지금은 자신이 나설 때가 아니다. 그리고 나설 자격 또한 없었다. 요호가 수강을 막는 것을 보았다. 하지만 자신은 그 공격을 막을 자신이 조금도 없었기 때문이다.

"이끌다니? 자네 스스로 이곳에 온 것이 아닌가?"

화엽상의 말에 당거영은 고개를 저었다.

"도왕께서 어찌 그런 말을 하십니까? 불러들인 것이 아니라면 도왕께서 도림 밖까지 나와서 누군가를 직접 맞이하는 일이 있을 수 있습니까?"

당거영의 물음에 화엽상은 갑자기 크게 웃기 시작했다. 한참을 웃던 그가 당거영을 향해 걸어오자 당거영은 모든 신경이 팽팽하게 긴장됐다.

"과거에 풍운객과 인연이 있다네. 그래서 풍룡을 만나보고 싶은 것이 사실이네. 하나 풍룡은 지금 다른 곳에 있다고 들었네만. 자네들을 보기 위해 내가 도림 밖으로 나왔다고 생각하는 것인가?"

부드럽게 말하고 있으나 내용은 그렇지 않았다. 너희 따위를 보기 위해서 내가 움직인다고 생각하느냐라는 의미다.

당공진과 당이연, 그리고 당이록은 화엽상의 말에 급히 당거영의 안색을 살폈다. 누구보다 스스로에 대한 자부심 강한 당거영이 화엽상의 말을 참고 넘길 리가 없다는 생각에서였다. 그러나 그들의 생각은 틀린 것이었다. 당거영은 조금도 화난 기색이 아니었다.

"물론 그리 생각하지 않지요. 하나 풍룡 때문에 나왔다는 것이 사실인지……."

말을 길게 늘어뜨리는 당거영의 모습에 당공진은 긴장이 더욱 더해졌다. 부친이 양보하는 모습은 상대가 엄청나게 위험한 인물이라는 것. 단운평 때와 달리 특별히 독을 사용하지 않으면 안 되는 이유도 없건만 부친이 저리 조심하는 모습에 당공진은 품에 손을 넣어 혹시나 모를 최악의 상황에 대비하기 시작했다.

"뭐가 그리 불안한지 모르겠지만 이곳까지 와서 도림 안으로 들어가고 싶지 않아진 것인가?"

화엽상의 심드렁한 말투에 당거영을 비롯한 일행은 모두 움찔하지 않을 수 없었다. 화엽상의 말에 기분 나쁘다는 느낌이 실린 순간 온 신경을 자극하는 살기들. 화엽상의 어투에 주변을 둘러싼 무인들이 살기를 뿜어댔기 때문도 있지만 화엽상의 기분이 나빠진 것이 아닌가 하는 상상만으로도 충분히 두려웠다.

당거영을 비롯한 일행 모두는 황군명을 향해 고개를 돌렸다. 단운평이 없는 이상 일행의 행보에 대한 최종 결정은 누가 뭐래도 황군명이 한다. 어떤 결정을 내리든 황군명의 생각을 따르겠다는 의미로 그들 모두가 황군명을 바라보는 것이었다.

"오호, 자네가 결정권자인가 보구만."

화엽상은 의외의 상황에 당거영을 힐끗 바라보더니 이내 황군명의 전신을 훑어보았다. 그의 눈길에 황군명은 온몸이 떨렸다.

"만약에 저희가 들어가지 않겠다고 하면 어떻게 됩니까?"

챙!

황군명의 물음이 끝나기가 무섭게 주변 무인들이 도를 뽑아 들었다. 그러자 화엽상이 조용히 손을 들어 보였다.

"경거망동하지 말아라."

그의 말에 주변 무인 모두가 도를 거두고 한쪽 무릎을 꿇었다.

"존명!"

하나가 된 듯한 목소리. 하지만 그 우렁찬 소리에도 황군명의 표정은 변하지 않았다.

"그냥 가도 상관없다."

　너무나 담담한 화엽상의 대답에 황군명은 고개를 숙여 양해를 구하고는 당거영에게 몸을 돌렸다.

　"빚이라니. 무슨 빚이고 무엇으로 갚았단 말입니까?"

　차가운 황군명의 눈빛. 그리고 그와 같은 눈빛으로 당거영을 바라보는 요호와 주화령, 그리고 당이록이었다. 그런 눈빛에 반응을 한 이는 당거영이 아니라 당공진과 당이연이었다.

　"무슨 의심을 하는 게냐!"

　"무슨 말이오!"

　이 둘의 반응에 서문호와 보서대, 그리고 곽소혜는 한 걸음 뒤로 물러서며 황군명의 말을 기다렸다.

　"혹시나 저희가 이곳에 오도록 처음부터……."

　황군명의 말에 발끈한 당공진이 몸을 움직이려 하는 순간 당거영이 그의 손을 잡아챘다.

　"됐다. 대답하지. 이곳에 올 생각은 없었다. 다만 예전에 언제고 도림을 방문하기로 약속한 적이 있다."

　자세한 이야기는 하지 않았으나 황군명은 이해할 수 있었다. 정파의 무인, 그것도 독왕이라는 거창한 별호를 가진 당거영이 사파의 거두인 화엽상을 만나러 온다는 것은 있을 수 없는 일이다. 그렇다면 생각할 수 있는 건 당거영이 어떠한 일로 화엽상에게 도움을 받고 그 대가로 도림 방문을 약속했다는 것인데…….

　"알겠습니다. 약속이 있으시다면 도림에서 나올 때 어떠한 제재도 없겠군요."

　황군명의 말에 당거영은 아무런 대답을 하지 않았다. 그 모든 건 순전히 화엽상의 마음에 달린 것. 자신이 왈가왈부할 사항이 아니었다.

때문에 전습이 다시 나섰다.

"도림이 들어오고 싶으면 들어오고, 나가고 싶으면 나갈 수 있는 곳이라 생각하는 모양이군. 도림에 온 이상 모든 것은 주군의 의지에 따른다. 그리고… 도림에 들어오지 않겠다면 어디로 가겠단 말인가?"

일행이 갈 곳이 없다는 것은 함께 행동해 온 전습이 누구보다 잘 알고 있는 일이었다. 그런 전습의 말에 황군명은 반박할 말이 없었다.

"도림에서 형님을 기다리는 것이 다른 곳에서 상처 입는 것보다 나을 것 같군. 대주도 다쳤고……."

당이록의 말에 황군명은 요호를 되돌아보았다. 생명에 지장이 있는 정도는 아니라 할지라도 자칫 치료 시기가 늦어지면 무인의 능력이 감소될지도 모른다. 게다가 도림을 떠났다가 습격이라도 받게 되면 요호의 생명을 보장할 수 없었다. 화엽상과 전습을 힐끗 바라본 황군명은 마침내 결정을 내렸다.

"도림 안에서 형님을 기다리도록 하지요."

황군명이 일행을 보면서 말하자 화엽상은 피식 웃고는 어디론가로 향했다. 황군명 등은 몰랐지만 우연찮게 오늘은 화엽상이 도림 밖으로 나가는 날. 그들을 보기 위해 나온 것이 아니라 어딘가로 가려던 중에 그들을 보게 된 화엽상이었던 것이다. 화엽상은 묘한 미소를 짓고는 가볍게 몸을 움직였다.

화엽상이 사라지자 황군명 등은 더욱 불안감에 휩싸인 채 도림 안으로 발걸음을 옮겼다. 이제는 단운평이 빠른 시일 내에 돌아오기를 기다리는 수밖에 없었다.

"묘하군."

단운평의 말에 관평위는 고개를 끄덕였다.

"이런 살기도 있다니. 누군지 알겠나?"

관평위의 물음에 단운평은 피식 웃고선 말했다.

"부드러운 살기가 존재하는 곳은 단 한 곳뿐이지 않은가?"

"아!"

단운평의 말에 상대를 알아차린 관평위는 감탄성을 토해내었다. 살기는 날카로운 것. 그런 살기가 부드럽다니 말이 되지 않는 이야기다. 하지만 그 말이 되지 않는 부드러운 살기가 실제로 존재한다면 그것을 만들어낼 수 있는 이가 존재하는 곳은 단 한 곳뿐이다.

"여러 가지 준비성이 뛰어나시군요. 무림의 거인들마저 오시다니."

관평위의 말에 양전은 고개를 절레절레 흔들었다.

"나는 모르고 있는 일이네. 나와는 관련이 없는 일일세. 그들이 온다면 내가 생명을 거는 것을 그냥 두고 볼 리가 없지 않은가."

"글쎄, 그들보다 믿음이 가는 중인도 없지 않소?"

관평위의 말에 양전은 조용히 고개를 흔들 뿐 더 이상 아무런 말을 하지 않았다.

"다시 뵙는군요."

단운평의 목소리는 나지막했지만 모두의 귀를 울렸다. 내공을 주입한 목소리이기 때문이리라.

"인연이라 다시 만나게 되는구나."

단운평의 표정이 굳어졌다. 예상처럼 그가 온 것이다.

"피해야 될 것 같네."

단운평의 전음에 관평위의 표정도 굳었다. 누구의 목소리이기에 천하의 단운평이 일단 피하자는 소리를 한단 말인가.

"이젠 인사도 받지 않는 것이냐?"

"그럴 리가 있겠습니까? 강녕하셨습니까?"

천하의 단운평의 입에서 나온 말이라고 생각되지 않을 말이다. 관평위는 모습을 드러낸 사람들을 보았다. 세 사람이다. 한 명은 상당히 나이가 많아 보였고 다른 둘은 마흔 전후로 보였다. 머리칼이 없는 것으로 봐서 소림의 승려가 틀림이 없었다.

"허허허… 천하의 풍룡에게 그런 인사를 받다니, 나이가 많은 것도 나쁜 것만은 아니구나."

노인의 말에 단운평은 허리를 숙이며 포권을 해 보였다. 보기 드문 정중한 인사. 관평위는 노인의 얼굴을 가만히 바라보다가 노인의 눈이 자신에게로 향하자 자신도 모르게 허리를 굽혔다.

"처음 뵙겠습니다. 관평위라고 합니다."

"나는 대각이라고 하네."

대각 대사. 천하무림의 조종(祖宗) 소림사의 살아 있는 전설, 소림의 전대 장문인 대각 대사가 이곳에 온 것이다. 무림맹에서도 제아무리 단운평이지만 그에게만은 함부로 말하지 못했었다.

"이곳엔 무슨 일로 오신 겁니까?"

아니라고 믿고 싶다. 적어도 정파에서 한 명 정도는 존경할 만한 사람이 있어야 하지 않는가. 게다가 대각 대사의 실력은 누구도 알지 못하고 있지 않은가. 천하의 철혈무제도 함부로 대할 수 없는 이가 대각 대사다.

"군사가 나에게 자네를 꺾어달라고 부탁하더군. 내가 아니면 누가 지옥에 가는가라는 부처님의 말씀마저 인용하면서 말이지."

관평위는 알 수 있었다. 이로써 단운평은 그 군사를 죽이기로 결정 내렸다.

"그 군사의 이름을 알 수 있겠습니까?"

"그럴 수는 없다네. 어찌 사람의 생명을 함부로 할 수 있겠는가."

대각 대사도 단운평의 결정을 알아챘다. 단운평의 머리칼이 잘리기 전이라면 모르겠지만 눈이 드러난 이상 그것을 알아내는 것은 어렵지 않은 일이었다. 단운평의 안광이 번쩍이는 건 살기를 품었기 때문인 것이다. 단운평은 묵뢰를 들고선 발바닥에 내공을 흘려보냈다.

"오늘은 자네와 겨루려고 온 것이 아니니 도를 거두게."

"무슨……."

관평위의 말은 단운평이 도를 내리는 모습에 막히고 말았다. 자신도 들어서 알고 있다. 대각이라는 이름이 가지는 그 가치에 대해서. 하지 만 단운평이 저리 쉽게 남의 말을 듣고 행동을 멈춘 건 자신의 기억으 로는 없었다.

"풍운객은 건강히 계시는가?"

대각 대사의 물음에 단운평을 비롯한 주변 무인들의 표정이 굳어졌 다.

"조부님을 알고 계십니까?"

"그분은 소림사와 인연이 있다네. 이야기는 천단의 무인들을 보내고 하는 것이 좋을 것 같네만……."

적지 않은 수의 무인들이 고통에 신음하고 있는 모습을 바라보던 대 각 대사의 말에 단운평의 미간이 좁혀졌다.

"저를 죽이려 하던 이들입니다."

"다 죽이지는 않을 것이 아닌가?"

“그럴지도 모르지요.”

“자네가 원하는 정보를 가지고 왔네.”

단운평은 차가운 눈으로 대각을 바라보았다.

“제가 원하는 것이 무엇인지 알고 하시는 말씀입니까?”

“서문세가주에게 부탁받은 일일세.”

“음. 흑살개 양전을 제외하고 모두 사라져라.”

단운평의 으르렁거리는 목소리에 황소홍을 비롯한 모두는 무서운 눈길로 그를 바라보았다. 어찌 동료, 아니, 장로를 버리고 간다는 말인가. 하나 대각 대사의 옆에 있던 두 승려가 천단의 무사들에게 다가가 그리할 것을 명하자 어쩔 수 없다는 듯 다친 무사들을 데리고 다른 곳으로 움직이기 시작했다. 하나 황소홍과 방추, 그리고 황서연은 여전히 제자리에 있었다.

“여기서 죽겠다는 것이냐?”

단운평의 성난 목소리에 가장 먼저 반응한 사람은 다름 아닌 방추였다.

“장로님을 어쩔 셈이냐!”

평상시와 같은 상황이라면 방추의 당당한 목소리가 단운평의 마음에 들었겠지만 지금은 아니었다.

“꺼져라, 애송이.”

단운평의 말에 방추의 얼굴이 시뻘겋게 변했다. 그리고 그의 몸이 움직이려는 순간 대각 대사가 다시 입을 열었다.

“계속할 건가? 그럼 우리도 이만 사라지겠네.”

그의 말에 단운평은 들고 있던 묵뢰를 허리춤에 다시 찼다. 그리고 양전의 허리께를 점혈하고는 방추를 노려봤다.

"양전은 나와 함께 갈 것이다. 아무래도 길을 안내받아야 할 것 같 아서 말이지. 게다가 그냥 보내줘도 살 것 같지가 않거든."

단운평의 말에 방추는 이를 악물고 단운평을 노려보다가 황소홍을 바라보며 말했다.

"자네는 어쩔 생각인가?"

방추의 물음에 황소홍은 고개를 돌려 황서연을 힐끗 보고는 답했다.

"아무래도 황 소저는 따라갈 모양인데 사내인 내가 도망칠 수야 없 지 않은가?"

단운평의 무시무시한 눈길에도 불구하고 미소마저 띤 채 말하는 황 소홍의 모습에 관평위는 묘한 느낌을 받았다.

'어쩌면 저 녀석, 가진 것 전부를 보이지 않았던 것인지도 모르겠 군.'

어느 무인에게도 숨기고 있는 한 수는 있다. 관평위 역시 황소홍에 게 보이지 않은 한 수가 있었기에 크게 긴장되지는 않았다. 아니, 오히 려 기대감이 생길 지경이었다.

"어떻게 할 건가?"

관평위의 물음에 단운평은 양전을 물끄러미 바라보다가 대각 대사 에게 물었다.

"내가 저들을 받아들이길 바라시는 겁니까?"

대각 대사는 단운평의 눈빛을 태연하게 받으며 말했다.

"소림은 자네의 힘이 되어줄 걸세. 그리고 아미 역시 그리할 것이 네."

대각 대사의 말에 주위는 적막으로 가득 찼다. 단운평이 그의 말을 이해하려고 노력하는 사이 황서연은 대각 대사의 말을 듣고 정신을 잃어버렸다.

"나와 서문세가주의 부친과는 친분이 깊었다네. 그래서 서문세가주가 내게 파황에 대해서 물어왔을 때 놀라지 않을 수 없었지. 파황의 존재에 대해서 아는 사람은 거의 없다고 해도 과언이 아니건만 그 극소수의 인원 중에 서문세가주가 있다는 것은 믿기 힘들었던 것이지. 그런데 그 이름이 자네로부터 나왔다고 하니 이해가 가더군."

양전, 황소흥, 방추, 그리고 기절한 황서연을 감시하는 것은 관평위에게 맡기고 그들과 조금 거리를 두고 이야기를 시작하는 대각 대사였다.

"지금 파황은 어디에 있습니까?"

단운평은 단도직입, 불필요한 말은 제외하고 필요한 것만 물었다. 그러자 대각 대사는 고개를 저었다.

"현재 있는 곳은 알 수가 없네."

"무슨 말입니까?"

파황이 어디 있는지가 가장 중요한 정보이건만 그것을 모른다면서 바라는 건 이처럼 많다니 단운평은 어이가 없었다.

"그는 이곳저곳을 떠돌아다니고 있어서 그의 위치를 알아내는 건 불가능하다네. 더군다나 그는 무림인들이 있는 곳을 피해 다니고 있어 더 더욱 찾는 것이 힘드네."

"그럼 제게 알려주시려 하는 것이 뭡니까?"

드디어 알게 되었다고 생각했던 것이 한순간에 무너졌지만 화가 나기보단 오히려 냉정을 되찾을 수 있게 되었다. 대각 대사는 단운평의 눈빛이 차분하게 가라앉자 조용한 어조로 이야기를 시작했다.

“먼저 소림사와 풍운객의 인연에 대해서 이야기를 해야겠군. 풍운객, 아니, 단조평 대협과 전대 장경각주(藏經閣主)와는 적지 않은 인연이 있었다네.”

대각 대사의 말이 여기까지 되었을 때 단운평은 대각 대사가 조부의 이름을 정확히 알고 있음에 당혹감을 느꼈다. 소림이 조부와 관련이 있다손 하더라도 그 정도까지일 거라고는 조금도 예상하지 못하고 있었다. 자신이 알기론 조부는 짧은 시간 강호를 주유했었다. 때문에 친구가 거의 없다시피 했으며 자신의 이름을 알려준 일 또한 없다고 알고 있었건만……

“단 대협은 강녕하신 겐가?”

대각 대사의 물음에 단운평은 고개를 저었다.

“조부님를 뵌 적이 없습니다.”

이번에는 대각 대사가 놀랐다. 분명히 풍운객에게 무공을 전수받았을 거라고 생각했건만 그에게서 사사받은 것이 아니라니 놀라지 않을 수 없었다. 하나 단운평의 말에는 조금의 거짓도 없었다. 그가 무공을 전수받은 건 조부에게서가 아니다.

“지금 어디 계신지는 알 수 있겠는가?”

대각 대사는 단조평을 만난 적이 있었다. 이유인즉 전대 장경각주가 바로 대각 대사의 스승이었고 그와 단조평이 만났을 당시 스승의 곁을 지켰던 이가 대각 대사였기 때문이다. 대각 대사의 물음에 단운평은 가만히 그를 바라보았다. 자신이 알기로 조부는 현재 해동국에 있다. 하지만 그 사실을 대각 대사에게 알려도 괜찮은 것인지는 판단하기 어려웠다.

“음… 그분이 소림에 오신 이유는 당시 천하에서 무공에 대한 가장 해박한 지식을 지닌 분이 사부님이라는 소문 때문이었지. 사실 어릴 적부터 몸이 약하셨던 사부님이셨기에 실제로 무공을 펼칠 수는 없었지만 누구보다 무공 이론에 대해서는 뛰어나셨지."

"그래서요?"

"며칠 밤낮을 논검비무하시면서 두 분은 친우가 되셨다네."

그의 말에 단운평은 고개를 끄덕였다. 조부에 대해서 자세한 것까지 알고 있지는 못했지만 그가 무엇보다 무공을 사랑하고 또 많은 관심을 가졌다는 건 알고 있다. 때문에 논검비무를 계기로 친우가 되었다는 것이 사실이라고 생각되었다. 하지만 여전히 대각 대사에게 조부의 행방을 말할 정도는 아니었다.

"그분의 존함이 어찌 되는 겁니까?"

단운평의 물음에 대각 대사의 눈동자가 잠시 흔들렸다.

"그분은 지현(智賢)이라는 법명을 가지신 분이네."

"아!"

단운평의 입에서 튀어나온 경탄성. 단운평은 어린 시절 부친에게 존경하는 인물이라며 지현 대사 이야기를 들었던 기억이 있었다.

지현 대사.

소림사 장경각주인 그가 강호에 그 이름을 처음으로 알린 건 지현 대사의 나이 일흔일 때였다. 소림을 방문한 무당의 검왕이 장경각주가 쓴 글을 우연히 보게 되면서 그의 무론(武論)이 당대에 비길 자가 없음이 알려졌다.

다른 이들이 평범한 시에 불과하다고 생각했던 지현 대사의 짧은 시에는 간단하지 않은 진리가 숨어 있었고 또 뛰어난 무론이 녹아 있다고 검왕이 지현 대사의 글을 칭찬했다.

처음엔 검왕의 말을 대부분의 사람들은 믿지 못했지만 검왕의 명성과 학식 때문에 하나둘 지현 대사에게 찾아와 이야기를 나누고 사실 여부를 확인하려 했다. 지현 대사와 이야기를 나눈 이들은 그제야 검왕의 말이 사실임을 알았다.

깊은 학식과 뛰어난 분석력. 검왕 이후 많은 무인들과 문인들이 지현 대사를 찾아와 이야기를 나누며 교분을 쌓았는데 그런 과정을 거치며 짧은 시간 그의 이름이 강호에 널리 퍼져 나갔다.

긴 시간이 지나지 않아 사람들은 그를 불성(佛聖)이라 불렀고 지현 대사는 그 명성이 부담스러워 다시 장경각 안으로 들어갔다. 무공을 펼치지는 못하지만 무공에 대한 이론만이라면 그 누구보다 박식하다는 지현 대사. 그가 풍운객과 친우였다는 것은 놀라운 일이기도 했지만 동시에 그렇지 않기도 했다. 풍운객은 천하의 강자를 찾아 겨뤄 승리한 인물. 그가 지현 대사를 찾아갔을 거라는 건 예측 가능한 일이었기 때문이다.

"파황의 거처가 아니라면 어떤 것을 알려주시려는 겁니까?"

단운평의 물음에 대각 대사는 양전 등이 있는 곳을 바라보았다.

"설마 그가 죽은 건 아니겠죠?"

"그럴 리가 있겠는가. 다만 그는 더 이상 강호의 일에 연연치 않을 것이네. 그의 자식들이 병으로 죽은 이후 욕심을 버렸다네."

"자식들이 병사했다고 해서 자신의 욕망을 포기할 사람은 아니라고 알고 있습니다만……."

단운평의 말에 대각 대사도 동의를 표했다.

"그렇지. 하나 자신의 행동으로 인해 자식들이 죽었다면 다르지 않겠는가?"

"무슨 말입니까?"

단운평은 갑자기 격하게 뛰기 시작하는 심장을 느꼈다.

"그 병을 고칠 수 있는 사람을 죽인 것이 파황이었다네."

쿵!

대각 대사는 단운평의 눈동자에 불길이 치솟는 것을 볼 수 있었다.

무시무시한 분노. 단운평의 짐작이 맞았다.

"신수를 죽이는 바람에 그의 아들 내외가 죽게 되었지. 그리고 부인마저 파황을 원망하며 생명을 끊었네."

대각 대사의 말에 단운평은 불끈 쥔 주먹을 간신히 펴고 하늘을 바라보았다.

'아버지.'

마지막까지 자신을 생각해 주던 부친이 떠오른 단운평은 가슴이 아렸다.

"그러니까 남들의 생명 따위는 우습게 생각했으나 자식이 죽은 것에는 충격을 받았다는 말씀이군요."

자식의 죽음을 계기로 타인의 생명도 귀중하다는 것을 깨달았다는 건 단운평도 이해할 수 있는 일이지만 인정할 수는 없는 일이었다. 그런 그의 생각을 읽은 대각 대사는 한숨을 쉬었다.

"복수는 복수를 부른다고 했네. 그는 이제 죽은 아들 내외가 남긴 손녀를 보살피는 것만을 생각하고 살고 있네."

"그래서 선친의 원수를 잊어버리라는 겁니까?"

단운평의 눈 안 가득한 살기. 대각 대사는 신음과 함께 고개를 돌렸다. 그를 비난할 수 있는 것도 아니다. 자신 역시 지현 대사가 그런 일을 당했다면 결코 참지 못했을 테니까.

"그와 철혈무제는 무슨 관계입니까?"

단운평의 물음에 대각은 별거 아니라는 듯 말을 내뱉었다.

"두 사람은 동문일세."

단운평은 한숨을 쉬었다.

"그런 겁니까?"

아마도 파황이 사형이리라. 그렇다면 파황이 먼저인지 철혈무제가 먼저였는지는 알 수 없었지만 그들은 아주 오래전부터 무언가를 위해 준비를 해왔던 것이다.

"알고 계셨으면서 그가 무신이 되는 것을 보고만 있었던 겁니까?"

단운평의 말에 대각 대사의 표정이 어두워졌다.

"그가 가진 힘은 상상 이상으로 크네. 소림이 막을 수 있는 건 한계가 있다네."

철혈무제, 파황 두 사람의 조합이라면 소림으로서도 어쩔 수 없을지 모른다. 동시대에 태어난 것이 불행할 정도로 두 사람 각기 뛰어난 무공을 지닌 인물들. 거기에다 지략마저 뛰어나 많은 세력을 이뤄냈으니 소림으로서도 저지하는 것이 쉽지 않은 것은 어쩌면 당연한 일이었다.

그것이 바로 천앙이 정파에서 만들어진 세력이지만 소림에서 바라보고만 있는 이유였다. 물론 반대로 천앙이 대규모의 움직임을 보이지 않는 이유가 바로 소림의 힘이기도 했다.

"어쩌실 겁니까?"

단운평의 물음에 대각 대사는 자신의 사제 둘을 부르고는 떠날 채비를 했다.

"천앙은 어쩌지 못한다 할지라도 철혈무제는 막아봐야겠지."

대각 대사의 말에 단운평은 고개를 숙이고는 무언가를 생각했다. 그리고 다시 물었다.

"저들을 어떻게 하길 바라시는 겁니까?"

단운평의 손가락이 가리키는 것은 다름 아닌 양전. 대각 대사는 눈을 감고 잠시 생각을 하다가 답했다.

"개방은 천앙에 속해 있지 않네. 다만 전대 방주가 철혈무제에게 생명의 빚을 졌다네. 그러니 자네가 잘 보살펴 주게. 개방을 적대시하고는 자네 일행이 무사할 수가 없지 않겠는가?"

개방은 긴 세월에 걸쳐 강호 최대의 정보 집단이라 알려져 있다. 천하에 거지가 없는 곳은 없고 또 그들이 가지 못하는 곳 또한 없을 뿐만 아니라 정보 전달의 속도마저 강호에서 가장 빠르다고 알려져 있으니 그들이 마음먹고 찾기 시작한다면 화소민 등을 찾는 것은 시간문제이리라.

"타협하라는 것이군요."

단운평의 말에 대각 대사는 몸을 돌렸다.

"나는 다만 정파의 무인이 단 한 명이라도 덜 죽었으면 하고 바랄 뿐이네."

이 말을 마지막으로 대각 대사와 그의 사제들은 사라졌다.

단운평은 가만히 그의 말을 생각했다. 정파 무인들의 생명만이 귀한 것은 아니라는 건 대각 대사도 잘 알고 있을 것이다. 다만 정파가 옳다고 믿고 있음으로 죽음을 당하는 이들을 가엽게 여기는 것이리라. 단운평은 이내 대각 대사의 말을 잊어버리려 고개를 젓고는 관평

위가 있는 곳으로 다가갔다. 자신은 정파도 사파도 아니다. 자신
은……

　“내가 신경 쓸 일은 아니지. 난 그저……”
　단운평이다.

第二十三章

도림刀林) 그리고 도왕

"왜 저들과 함께 가려고 하는가? 시간이 없는데 저들과 함께 가다간 늦어질지도 모르네."

관평위는 양전을 비롯한 사 인과 함께 가는 것을 이해할 수가 없었다. 일행이 많아지면 아무래도 이동 속도가 줄어들게 된다. 더구나 황서연 같은 부상자와 함께하면 더 더욱 그렇다.

"설마 대각 대사의 말이라고 따르는 것인가?"

관평위의 물음에 단운평은 고개를 저었다. 그럴 리가 없다.

"소림과 무당이 대단한 곳임은 틀림없지만 대각 대사 때문에 저들과 함께 가는 건 아닐세."

그리고는 대각 대사와 나눈 이야기를 전음으로 전했다. 대각 대사와 단운평이 나눈 대화는 전음으로 이루어지지 않았으나 양전 등이 듣지 못하도록 대각 대사의 사제들이 그들 사이에서 기를 뿜어내서 음을 차단했기에 관평위가 알지 못했던 것이다.

"개방의 힘이 필요한 것인가?"

관평위의 말에 단운평은 이번에도 고개를 저었다.

"그들의 도움이 필요하지는 않지만 그들의 방해는 피하고 싶네."

단운평의 말에 관평위는 고개를 끄덕이고는 다시 물었다.

"아미도 힘을 보태준다니 무슨 말인가?"

"소림은 불가의 가르침을 받는 문파의 조종(祖宗)이라 할 수 있네. 아미 역시 불가의 가르침을 기반으로 한 문파이고."

"소림이 부탁한다면 아미로서는 거절할 수 없다는 것이군. 과연 소림은 대단한 곳이군."

관평위는 구파일방은 대등한 힘을 가졌다고 생각하고 있었기에 단운평의 말이 신기했다. 하지만······.

"소림의 힘은 그런 것이 아닐세. 그들의 힘은 그런 것과 비교할 수 없지. 강호인들이 무당과 소림을 태산북두에 비교하는 건 그들의 정신에 있네."

무림의 태산북두. 소림과 무당을 나타내는 말이다. 그들을 정파인들뿐만 아니라 사파에서도 경외감을 가지고 바라보는 이유는 그들이 단순히 천하 내외공을 체계화하여 강호에 전파한 강호무공의 본류이기 때문만은 아니다. 시대의 거인으로 중원에 위험이 있거나 혹은 천하의 질서를 어지럽히는 이들이 등장한 경우 생명을 던져서라도 질서를 바로잡으려 노력하는 그 숭고한 희생 정신과 어떠한 경우에도 꺾이지 않는 불굴의 기상 때문이었다.

"그렇지. 소림과 무당은 특별한 곳이지."

양전의 말에 관평위는 양전을 바라보았다. 거지들의 소굴이라고 불리며 남들에게 천대받기도 하지만 그 누구보다 강한 자부심으로 똘똘 뭉친 자들로 가득한 곳이 바로 개방이다. 그런 개방의 인물이 특별하다고 평할 만큼 소림의 이름은 컸다.

순간 주변으로 눈을 돌리던 관평위는 자신들을 무시무시한 눈으로 노려보는 방추와 황서연의 눈을 발견하고는 짜증이 피어올랐다. 그렇지 않아도 함께 가고 싶지 않은 자들이건만 저리 살기를 뿜어대고 있으면 일반인들보다 살기에 예민한 무인으로선 상당히 신경이 거슬리는 일이었다.

"소림의 부탁이라니 황 소저는 그렇다손 치더라도 저자는 왜?"

관평위가 가리킨 인물은 바로 황소홍. 다른 이들은 억지로라도 이해를 한다손 쳐도 황소홍은 이해할 수가 없었다. 황서연을 지킨다는 명목으로 따르고 있는 황소홍을 단운평이 왜 그냥 두는 것인지…….

"부상자를 돌볼 여유가 없으니까."

자신들도 궁금했던 일이기에 관평위의 물음에 대한 답변을 기다리던 양전 등은 단운평의 대답에 힘이 쭉 빠졌다. 그리고 관평위는 웃음이 났다. 황소홍의 숨겨둔 의도는 알 수 없었지만 결국은 부상자를 돌보게 하도록 둔다는 것이 아닌가.

"어찌 되었든 당신의 잘못된 안내로 늦어진다면 풍운회의 첫 목표는 개방이 될 것이오."

단운평의 말에 양전의 표정이 변했다. 언제고 풍운회와 무림맹은 부딪치게 될 것이다. 문제는 처음으로 부딪치는 곳이 어디냐는 것인데 전력이 가장 멀쩡하게 남아 있는 초반 싸움에 휩싸이면 그 문파에서 가장 많은 사상자가 나올 것이 자명했기 때문이다.

그 일에 대해 사실 개방은 걱정을 하고 있었는데 이유인즉 개방은 그동안 당가나 황룡보와 그리 좋지 않은 사이였던 것이다. 천하의 거부인 황룡보에 구걸을 핑계로 몇 날 며칠을 시끄럽게 괴롭힌 적도 있었고 고고한 당가인들에 대해서도 비판을 끊임없이 해왔으니 풍운회의 첫 목표가 되지 않을까 걱정이 많았던 것이다. 이러한 상황에서 단운평의 말은 꼭 자신이 개방을 위험 속으로 밀어 넣은 것 같은 기분이 들도록 했다.

"무슨 소리를 하는 건가! 도림인이 아닌 자 중에서 도림으로 가는 길을 제대로 아는 이가 개방인 외에 몇 명이나 있다고 생각하는 거요!"

방추가 버럭 소리를 지르며 양전과 함께 걸음의 속도를 높이자 황서연과 황소홍도 속도를 높였다. 그런 그들을 뒤에서 바라보던 단운평과 관평위는 서로를 바라보다가 그들의 뒤를 따랐다. 일을 빨리 진행하기 위해서는 거친 방법을 쓸 수밖에 없다는 것이 씁쓸했지만 지금은 그런 것을 생각할 상황이 아니었다.

"웃."

황군명은 도림 안으로 들어서는 순간 느껴지는 열기에 가슴이 뛰었다.

차르륵. 채챙. 챙.

번뜩이는 도광들과 거친 숨소리. 서문호 역시 거친 사내들의 열기에 가슴이 뛰었다. 넓은 공간에서 서로에게 도를 휘두르며 거친 몸놀림을 보이는 수백 명의 기합성은 도림이 어떤 곳인지 분명하게 보여주고 있었다.

"엄청나군."

당이록의 말에 그들의 뒤를 따르고 있던 전습이 입을 열었다.

"끊임없이 도를 연마하는 곳. 이곳이 바로 도림이오."

"명불허전. 과연 대단하군요."

서문호의 순수한 감상에 전습은 자부심 가득한 표정으로 말했다.

"최고만이 모여 있는 곳이오. 차기 도왕도 물론 여기서 나올 것이고."

꿈틀.

서문호의 이마에 있는 핏줄이 솟구쳤다. 자신 역시 도를 사용하는 무인. 최고만이 모여 있다는 것은 곧 자신은 아니라는 말이다. 아니, 이는 서문호뿐만이 아니라 서문세가마저 무시하는 듯한 발언이 아닌가.

하지만 전습은 서문호의 표정이 변하는 것 따위는 전혀 신경 쓰지 않았다. 이곳은 도왕이 있는 곳. 누가 뭐라 해도 그 어느 곳보다 도의 수준이 높다는 것에 확신을 가지고 있었다. 그리고 서문호의 도 따위는 전습에게 조금의 위협도 되지 않았다. 적어도 정면 승부라면.

"나를 따라오시오."

전습이 안내하는 곳은 도림 안의 여러 건물 중 한곳으로 도림에서 가장 외각에 위치한 전각이었다.

"이곳이 가장 조용한 곳입니다. 이곳에서 계시면 될 겁니다."

전습의 말에 당거영은 고개를 끄덕이고는 주변을 둘러보았다. 사파 제일의 세력이라고는 하나 특별한 것은 없었다. 군이 찾는다면 돌아다니는 도림의 무인 한 사람 한 사람의 눈빛이 맑다는 것. 사파의 무인이 눈빛이 맑다는 것은 당거영에게 생소한 느낌이었다.

"주의해야 할 사항은 뭐요?"

도왕이 나타난 이후로 잔뜩 긴장을 하고 있었던 당이록은 전각 안으로 들어서기 바로 전에 전습에게 물었다.

"이곳이 도림이라는 것을 잊지 마시오."

전습이 사라지고 황군명은 곽소혜에게 다가갔다.

"형님이 오실 때까지는 쉬고 있으면 됩니다."

곽소혜는 화엽상이 나타난 이후로 더욱 얼굴색이 하얗게 변했는데 더 아름다워졌다기보다는 더 슬퍼 보였다. 그녀의 얼굴이 더 하얗게 변한 것은 도왕을 만난 이후. 도왕이란 이름이 가진 힘과 그가 뿜어대는 기운은 결코 그녀가 견뎌낼 만한 것이 아니었다. 그녀의 얼굴을 보고 황군명은 걱정이 되었지만 자신이 어떻게 해줄 수 있는 문제가 아니었다.

다행히 그런 그의 걱정을 눈치채고 주화령이 곽소혜와 같은 방에 들어갔다. 개인별로 각방을 쓸 수 있을 정도로 방의 수는 많았지만 곽소혜의 상태나 도림에 대한 신뢰가 아직까지 확실하지 않았기에 주화령의 그런 행동에 황군명은 고마움을 느꼈다.

언제나 드러내지 않고 상대를 배려하는 주화령의 성격이 이곳에서도 빛을 발하는 순간이었다. 이러한 면 때문에 황군명이나 당이록이 그녀를 친동생처럼 생각하고 있는 것이다. 주변에서 주화령이 너무 차가운 여인이라 여간 신경 쓰이지 않으냐고 걱정하지만 사실을 알게 된다면 감히 그런 말은 할 수 없으리라.

그녀들이 방으로 들어가자 당거영과 당이연이 한 방에 들어갔다. 당공진은 다친 요호를 보살피기 위해 요호와 같은 방을 선택했는데 요호는 그런 당공진을 짜증스런 표정으로 바라보았다. 결코 가볍지 않은 상처이지만 의원을 달고 다닐 정도는 아니었다. 무엇보다 아직도 당공진에게는 거리감을 느끼는 요호였다. 남은 황군명과 당이록, 그리고 보서대는 서로를 바라보다가 천천히 복도를 거닐었다.

"대단한 자신감이군."

당이록의 말에 황군명은 고개를 끄덕였다.

"여기는 도림이니까."

외부인이 들어왔건만 감시의 눈이 없었다. 물론 자신들의 감각으로 찾지 못할 정도의 강자들이 자신들을 감시할 수도 있겠지만 황군명은 없을 것이라 생각했다.

천하의 도림. 당거영마저 긴장하는 도왕이 존재하는 곳이다. 그들의 자존심에 황군명 등을 감시할 리가 없었다. 그리고… 만일 당거영의 이목에도 걸리지 않을 정도의 실력을 지니지 않으면 일행을 감시할 수 없다. 그 정도의 무인이 감시나 하고 있을 리가 없다.

"이제 어쩔 건가?"

당이록의 말에 황군명은 가볍게 어깨를 풀고는 말했다.

"도림 측에서 형님께 연락을 취해줄는지 모르겠지만 일단은 좀 쉬어야 할 것 같군. 힘들었어."

황군명의 말에 당이록은 피식 웃고는 그의 어깨를 두드려 주었다. 그렇지 않아도 편치 않았던 길. 도왕을 만나고 나서는 참을 수 없을 지경까지 되었다. 피로감을 느끼게 되자마자 당장이라도 눕고 싶은 황군명이었다.

"엄청난 압박감이었어."

당이록의 말에 황군명의 표정이 어두워졌다.

"단 대협이 도왕을 감당할 수 있을지 걱정이군요."

보서대의 갑작스런 말에 황군명과 당이록의 눈빛이 날카롭게 변했다.

"무슨 말입니까!"

당이록의 날카로운 목소리에도 불구하고 보서대는 조금의 표정 변화도 없었다.

"단 대협이 오면 안전하게 이곳에서 나갈 수 있냐는 말입니다."

보서대의 말에 황군명의 안색이 눈에 띄게 어두워졌다. 보서대의 말은 도왕을 본 뒤 그들 역시 가장 걱정하고 있는 일. 생각하지 않을 수 없었다.

"일단 쉬고 다시 이야기하도록 합시다. 추측만으로 나눠야 할 이야기에 괜히 심력을 소비하고 싶지 않으니."

일행의 안전에 대한 생각을 끊임없이 하는 것이나 도왕에게 나서서 의견을 피력하는 등 어찌 보면 일행 중에 가장 피곤한 사람이 바로 황군명이리라. 당이록은 그런 황군명을 쉬게 해주고 싶었기에 보서대의 어깨를 툭하고 건드리고는 말을 돌렸다.

"보 대협도 피곤하지 않을 리가 없을 터, 어느 방을 선택할 겁니까? 저는 군명이와 같은 방을 쓰려 합니다만."

당이록의 말에 보서대도 황군명의 얼굴에 보이는 피로를 보고는 고개를 끄덕였다.

"저는 황룡보의 일원, 곽 소저의 옆방으로 하겠습니다."

그녀를 지키기 위해 일행에 합류한 보서대였다. 호위무사라고 하기엔 무리가 있는 관계였지만 가능하다면 그녀 가까이 있는 것이 보서대의 마음이 편했다.

보서대가 곽소혜가 쉬고 있는 방의 옆방인 서문호가 있는 방으로 들어가자 당이록은 황군명의 팔을 잡아끌어 가까운 방으로 들어갔다. 어찌 되었든 쉬어야 할 때다.

"어서 눈 좀 붙이게. 곧 다시 바빠질 테이니."

일행을 도림에 들인 이상 자신들에게 묻는 것도 많을 것이다. 그때마다 전원을 다 이리저리 불러대지는 않을 것이다. 그렇다고 당거영이나 당공진을 불러댈 리도 없고 부상 중인 요호를 부를 리도 없었다. 일행의 책임자가 황군명이라는 것을 전습이 아는 이상 그를 불러댈 가능성이 많았다. 때문에 황군명은 당이록의 말에 고개를 끄덕이고는 침상에 쓰러지듯 누웠다.

황군명은 완전히 긴장이 풀리자 곧바로 잠이 들고 말았다. 그 모습을 보고 픽 웃던 당이록 역시 침상에 눕자마자 곯아떨어졌다. 일행 모두는 도림에서 식사를 하라고 깨우기 전까지 마치 시체처럼 꿈결 속을 노닐었다.

황군명 등이 도림에 온 지 삼 일. 요호는 도림에 부러진 창의 수리를 맡기고는 어디서 구했는지 굵은 나뭇가지를 방 안으로 들고 들어가 나무를 깎기 시작했다. 서문호와 보서대는 자신들이 머물고 있는 건물에서 그리 멀리 벗어나지는 못했지만 꾸준히 도림을 둘러보고 있었다. 서문호는 도림의 수련 장면을 조금이라도 보고 싶었기에 그리했고 보서대는 순전히 호기심에 이리저리 다니고 있었다.

"지독한 놈들이군."

아침부터 저녁까지 들려오는 기합성. 수련을 끊임없이 하고 있다는 것에 서문호는 도림을 왜 도림이라 하는지 알 수 있었다. 그리고 그 역시 아침이면 도를 휘두르기 시작했다.

"형님이 안 오시게 되면 어쩌냐니. 형님은 반드시 돌아옵니다."

“무림맹에 잡힐 수도 있지 않느냐?”

“천하에 누가! 그럴 리가…….”

황군명과 주화령, 당이록, 그리고 어느 정도 회복을 한 요호는 일행의 행보를 결정하기 위해 계속 이야기를 나눴다. 당거영 등은 이들 중에 가장 바빴는데 도림의 경지에 이른 인물들이 그에게 인사를 왔기 때문이다. 가장 한가한 사람은 곽소혜였는데 그녀는 그저 방 안에서 누워만 있었다. 힘든 행보를 꾹 참다가 긴장이 풀리자 걷잡을 수 없게 된 모양이었다.

“문을 열어라!”

도림의 문을 지키고 있던 사내는 어이가 없었다. 어디서 나타난 놈인지 시꺼먼 행색을 하고서 저리도 당당히 말하다니……. 사내는 말하는 것도 귀찮아 손을 휘휘 내저으며 돌아가라는 시늉을 했다. 물론 그 이후 벌어진 일은 사내가 온몸으로 문짝을 부수고 날아가는 것이었다.

“네놈들은 누구냐!”

어느새 달려온 몇 명의 무인들. 그중 굵은 수염으로 얼굴의 반을 가린 사내가 앞서 정체를 물었다.

“단운평이다.”

나직한 목소리. 그 목소리에 도림의 무인들 중 일부는 안쪽으로 정신없이 달려갔고 남은 무인들은 도를 뽑아 들어 단운평 등을 경계했다.

“대단하군.”

도를 뽑아 든 무인들의 기세가 심상치 않음에 관평위가 감탄의 말을 했다. 그의 말에 고개를 끄덕이던 단운평은 아직 문밖에 있는 양전 등을 향해 고개를 돌렸다.

“겁이 나는 것인가?”

그의 물음에 발끈한 이는 팔을 붕대로 둘둘 말고 있는 황서연이었다.

“두렵다니! 정파로서 사파 소굴에 들어가고 싶지 않은 것뿐이에요.”

단운평은 고개를 절레절레 흔들었다.

‘여전히 기가 센 여인이군.’

하지만 그녀의 말이 거짓이라는 것은 가볍게 떨고 있는 어깨를 보고 충분히 알 수 있는 일이었다.

“당신들은 저곳에 들어가고 싶진 않을 테니 우리 둘만 다녀오겠소. 오는 길에 들렀던 마을의 객점에서 기다려 주시오.”

단운평의 말에 양전은 그저 고개를 끄덕일 수밖에 없었다. 이젠 돌아가는 것도 만만치 않은 일. 그렇다고 도림 안까지 따라갈 배짱은 없었기에 밖에서 그를 기다리기로 했다.

“들어오십시오.”

도림 안에서 급하게 뛰어나온 사내의 안내에 따라 단운평은 천천히 발걸음을 옮겼다.

단운평이 도림의 어떤 전각으로 안내되고 일각도 지나지 않아 단운평을 둘러싼 많은 무인들을 밀쳐 내고 황군명 등이 그를 맞이했다.

“형님! 어서 오십시오.”

“형님! 괜찮으신 거죠?”

황군명과 당이록이 자신의 몸을 내려다보고는 입을 열었다.

“뭐… 멀쩡한 것 같군.”

자신의 몸을 살피던 다른 일행을 둘러본 단운평은 피식 웃고는 말했다.

"다들 무사한 것 같군."

그의 말에 모두의 안색이 밝아졌다. 천하의 도림에서도 단운평의 태도는 조금의 변화가 없다. 절대적인 자신감. 단지 겉으로 보이는 모습만 그러한 것인지 실제 자신있는지는 모르지만 어찌 되었거나 평정을 유지하고 있다는 것만으로도 든든한 황군명 일행이었다.

"따라오시오."

차가운 표정으로 나타난 전습의 말에 단운평은 고개를 끄덕이고 그의 뒤를 따랐고 그런 단운평 뒤로 황군명을 비롯한 일행이 따랐다. 그런 그들 뒤로 도림 무인들의 호기심 어린 눈들이 반짝였으나 일행을 뒤따르지는 않았다. 잠시 후 흩어진 도림의 무인들은 단운평의 모습에 대해서 이런 저런 이야기를 나누었다. 차기 도왕에 가장 가까운 존재였으니 도수들로서 관심이 가지 않을 리가 없었다.

"단검불패도를 익혔다고 들었다. 예전에 한 번 본 적이 있긴 하다만 어디까지 펼칠 수 있는지 궁금하군."

단운평의 일행을 밖에서 기다리게 한 후 자신의 집무실으로 단운평을 불러들인 화엽상이 처음으로 한 말이다. 단운평은 풍운뇌력도법을 예전에 본 적이 있다는 말은 전혀 놀랍지 않았다. 분명 철혈무제도 본 적이 있을 것이다. 단운평을 향해 다가오는 화엽상의 손가락. 부드럽고 단순한 움직임이었으나 단운평에게는 커다란 압박감으로 다가왔다.

'웃……'

단운평은 급히 허리춤에 있는 도로 손을 가져가 발도의 자세를 취했다.

치지직.

들릴 리가 없다. 그러나 분명히 느낄 수 있었다. 대기가 타 들어가고 있다. 단운평은 화엽상의 가벼운 움직임에 내공이 흔들리려 하자 발을 살짝 들었다 내리며 강한 진각을 보였다.

쿵!

진각은 집무실의 바닥에 단운평의 발도장을 찍었다.

"이걸 한번 받아보게."

쇄애액!

대기를 가르는 무서운 기세에 단운평은 급히 바닥을 차고 허공에 올랐다.

부웅—

엄청난 기세로 뽑아진 묵뢰가 허공을 갈랐다.

"허허허!"

가볍게 고개를 젖혀 도기를 피한 화엽상의 몸이 부드럽게 움직여 단운평의 신형 가까이 다가왔다.

"권법도 보고 싶군."

어느새 면전까지 다가온 화엽상의 목소리에 단운평은 왼쪽 무릎으로 그의 가슴을 차올렸다.

탁.

가볍게 손바닥으로 무릎을 막아낸 화엽상은 무릎에 실린 힘을 거스르지 않고 허공을 돌아 뒤로 물러섰다.

"명불허전."

주르륵.

어느새 등줄기에 흐르는 땀방울. 단운평은 소름이 돋을 지경이었다.

"진심으로 하지 않으면 위험할 걸세."

화엽상의 말에 단운평의 언성이 높아졌다.

"그건 제 쪽에서 할 말인 듯합니다만! 어째서 살기가 느껴지지 않습니까?"

이건 마치 한 수 가르쳐 주겠다는 것인지 살기가 전혀 감지되지 않았다.

"자네에게 살기를 뿜어대야 할 이유가 없지. 아니, 사실 살기를 뿜어대는 법을 잊어버린 것인지도 모르겠군."

부르르.

단운평은 철혈무제와는 다른 도왕의 모습에 소름이 돋았다. 엄청난 위압감을 주던 철혈무제가 자연을 몸에 담고 있었다면 도왕은 자연에 몸을 맡기고 있다.

자연스러움. 도가에서 말하는 무위자연(無爲自然)의 모습을 하고 있다. 철혈무제에게는 해볼 만하다고 생각했던 단운평이었건만 도왕은 자신이 감당하지 못할 경지에 도달해 있는 자였다. 화엽상은 이미 도(刀)에서 벗어나 있었다.

"어째서입니까?"

"과거의 인연을 음미하고 있다고 생각하게나."

화엽상은 간단히 말하고는 서서히 사라졌다. 아니, 단운평에게는 사라지는 것처럼 느껴지기 시작했다. 화엽상의 몸이 사라지는 것이 아니라 그의 기가 사라지고 있었다.

"음……."

한참을 도왕을 바라보던 단운평은 자신의 팔에 소름이 돋음을 느꼈다. 이제는 마치 돌처럼 느껴질 정도로 화엽상의 기가 전혀 느껴지지 않았다.

하지만 분명 눈에는 화엽상이 자신에게 다가오는 것이 보였다. 눈으로는 보이지만 느껴지지 않는다는 사실에 단운평의 온몸에 있는 신경들이 경고를 보내기 시작했다. 상대의 기를 읽을 수 없다는 것은 간격을 읽을 수가 없다는 것이다. 이는 무인에게 있어 죽음을 예약당한 것이나 다름없는 일이다.

'대기가 하나의 도처럼 느껴지다니……'

"알아차린 것 같구나. 천도(天刀)라는 것이다."

단운평은 온몸이 무겁다는 생각에 순간 고개를 돌려 목 주변 근육을 풀었다. 하나 이내 어깨가 무거워지자 화엽상이 어떤 일을 벌이고 있는지 알 수 있었다. 화엽상은 대기를 흔들고 있었던 것이다.

이런 상태로는 단운평은 절대로 도왕을 공격할 수가 없었다. 단운평의 질풍섬각과 풍운뇌력도법은 순수한 육체의 힘을 극한까지 이끌어냈지만 그것만으로 불패의 신화를 쌓은 것이 아니다.

중요한 것은 상대와의 간격. 그 간격을 읽지 못하고선 움직일 수가 없었다. 더욱이 몸이 무거워진다는 건 제대로 된 움직임을 보일 수 없다는 것. 단운평은 타는 속을 감추며 천천히 호흡을 조절했다.

"하앗!"

단운평은 점차 자신의 혈류 속도가 빨라진다는 생각이 드는 순간 기합성을 발했다.

'이것인가?

몸은 여전히 무거웠지만 순간 분명히 보였다. 간격이라는 이름의 열쇠가.

스륵.

단운평의 보법이 전개되었다.

"헛!"

화엽상은 경악성을 내고선 급히 몸을 움직였다.

'듣긴 했지만 실제로 무음의 경지에 이른 보법이라니……'

단운평의 움직임에 화엽상은 긴장하지 않을 수 없었다. 무음이라는 것은 결국 어떠한 흔적도 남지 않는다는 것. 흔적이 남지 않기 위해서는 자신의 몸을 깃털보다 가볍게 만들어야 한다. 하지만 단운평은 묵철로 만든 묵뢰를 들고 있고 또 위력적인 공격을 연신 퍼붓는다. 그건 자신의 몸을 최적의 상태로 조절한다는 것이었다. 화엽상은 자신의 얼굴을 향해 날아드는 단운평의 주먹을 피하며 갈지자의 형태로 뒤로 물러섰다.

"철혈무제에게 일수에 제압당한 적이 있습니다. 몸 상태가 그리 좋지 않았기도 했지만 평정을 잃었던 것이 더 큰 이유겠지요. 때문에 이번에는 방심 따위를 할 수가 없습니다."

단운평의 말에 화엽상은 고개를 끄덕였다. 지금의 단운평의 움직임을 보아서는 철혈무제가 일수에 단운평을 제압했다는 것은 믿을 수가 없는 일이지만 방심 따위는 없다는 말에 화엽상도 조금은 긴장하지 않을 수 없었다. 그것이 언제의 일인지는 알 수 없었지만 분명 지금은 그때보다 더 강해진 것이 틀림없다고 생각했기 때문이다.

"허허허. 어떻게 공격할 수 있었나?"

천도가 펼쳐진 상태에서 저런 공격이 가능하리라고는 생각하지 못했다. 그런데 너무나 쉽게 천도를 깨어버린 단운평에게 분노가 치밀기보다는 호기심이 일었다.

"아무래도… 진동 같은데 맞습니까?"

그렇다. 천도의 정체는 다름 아닌 진동이었다. 수강을 전개함과 동시에 손에 모인 기를 미세하게 진동시켜 대기를 흩어놓은 것이 바로 천도. 대기가 흔들림으로 눈에 보이는 정보도, 귀로 들리는 정보도, 그리고 몸으로 느껴지는 정보도 모두 일그러지게 된다. 또한 진동이 인간의 감각을 흔들어놓았기에 제대로 동작하는 건 불가능에 가까웠다.

"어떻게 알았나?"

"진각과 기가 실린 목소리에 의해 진동이 흩어지더군요."

전혀 생각지 못했던 수비 방법이다.

"그렇군. 사자후(獅子吼)의 수법 역시 대기를 흔들어놓는 방법이니……."

단운평은 눈앞의 사내에 대한 두려움이 생겼다. 분명 천도라는 기술이 깨어졌지만 그러한 기술을 만들어낸 화엽상의 발상은 엄청났다. 더군다나 절대적인 확신을 가지고 사용한 무공이 깨어졌음에도 불구하고 분노하는 기색이 없다. 그저 순수한 감탄. 그리고 호기심 외에는 표현하지 않고 있다. 감정을 속이고 있는 것인지 아닌지를 떠나 그것은 단운평으로 하여금 두려움을 주는 일이었다.

"그럼 이번에는 이걸 막아보게. 이건 지도(地刀)라는 것이네."

하늘에 이어 땅이다. 화엽상은 가볍게 발을 굴렀다.

"핫!"

화엽상의 몸이 쭉 늘어난 듯 보이자 단운평은 허공으로 솟구쳤다. 그 순간 화엽상의 손이 가볍게 허공을 그었다.

'어떻게 된 거지?'

아무런 기세가 느껴지지 않는다. 기분 나쁜 예감에 단운평은 도를 힘껏 내려쳤다. 허공에서 아래로 내려쳐지는 것은 당연히 풍운뇌력도법의 초식 우(雨).

쿠르릉. 파바박.

엄청난 소리와 함께 도기(刀氣)는 바닥에 가볍지 않은 상흔을 남겼다.

"이… 이런!"

털썩.

바닥에 발이 닿는 순간 단운평은 놀라지 않을 수 없었다. 자신도 모르게 다리에 힘이 풀리면서 뒤로 엉덩방아를 찧고만 것이다.

"지도라는 말이 이해가 가나?"

단운평은 씁쓸한 미소를 짓고선 몸을 일으켰다.

"대단하군요."

기를 가장 순도 높게 응축시킨 것이 바로 강기(罡氣). 이 강기를 날카롭게 혹은 강한 힘을 담은 형태로 보이는 것이 바로 무인이 사용하는 강이다. 강한 힘을 담은 형태로 기를 조절할 수 있다는 것은 반대로 기를 부드럽고 뭉퉁한 형태로 만들 수도 있다는 것을 의미한다.

지금의 지도(地刀)라는 것이 바로 후자의 경우. 뭉퉁한 기로써 부드럽게 단운평의 오금을 묶고는 잡아챈 것이다. 아마도 이러한 형태의 기는 쉽게 잘리지도 않을 뿐만 아니라 부드러운 움직임에 감지하기도 힘들 것이다.

"다시 한 번 막아보겠는가?"

치지직.

이번엔 느낌이 아니다. 분명 들렸다.

"좋은 경험이군요."

우득.

단운평은 부드럽게 목을 돌렸다. 단운평이 보기엔 화엽상은 도왕이라는 이름으로 불릴 존재가 아니다. 그는 이미 도를 버렸다. 도가 없어도 원하는 모든 것을 펼칠 수 있는 존재. 왜 무신으로 추앙받고 있는지 충분히 알 수 있었다.

"잘 막아보게."

눈앞이 어질어질해지는 것을 보아 천도를 시행하고 있다. 그리고 동시에 몸을 죄어오는 이 기는 지도 역시 사용하고 있는 것이 틀림없다. 단운평은 도를 수평으로 들어 올린 후 왼발을 앞으로 내밀고 상체를 반듯하게 세운 뒤 오른쪽 다리를 굽혀 전신을 긴장시켰다.

쾅!

폭음과 함께 단운평의 몸이 화살처럼 쏘아져 나갔다.

"하앗!"

순간의 기합성과 함께 단운평의 팔이 힘껏 내려쳐졌다.

'빛은 천하를 나누고 거칠 것이 없어라.'

초식 뢰(雷). 풍운뢰력도법에서 최강의 파괴력을 가진 초식. 속도나 변화는 뛰어남이 떨어지지만 다른 어느 초식보다 강력한 힘을 보이는 초식 뢰가 드디어 펼쳐졌다.

쿠르릉!

폭음과 함께 바닥이 깨지면서 돌 조각들이 치솟았다.

"단검불패도… 이 이상의 것도 있는 것이냐?"

정신없이 뒤로 물러섰던 화엽상은 감탄의 표정으로 단운평을 바라보았다. 바닥이 깨지면서 피어오른 돌가루가 옷가지며 얼굴 가득 묻어 있었지만 그것은 중요한 것이 아니었다. 단운평의 입가에 흐르는 피. 내상의 징후다. 초식 뢰를 펼치기엔 아직 단운평의 실력이 부족한 것이었다.

“여섯 초식이 연계되어 있습니다.”

분명 상대를 죽이려는 의사를 가지고 행한 초식이었다. 단운평은 도림과의 관계를 정리했다. 이젠 적이 되어도 어쩔 수 없다. 그러나 화엽상의 생각은 달랐다.

“받게.”

무언가가 자신의 품으로 날아들자 단운평은 잔뜩 긴장한 채 그것을 낚아챘다.

“무슨 의민지?”

황금빛 나는 그것은 단약이었다. 청량한 느낌이 드는 향과 빛깔. 결코 범상치 않은 물건임이 틀림없다.

“아직 천지를 합친 것을 보지 못했지 않은가. 다음 것은 태극도라는 것이라네.”

분명 조금 전 그가 펼치려던 것은 두 가지 것이 합쳐진 것이 아니라 각각의 무공을 펼친 것이다. 부드러운 그 기운이 강한 진동을 일으킨다면…….

“일각의 시간을 주십시오.”

단운평은 입 안에 단약을 털어 넣고선 가부좌를 취했다. 그 모습에 화엽상은 부드러운 표정으로 그를 바라보았다. 자신이 단약을 준 이유를 알고도 아무런 내색이 없다니… 대단한 자라는 것은 틀림없는 일이었다.

“그 녀석 몸 상태가 정상이 아닌데 괜찮을지 모르겠군.”

관평위의 혼잣말에 주화령이 놀란 눈으로 그에게 물었다.

“무슨 말이죠?”

번쩍이는 안광.

'아차!'

관평위는 주화령 앞에서 해선 안 되는 소리를 무심결에 뱉은 것을 깨닫고 그녀의 눈빛을 피했다.

"그게……."

자신을 뚫어져라 바라보는 주화령에게서 항복할 수밖에 없었던 관평위는 단운평의 몸이 지금 어떠한 상태인지 설명해야만 했다. 설명을 하는 중간중간 주화령의 분위기를 살피던 관평위는 주화령의 얼굴이 딱딱하게 굳어가자 마음이 조급해졌다.

"하지만 녀석은 괜찮을 겁니다. 주 소저도 알고 계시지 않습니까… 녀석은 강합니다."

관평위의 말에 주화령의 눈에 눈물이 맺혔다.

"그렇기 때문에 불안한 거예요. 힘들어도 힘들다고 말하지 않는 분이시기에."

주화령의 말에 관평위의 얼굴도 굳어졌다. 주화령의 말처럼 단운평은 주변 사람에게 기댈 줄 모르는 사람. 주화령의 말처럼 관평위도 그것이 불안했었다. 하지만 주화령과 달리 관평위는 그런 점이 좋았다. 서툰 부분이 있는 단운평이…….

"녀석을 믿어주십시오."

관평위는 주화령의 눈을 응시하며 말했다.

"내상 치료는 된 건가?"

아직 공동파에서의 결전의 여파가 심하게 남아 있는 상태다. 조금 전 도왕과의 일전으로 인한 충격은 어느 정도 회복이 되었을지 모르지만 단약으로 외상까지 치료할 수는 없는 법. 하지만 그러한 약한 소리를 할 단운평이 아니었다.

"덕분에."

간략하게 말하고 몸을 일으키던 단운평은 온몸이 짜릿한 느낌에 잡았던 묵뢰를 놓았다. 손의 저림. 심상치 않은 느낌이다. 초식 뢰는 말 그대로 번개의 힘을 싣고 있는 초식. 번개의 짜릿함이 남아 있는 것이다. 그렇지 않아도 뻐근한 온몸이건만 전력을 다한 경공술은 나아지던 몸을 흔들어놓았다.

"아직 더 기다려야 하는가?"

뭔가 이상하다는 것을 알아챘지만 화엽상은 더 이상 기다려 줄 의무가 없었다. 내상 치료를 위해 내어준 단약으로도 넘치게 배려한 것이다. 그 단약은 도림에서 제조한 단 세 개뿐인 단약 중 하나로 암습이나 천재(天災)로 인한 상처를 대비해 만든 것인데 하나를 만들기 위해 들인 시간이 무려 십 년인 무가지보였다.

"도왕께서도 무기를 들지 않았으니 저 역시 맨손으로 상대할 수밖에……."

도왕이 무기를 들지 않은 것이 아니라 불필요하기 때문임을 누구보다 잘 알고 있는 단운평이었지만 태연하게 말할 수밖에 없다. 어차피 손아귀의 힘이 돌아오지 않는 이상 묵뢰를 들어 올릴 수 없다.

"하앗!"

커다란 일갈과 함께 단운평은 왼발로 바닥을 차고 앞으로 쏘아져 나갔다. 순간적으로 눈앞에 나타난 단운평의 모습에도 화엽상은 조금도 당황하지 않고 빠르게 손을 뻗었다.

슈욱.

화엽상이 뻗은 손에서 기묘한 기운이 일렁이자 단운평은 급히 왼발을 축으로 몸을 뒤로 돌려 그의 공격을 피함과 동시에 팔을 뻗어 손등으로 화엽상의 얼굴을 노렸다.

탁.

가볍게 손으로 단운평의 주먹을 막은 화엽상은 단운평의 가슴을 노리고 손을 움직였다.

'이런…….'

단운평은 급히 뒤로 물러서려 했지만 온몸을 무언가가 동여맨 듯 뒤쪽으로 움직일 수 없었다. 때문에 단운평은 오른손에 잔뜩 힘을 실어 앞으로 내밀었다.

펑!

단운평의 손과 화엽상의 손이 부딪치는 순간 폭음과 함께 두 사람의 상체가 휘청였다.

"나이는 속일 수가 없나 보구나."

화엽상은 오른손으로 왼쪽 어깨를 부여잡고 뒤로 물러섰고 단운평은 왼손으로 오른손을 감싸 쥐고 뒤로 물러섰다. 화엽상의 수강으로 인해 손에 상처를 입은 단운평과 순수한 근력과 체력에서 우세한 단운평의 힘에 의해 어깨에 무리가 온 화엽상. 둘 다 상대를 바라보는 눈이 달라졌다. 약간의 방심을 가졌던 화엽상은 평정을 잃고 몸에 긴장이 생겨났고 단운평은 자신감이 생겼다.

"강호에서 처음으로 펼치는 것입니다."

단운평의 눈에서 투기가 느껴지자 화엽상은 우수에 기를 집중했다.

보이지는 않았으나 화엽상의 손 주변에 기가 요동치는 것을 느낀 단운평은 자신도 모르게 웃음이 났다. 화엽상이 자신에게 전력을 다한다는 것, 그리고 그런 화엽상을 위해 자신이 전력을 다한다는 것. 천앙의 혈풍 이후 잊고 있었던 무공에 대한 열망이 치솟았기 때문이다. 가볍게 숨을 내쉰 단운평은 제자리에서 한번 뛰고선 그 반동을 이용해 앞으로 달려나갔다.

"대단하군."

화엽상의 입에서 감탄이 터져 나왔다. 하지만 부드러운 그의 음성과는 달리 오른쪽 손등에서 피가 흐르고 있었다.

"이 정도는 해야 큰소리쳤던 것이 부끄럽지 않을 수 있지 않겠습니까?"

차분한 음성의 단운평도 멀쩡하지는 않았다. 어느새 조각이 되어 펄럭이는 상의. 그리고 단운평의 다리에서 쉴 새 없이 흘러내리는 피.

"수강을 전개했건만 골절이 된 것 같군. 마지막의 그것은 무언가?"

자세히 보면 화엽상의 이마에 땀방울이 맺혀 있다. 태연을 가장하고 있으나 손에서 심한 통증을 느끼고 있으리라.

"질풍섬각의 비기 중 한 가지입니다."

마지막에 있었던 단운평의 혼신을 다한 일권과 부딪친 화엽상의 우수는 대기를 찢는 듯한 소리를 내며 엄청난 권풍을 일으켰다. 화엽상이 묻는 것이 바로 그것이다.

"도왕께서도 가르쳐 주십시오. 왜 마지막에 힘을 뺀 것입니까?"

화엽상이 마지막 순간 어느 정도 내력을 거두었다. 그렇지 않다면 이렇게 서 있지 못할 것이다. 물론 그렇다고 해서 그가 가볍게 상대한 것은 아니었다.

"이제 그만 하고 도를 거두게. 내 천천히 설명해 줄 테니."

어느새 커진 땀방울이 화엽상의 이마에서 흘러내렸다. 그리고 그와 동시에 단운평의 입가에서도 핏물이 흘러내렸다.

"솔직히 말해서 움직일 수 없는 상태입니다."

간신히 정상을 찾아가던 몸이었건만 또다시 한계를 넘어버렸다. 강인한 정신력이 아니었다면 비명이라도 지르고 쓰러졌을 것이다. 단운평의 솔직한 고백에 화엽상은 단운평을 가만히 바라보다가 자리에 주저앉았다.

"하긴 나도 정상은 아니야."

급히 왼손으로 오른쪽 어깨를 매만졌다. 보이는 것은 손등의 상처뿐이지만 어깨가 더 심각한 상황이다. 단운평의 공격에 의해 탈골된 듯하다. 그의 그런 모습에 단운평도 주저앉아 다리의 혈을 짚어서 더 이상의 출혈을 막았다.

"대단한 움직임이었네."

어깨를 강제로 끼워 넣고 숨을 크게 내쉰 화엽상은 조금 전 단운평의 움직임을 칭찬했다. 자신의 손이 단운평의 가슴을 노리고 움직였을 때 순간 오른손으로 자신의 손목을 잡아채면서 몸을 비틀어 왼쪽 팔꿈치로 자신의 어깨를 후려쳤다. 그리고 다시 손목을 밀어내면서 앞으로 달려들어 오른쪽 무릎으로 자신의 가슴을 찍으려 들었다.

그 순간 화엽상은 왼손으로 크게 원을 그려 공격을 방어하고는 뒤로 물러섬과 동시에 합장을 하고 허공을 갈랐다. 오른쪽 어깨에서 극심한 고통이 느껴졌지만 더 이상 밀리다간 정말로 큰 위험이 생길 거라는 것을 알았기에 무리를 할 수밖에 없었던 것이다.

그의 공격에 단운평은 양팔을 교차하여 공격을 막아냈지만 그 이후 이어지는 화엽상의 연속 공격에 옷이 갈기갈기 찢겨진 것이었다. 간간이 각법으로 대항을 했지만 화엽상의 손에 닿는 순간 가볍지 않은 상흔이 생겨난 것이다.

"그것이 질풍섬각인가?"

다시금 묻는 화엽상. 그러나 단운평은 대답하지 않았다. 어느새 정신을 잃은 단운평. 화엽상은 급히 휘하 무사들을 불러 단운평을 치료할 수 있는 곳으로 옮겼다.

'이것 참……'

단운평은 얼마 전 겪었던 고통이 다시금 느껴지자 웃음이 났다. 꿈에서 본 장면을 실제로 겪는 것처럼 익숙한 감각이다.

"정신이 드는가?"

익숙한 목소리. 혈선의 당공진의 음성에 단운평은 눈을 떴다. 자신을 바라보고 있는 수많은 눈들. 단운평은 그들의 눈빛이 부담스러워 몸을 세우려 했다.

"음……."

눈앞이 깜깜해질 정도로 고통이 밀려왔다.

"한동안은 꼼짝 말고 누워만 있어야 할 걸세."

당공진의 말에 단운평은 고개를 저었다.

"도왕께 물어볼 말이 있습니다."

단운평의 말에 당공진은 고개를 젓고 뒤로 물러났다. 조용히 누워 있을 거라고 생각지도 않았고 자신이 말릴 수 있다고도 생각지 않았다. 그리고 그가 이렇게 쉽게 물러난 것에는 또 하나의 이유가 있었다.

"안 돼요!"

날카로운 목소리의 주인공은 주화령이었다. 단운평은 한숨이라도 쉬고 싶었지만 주화령 앞에서 그럴 수가 없었다.

"얼마 동안이나 정신을 잃고 있었던 건가?"

단운평이 고개를 돌려 바라본 이는 관평위였다. 그의 말에 관평위는
대답을 쉽게 할 수가 없었다. 주화령의 눈빛이 또다시 그를 압박하고
있었기 때문이다.

"오늘이 삼 일째입니다."

당이록이 대답했다.

'여전히 눈치없는 녀석이군.'

황군명은 당이록의 눈치없음에 기가 막혔다. 그의 말이 끝나기가 무
섭게 주화령의 표정이 변한 건 당연한 수순이었다.

"빨리 움직이는 것이 좋겠군."

단운평은 그 말과 함께 몸을 일으켜 침상을 내려왔다. 잔뜩 찌푸려
진 얼굴과 목덜미로 흘러내리는 땀방울에서 얼마나 고통스러운지 짐작
할 수 있을 지경이었다.

"언제 떠나실 겁니까?"

황군명의 말에 옆에 있던 요호가 토를 달았다.

"도림에서 조용히 보내주기는 할까?"

요호의 말에도 단운평의 표정은 조금도 변하지 않았다.

"내가 도왕을 만나고 오면 즉시 떠날 것이다."

으드득.

방문을 향해 한 발 한 발 걷는 단운평이 이를 악물어 내는 소리에 주
화령이 단운평을 부축하려고 했으나 당공진이 그녀의 앞을 막아섰다.

"혼자 걷는 것이 덜 고통스러울 것이네."

단운평의 몸은 고통이 가장 적은 상태를 찾아 최적의 움직임을 하고

있다. 그것이 바로 인간이 가지는 신비다. 어줍잖게 돕는답시고 그의 몸에 손대는 것이 오히려 고통을 가중시켜 줄 거라는 당공진의 말에 주화령은 안타까운 눈으로 단운평을 바라볼 수밖에 없었다.

"역시 형님은 대단해."

방문을 나서는 단운평을 보고 말하는 당이록. 순간 당이록의 팔에 소름이 돋았다.

"어… 어… 무슨……."

급히 주변을 돌아보았지만 살기는 이미 사라지고 없었다. 자신의 착각이라고 생각하는 당이록과는 달리 손을 꽉 쥐는 주화령이었다.

"함께 계실 줄은 몰랐군요."

단운평의 말에 함께 차를 마시고 있던 화엽상과 당거영은 자리에서 일어나며 단운평의 신형을 위아래로 훑어보았다.

"대단하군. 삼 일 만에 일어설 수 있으리라고는 생각지도 못했네만."

두 사람의 눈빛에 미간을 찡그리던 단운평은 고개를 저었다.

"저보다는 도왕께서 더 대단하시군요."

삼 일 전 겨룸으로 화엽상은 팔에 부상을 입었었다. 하나 다쳤던 팔로 찻잔을 들고 있는 정도라면 이미 정상을 회복한 것이 분명했다. 화엽상의 나이를 생각했을 때, 아니, 나이를 제외한다 할지라도 엄청난 회복력이 아닐 수 없었다.

"아직 더 쉬어야 할 텐데 이곳까지 온 이유가 뭔가?"

화엽상의 물음에 단운평은 당거영을 바라보며 말했다.

"떠나기 전 물어볼 것이 있어 왔습니다."

떠난다는 말에 당거영은 화엽상을 바라보았다. 작게 고개를 끄덕이는 화엽상. 당거영은 고개를 숙여 양해를 구하고는 방문을 나섰다. 당공진과 당이연이 떠날 채비를 하고 있겠지만 단운평이나 화엽상의 눈빛이 자리를 피해달라는 의미를 포함하고 있음을 모를 당거영이 아니었던 것이다.

당거영이 나가자 집무실을 훑어보던 단운평이 당거영이 앉았던 의자에 앉으며 말했다.

"아직 바닥까지는 복구하지 못했군요."

이곳저곳 움푹 패인 바닥. 단운평과 화엽상이 겨루면서 만들어낸 상흔들이다.

"뭘 물어보려고 온 것이냐?"

화엽상은 알고 있다. 단운평이 떠나려 마음을 정했다 할지라도 자신에게 보고할 이유는 없었다.

"어째서 이곳으로 오도록 만드셨습니까?"

단운평의 물음에 화엽상은 말없이 단운평의 얼굴을 바라보았다. 한참 동안 단운평의 얼굴을 바라보던 화엽상이 입을 연 것은 시비가 들어와 단운평 앞에 차를 한 잔 두고 방을 나섰을 때였다.

"단조평이란 이름을 알고 있는 이는 현 강호에 다섯을 넘지 않지."

화엽상이 조부의 이름을 알고 있으리라는 것은 단운평 역시 짐작하고 있던 일이다.

"친우와 적. 어느 쪽이었습니까?"

사파에서 상대를 구분하는 기준은 너무나 간단했다. 베어도 될 인물인가, 그렇지 않아야 하는 인물인가.

"그는 뛰어난 사람일세."

많은 의미를 가지고 있는 말이다.

"…그래서 그는 마음이 맞는 적이었네."

꿈틀.

순간 단운평의 눈썹이 올라갔으나 이었다는 말의 의미를 깨닫고 화엽상의 이어질 말을 기다렸다.

"그와 나, 그리고 괴운화는 신분과 나이를 초월한 친구였네."

있을 수 없는 일이다. 사파와 정파, 그리고 정사지간의 초고수들이 친우였다는 것은. 하지만 다르게 생각해 보면 그 정도의 고수들이 마음을 터놓을 정도의 상대는 또 그들뿐일 수밖에 없다. 하나 화엽상은 지현 대사와 단조평이 논검 상대이자 친우였다는 것을 알고 있지 못하다. 친우의 친우를 알지 못할 수가 있을까? 단운평은 가만히 생각을 해 보다가 입을 열었다.

"파황도 알고 있을 줄은 몰랐습니다. 하지만 파황은 강호와 인연을 끊었다고 하더군요."

단운평의 말에 화엽상은 고개를 끄덕였다.

"그렇다네. 자네의 부친인 신수를 죽인 탓에 아들 내외가 부질없이 목숨을 잃고 부인마저 목을 매어버렸다네."

대각 대사와 같은 말을 하고 있음에 단운평은 이 사.실.은 진실이라고 확신했다. 하지만 그것만으로 파황이 강호를 떠났다고 생각할 수는 없었다. 파황은 자기애가 그 누구보다 강한 사람이다. 그 말은 곧 타인의 삶보다 자신을 더 소중하게 여긴다는 말이다. 이는 자식에게도 해당하는 일. 어쩌면 파황은 강호를 떠나지 않았을지도 모른다. 그리고 그것을 확실하게 아는 자는 천하에 단 두 명. 파황과 철혈무제만이 알고 있다.

"조평의 손자라면 내게도 손자와 다름없지. 그래서 보고 싶었네. 아… 물론 자네와의 겨룸은 무인으로서의 호기심이었네."

화엽상의 말에 단운평은 아무런 말 없이 고개만 끄덕였다. 사실인지 아닌지는 화엽상 본인이 아닌 이상 알 수 없는 일. 화엽상이 한동안은 자신을 적대시하지 않을 거라는 것만으로도 도림에 온 충분한 이유가 되었다.

"어디로 갈 건가?"

"파황이 어디에 있는지 아십니까?"

"얼마 전까지 감숙성에 있었다고 하네."

"감숙성으로 갈 겁니다."

단운평의 말에 화엽상의 눈빛이 순간적으로 변했다. 그러나 그것은 찰나의 일. 단운평은 그의 눈빛을 볼 수 없었다. 물론 그 눈빛이 아니라도 단운평은 화엽상을 전적으로 믿고 있지는 않았다.

"조평은 잘 있나?"

지나가듯 묻는 화엽상. 단운평의 온몸의 신경이 팽팽하게 긴장이 되었다.

'이것이다!'

단운평의 등 뒤로 식은땀이 흘렀다. 이 한마디를 묻기 위해서 화엽상이 자신을 찾았고 또 자신과 겨루었으며 자신에게 많은 이야기를 한 것이다. 또한 이 질문에 철혈무제, 도왕, 그리고 대각 대사가 단운평에게 모여드는 이유가 숨어 있으리라.

"그분이라면 잘 계시지요."

단운평으로선 알 수 없는 일이다. 단조평은 지금 해동국에 있다는 소식만을 알 뿐 단운평이 단조평을 본 적은 한 번도 없었다.

"그렇군. 그럼 잘 가게."

그저 스쳐 가듯 물었던 화엽상은 단운평의 대답을 듣고 조용히 창가로 몸을 돌렸다. 단운평 역시 조용히 몸을 돌려 방문을 나섰다.

단운평이 사라진 후 화엽상은 나직하게 읊조렸다.

"조평 자네는 역시 대단한 사람이군. 자네의 손자가 저 나이에 저 정도가 될 거라고는 전혀 생각지 못했다네."

"곽 소저가 아프다니 무슨 소리지?"

단운평의 물음에 온몸을 붕대로 감고 있던 요호는 긴장했다. 단운평은 분명 헤어지기 전에 일행을 부탁했었다. 그런데 곽소혜를 보호하지 못했으니…….

"도왕이 내뿜는 기를 견뎌낼 수 없었나 봅니다."

요호의 말에 단운평의 고개가 홱하고 돌아갔다.

"곽 소저가 황룡보주의 딸이라는 것을 잊어버린 것인가?"

단운평의 말에 요호뿐만 아니라 황군명, 그리고 당이록, 당이연 모두의 안색이 변했다. 어느 순간부터 그녀를 일행의 짐이라고 생각하고만 있었다. 그제야 일행은 그녀가 강호 정세에 얼마나 큰 영향을 주는 변수인지 생각할 수 있었다.

"부상자가 셋이나 되다니… 이래서는 곤란한데."

관평위의 말에 주화령은 순간 당황했다. 붕대로 온몸을 감고 있는 요호, 여전히 누워서 잠만을 자고 있는 곽소혜 이 둘을 제외하고는 환자라고 생각되는 사람은 단운평뿐이었다. 아무리 부상자라 할지라도 단운평에게 곤란하다고 말할 상황이 아니었던 것이다.

"그렇군. 어떻게 하는 것이 좋을 것 같나? 요호는 움직일 수 있을 테고… 곽 소저는 이곳에 두고 가야 할까?”

단운평은 관평위의 말에 조금도 동요하지 않았다. 다른 이들은 몰랐지만 단운평은 알고 있었다. 관평위가 말한 세 번째 부상자는 도림 밖에 남겨둔 황서연을 칭하는 말이었다.

“곤란합니다. 도림이 확실하게 우리 편인지 알 수가 없는 상황에서 곽 소저를 여기 두는 건… 잘못했다간 인질이 되어버리고 맙니다.”

곽소혜 때문에 황룡보가 배신하게 된다면 단운평뿐만 아니라 풍운회 전 인원이 위험해진다. 돈의 위력은 도검 이상이다. 입고 먹는 것 이외에도 검을 사거나 무기를 날카롭게 연마하기 위한 숫돌 하나만 하더라도 돈이 필요하다. 자칫 풍운회가 제대로 된 시작도 하기 전에 무너지게 될지 모를 일이었다.

“상태는 어느 정도입니까?”

“며칠 쉬면 괜찮아질 거네만 당장은 거동조차 힘들 듯싶네.”

당공진이 곤란하다는 듯 말하자 단운평은 곽소혜에게 다가가 가만히 그녀를 바라보았다.

‘왜 나 같은 사람을 따라다니며 고생을 하시오.’

그런 그의 모습에 당이록이 나섰다.

“당숙이 있으니 크게 걱정할 거 없습니다.”

당이록의 말에 단운평이 당공진을 바라보았다. 단운평의 눈빛이 묻는 바를 알 수 있었던 당공진은 가만히 고개를 끄덕였다.

“출발하자.”

황군명을 향해 내린 말. 그때 방문이 열리며 들어오는 이가 있었다.

“무슨 일이오?”

황군명의 서늘한 어조.

"나 역시 일행이지 않소?"

황군명 이상으로 차가운 목소리의 주인은 다름 아닌 전습이었다. 전습의 뒤에는 평범한 외모의 한 사내가 서 있었는데 그의 눈빛에 가장 빨리 반응한 이는 바로 당거영이었다.

"자넨 누군가?"

그의 물음에 요호와 서문호의 시선이 사내에게로 향했다. 하지만 황군명과 당이록, 그리고 보서대는 여전히 전습에게서 눈을 떼지 못하고 있었다. 어찌 보면 믿음을 배신한 것과 다름없으니 그들이 전습을 노려보는 것을 한편으로 이해하는 단운평이었기에 그들에게 아무런 말을 하지 않았다.

"안녕하십니까? 저는 전익상이라고 합니다. 림주께서 단 대협과 함께 가라고 하시더군요. 저는 단 대협께서 싫어할 거라고 반대를 했지만 그분 고집을 막을 수가 있어야지요."

밝은 미소와 함께 전익상이 가볍게 포권을 해 보임에도 불구하고 그의 인사를 받는 이는 없었다. 당거영만이 그의 눈에서 경멸이라는 감정을 느끼고 얼굴을 찌푸리며 바라보았지만 그 외 다른 이들은 전익상을 무시하고 자신의 짐을 들고 방을 나섰다.

"허락은 도왕이 아니라 단 대협으로부터 받아야 하는 것이 아니오?"

방문을 나서던 서문호의 차가운 말. 그의 말에 전습의 몸에서 살기가 뿜어져 나왔다. 하나 전익상은 태연했다.

"자넨 누군가?"

자연스러운 하대. 이어서 전익상의 온몸에서 뿜어져 나오는 기운에 서문호는 자신도 모르게 도의 손잡이에 손을 가져갔다.

"뭐 하자는 거지?"

나직한 목소리와 함께 전익상을 향해 성큼 다가서는 단운평. 전익상 역시 허리춤으로 손을 가져갔다.

"뽑아라."

단운평의 말에 전익상은 다시 미소를 지으며 손을 내렸다. 자신이 도를 뽑는 순간 단운평이 자신의 목을 벨지도 모른다는 건 충분히 주의를 들은 부분이었다.

"물론 일행에 합류하려면 단 대협의 허락을 얻어야 하죠."

"귀찮다."

단운평의 짧은 말에 방 안에 들어선 이후 처음으로 전익상의 얼굴이 굳어졌다. 단운평으로선 알 수 없었겠지만 전익상이 생전 처음으로 듣는 말이다. 귀찮다니… 실제로 귀찮게 느껴졌던 상황이 있었을지도 모른다. 하지만 전익상 앞에서 그런 말을 하는 이는 아무도 없었다. 생명이 귀하다는 것을 알기 때문이었다.

"큰 도움이 될 겁니다."

간신히 평정을 되찾은 전익상의 입에서 나온 말. 불을 뿜어대는 듯한 전익상의 눈빛이 마음에 들지 않았던 당이록의 한마디는 전익상의 평정을 너무나 쉽게 무너뜨렸다.

"자신이 대단한 줄 아나 본데… 오히려 짐 덩이라구."

사실 당이록이 한 말은 혼잣말에 가까웠다. 문제는 좁은 방인 데다 당이록의 말을 듣지 못할 정도로 무공 성취가 낮은 이가 없다는 것이었다.

"네놈이 나설 자리가 아니다."

전익상의 말에 방 안은 적막으로 가득 찼다. 당이록이 품으로 손을 가져가자 단운평이 방문을 나서며 말했다.

"가자."

단운평은 전익상이나 전습의 말과 행동 따위는 전혀 신경 쓰지 않겠다는 의사를 표명한 것이었다. 그런 단운평의 모습에 당이록도 품에 넣은 손을 조용히 빼고는 단운평의 옆으로 다가가 묵뢰를 뺏다시피 하며 들었다. 그러자 전익상이 더 이상 참지 못하고 재빨리 방문 밖으로 나가 단운평의 앞을 막아섰다.

"함께 가도 되겠죠?"

단운평의 오른쪽 눈을 응시하는 전익상. 단운평의 얼굴이 찌푸려지는 순간 주화령과 당이록, 그리고 요호가 전익상과 단운평 사이에 끼어들었다.

"도림 안이라고는 하지만 너무하는군."

가만히 있던 당이연의 목소리. 당거영은 독왕이라는 별호를 가진 강호의 명숙. 아무리 일행의 책임자가 단운평이라고는 하나 전습과 전익상이 방 안에 들어와서 당거영에게 인사조차 하지 않고 있다. 당가에 대한 자부심 강한 당이연으로선 더 이상 참을 수가 없었다. 건드리면 폭발할 것 같은 분위기. 일촉즉발의 분위기를 깬 건 의외의 인물이었다.

"함께 가는 게 어떤가?"

당거영의 음성. 모두의 눈이 당거영에게 향했다가 단운평에게로 돌아갔다.

"명을 내리는 겁니까?"

무뚝뚝하게 내뱉는 단운평. 고개조차 돌리지 않았다.

"그럴 리가 있겠는가. 다만 도림의 힘을 받아들이는 것이 당가에게도 도움이 된다고 생각해서라네."

단운평의 머리 속에 화엽상과 차를 마시던 당거영의 모습이 떠올랐다.

"조건은 단 하나."

"뭡니까?"

단운평의 말에 즉각적으로 되묻는 전익상. 그러나 그의 눈은 여전히 당이록을 향하고 있었다.

"어떤 결정을 내리든 그것에 따를 것."

단운평의 말에 전익상은 당이록에게서 시선을 떼고 단운평 쪽을 바라보며 말했다.

"그야 당연히……."

"내 결정은 물론이거니와 군명의 결정에도 마찬가지다."

전익상은 무슨 농담인가 해서 자신의 동생인 전습을 바라보았다.

"알겠나?"

다짐을 요구하는 단운평.

"저자의 말을 따르라? 나보다 약한 상대의 말을 따를 리가 없……."

"나도 따르고 있다."

무림의 절대적인 법칙이 바로 강한 자가 옳다는 것이다. 아무리 봐도 황군명이 자신보다 약하다고 생각한 전익상이 반박하려 했으나 당거영의 말에 더 이상 아무런 말도 할 수가 없었다.

"가자."

단운평이 다시금 일행에게 말하자 전익상이 가라앉은 목소리로 말했다.

"알겠습니다. 그렇게 하지요."

단운평은 고개를 돌려 전익상을 바라보았다. 그리고 고개를 돌려 전습을 바라보자 전습도 고개를 끄덕여 동의를 표했다. 그 모습에 황군명은 한숨이 절로 나왔다. 단운평이 무슨 생각으로 그러는 것인지 알 수 없었다. 이제 단운평이 돌아왔기에 무거운 책임을 어깨에서 내려놓을 수 있다고 생각했건만…….

어찌 되었든 이 불안한 일행이 도림의 문을 나설 때는 이미 저녁노을이 빨갛게 내려앉고 있었다.

"호!"

"소홍! 자네가 어째서 여기에……."

도림을 나선 일행이 숲을 지나 도착한 조그만 마을에는 서문호에게 의외인 인물이 있었다.

"그건 내가 할 말이네. 어째서 명문정파인 서문세가의 소가주가 무림공적과 함께 있는 것인가?"

황소홍의 말에 서문호는 고개를 돌려 단운평의 안색을 살폈다. 자신이 일행에 합류한 것에 대해서 어떠한 언급도 없는 단운평. 그렇지 않아도 불안한 상태였던 서문호는 황소홍의 소매를 이끌고 단운평에게서 멀어지려 했다.

"누구길래 저리 예의가 없는고?"

마차에서 고개를 내민 당거영의 말. 단운평이 무림맹으로부터 공적 취급을 받는다고는 하지만 상대방 앞에서 공적이라고 계속 말하는 것은 무례한 행동이다.

"저자는 누구지? 도림의 고수인가?"

분명 황소홍의 실수였다. 도림에서 나온 인물이었으니 황소홍으로선 그렇게 생각할 수도 있는 일이었지만 당가의 전대 가주이자 독왕이라는 거대한 명성을 가진 당거영에게 말을 함부로 한 건 큰 무례였다.

파바박!

눈에 보이지도 않을 정도로 빠른 검. 황소홍이 미처 피하지 못하고 당황하는 순간 서문호의 도가 뽑혔다.

챙!

당이연은 자신의 검을 막은 서문호를 노려보았다.

"당신이 나설 자리가 아니오."

당이연의 말에 서문호는 고개를 저었다.

"나로 인해 이곳에 온 사람이오."

서문호의 말에 황소홍이 놀란 가슴을 진정시키고 검을 뽑아 들었다.

"기습을 가하다니. 정체를 밝혀라!"

그의 말에 단운평은 한숨을 쉬었다. 어떻게 된 건지 도림에 온 뒤로 자주 한숨을 쉬게 된다는 생각이 든 단운평이었다.

며칠 전 도림 밖에서 양전 등과 헤어지며 단운평은 단 한 마디를 남겼다.

"나올 때까지 기다리시오."

그리고 삼 일이나 지나서 나타난 단운평의 행동에 황소홍이 호의적인 반응을 보일 것이라고는 생각지 않았지만 검을 뽑아 들고 일행과 다툴 것이라고는 생각지 못했던 관평위이었다. 단운평은 고삐를 놓고 선 관평위를 바라보았다.

"역시 저자는 데려오지 않는 게 좋았을 성싶네."

관평위의 말에 단운평은 또다시 한숨을 쉬었다. 마차에서 내려 그들에 대해 이야기하려던 관평위는 갑자기 들려온 웃음소리에 머뭇거렸다.

"허허허……."

당거영은 어이가 없었다. 자신을 도림의 인물로 착각하다니……. 사람들이 당가를 정사지간이라고 말들 하지만 자신이 정파임을 단 한순간도 의심하지 않았던 당거영이었다. 아니, 그렇게 착각한다 할지라도 정파의 무인이 자신에게 저자라는 말을 쓸 거라고는 상상도 하지 못했었다.

"아버님, 제가……."

당거영을 따라 급히 마차에서 내리는 당공진. 그러나 당거영이 고개를 돌리자 당공진은 더 이상 아무런 말도 할 수가 없었다.

'늦었구나.'

"연아, 뒤로 물러나거라."

당거영의 말에 당이연은 급히 검을 거두고 뒤로 물러났다. 하나 서문호와 황소홍에게 향한 시선은 그대로 두고 있었다.

"어르신, 실수였습니다."

서문호가 허리를 깊숙하게 굽히며 말하자 황소홍이 그의 팔을 잡아당기며 소리쳤다.

"무림공적의 일행 따위에게 허리를 굽히지 말게! 정파인의 자존심은 어디에 두고 이런……!"

치지직.

당거영이 한 걸음 한 걸음 앞으로 나아감에 따라 그가 밟은 땅이 타들어가는 소리가 들렸다. 그 소리에 멀찌감치 떨어진 곳에서 마차의 고삐를 잡고 있던 단운평은 고삐를 휘둘러 마차를 출발시켰다.

"무슨……."

관평위가 놀라 단운평을 바라보자 단운평은 당거영 등이 있는 쪽은 쳐다보지도 않고 입을 열었다.

"독왕께서 알아서 하실 걸세."

선을 넘는 행동은 하지 않을 것이다. 당거영은 독왕이자 당가의 전대 가주. 분노하고 있어도 냉정을 유지하는 인물이다.

흙이 타는 소리가 들린다는 것은 독술을 전개한다는 뜻. 그것은 자신이 독왕임을 알린다는 것이다. 당거영이 독을 사용해 황소홍을 제압하려 마음먹었다면 무음무색의 독술을 펼쳤을 것이고 독술이 아닌 권법으로 상대하려 했다면 이미 황소홍은 피칠을 하고 있을 것이 분명했기에 단운평은 우선 마차를 옮겨야 했다. 말은 대단히 예민한 동물. 자칫 당거영의 독술에 말들이 영향을 받을 수 있었던 것이다.

"독술이라……. 역시 사악한 사파였군."

뚝!

당거영은 자신의 머리 속에서 어떤 끈이 끊어지는 느낌을 받았다. 순식간에 독을 거둬들인 당거영은 서문호를 노려보았다.

"저리 비키거라."

당거영의 말에 서문호는 입장이 몹시도 곤란해졌다. 비키자니 자신 때문에 이곳까지 찾아온 친구가 다칠 판이고 그렇다고 막아서자니 상대는 독왕. 굳이 배분이 아니더라도 맞서서는 안 되는 사람이었기 때문이다.

"어르신, 모르고 한 행동입니다."

"알고 있다."

당거영의 표정이 딱딱하게 굳어졌다. 그의 표정을 본 서문호는 더 이상 막을 수가 없었다. 심상치 않은 분위기에 황소홍의 곁에서 당거영의 얼굴을 가만히 바라보던 양전의 두 눈이 커졌다.

“아… 독왕 어르신……!”

양전의 말에 황소홍의 목이 양전을 향해 바람 소리를 내며 돌아갔다. 양전의 두 눈에 가득한 놀라움이라는 감정이 진심으로 느껴지자 황소홍은 어둑해지는 하늘이 하얗게 보였다. 자신의 사부라 할지라도 독왕 앞에서 자신처럼 행동하지 않았을 것이다. 아니, 행동하지 못했을 것이다.

“정말 독왕이십니까?”

조금 떨어진 곳에서 그 장면을 지켜보던 황군명은 자신이 도왕을 보고 떨었던 모습을 떠올리며 고개를 흔들었다.

‘검술에 비해 머리는 따르지 않는 모양이군.’

황군명과 주화령, 당이록, 그리고 요호는 당거영에게 멍청한 짓을 하고 있는 사내가 강호팔걸의 한 명인 황소홍이라는 것을 잘 알고 있었다. 강호팔걸은 젊은 무인들에게 있어 부러움의 대상임과 동시에 경쟁할 수 있는 대상이었기에 무림맹에 있었던 그들이 황소홍의 얼굴을 기억하지 못할 리가 없었던 것이다.

“뽑아라.”

당거영의 차가운 목소리. 검을 뽑으란 소리는 막아내지 못하면 죽이겠다는 의미. 황소홍은 이미 돌아갈 수 없는 강을 건넜음을 깨닫고 천천히 검을 뽑았다. 검을 뽑는 순간이 영원처럼 길기를 바랐으나 절대 그럴 리가 없다. 시간이 멈추길 바랐던 그의 소망은 너무나 쉽게 무너졌다. 검을 뽑는 순간은 찰나처럼 짧았다.

“어르신, 모르고 한 말입니다.”

놀람은 잠시였고 침중한 표정으로 황소홍의 앞을 막아서는 이는 다름 아닌 양전이었다. 양전이 당거영의 기세를 잠시 늦추자 서문호가 황소홍의 곁으로 급히 달려가 그의 머리를 손으로 눌렀다.

"어르신, 용서해 주십시오!"

황소홍은 서문호의 급작스런 행동에 놀랐지만 그의 의도를 모르지 않았기에 가만히 고개를 숙이고 있었다.

"오랜만이군, 자네. 생명을 취하려는 것이 아니니 자네는 물러서게."

서문호나 황소홍은 쳐다보지도 않은 채 양전에게 말하는 당거영.

그때 마차가 사라진 쪽에서 단운평이 걸어왔다. 마차를 세워두고 그가 온 이유는 자신이 이들의 싸움을 봐야 할 의무가 있었기 때문이다.

"모른 척해주길 바랐건만. 참견하려 하는 건가? 그 몸으로 나를 막기는 힘들 텐데……."

당거영의 가라앉은 목소리에 단운평은 고개를 저었다.

"일행에 대한 책임을 지는 건 저. 결과를 지켜보려는 것뿐입니다. 죽이지는 말아주십시오."

서문호는 마지막 남은 가능성이 무너지자 도를 뽑아 들었다.

"무슨 의미지?"

당거영의 물음에 서문호는 몸을 비스듬히 틀면서 도를 들어 당거영을 겨누었다.

"저 때문에 온 친굽니다. 어르신의 공격을 함께 막아낼 수밖에요."

당거영은 힐끗 단운평을 바라보았다. 당이록으로부터 서문호와 단운평 사이의 일에 대해서는 대충이나마 들었다. 하나 단운평은 조금의 표정 변화도 없었다.

"두 명이라… 그 정도는 돼야겠지. 너희가 오겠느냐, 내가 가는 것이 좋겠느냐?"

파박.

서문호가 앞으로 달려나가자 그의 뒤를 따라 황소홍도 급히 움직였다. 단운평과의 겨룸 당시 다친 왼쪽 어깨와 손을 치료하면서 끊임없이 그날의 단운평의 움직임을 생각하던 당거영이었다. 때문에 평소처럼 가볍게 손을 내저어 도를 쳐내지 않고 부드럽게 발을 놀려 서문호의 옆을 스쳐 지나 뒤를 따르는 황소홍에게로 향했다.

서문호는 당거영이 자신의 옆을 스쳐 지나가자 급히 세우고는 몸을 돌렸다.

파바박!

단숨에 세 번이나 뻗어져 나오는 검. 황소홍은 자신이 펼칠 수 있는 가장 빠른 검식을 펼쳤다.

"이놈!"

당거영은 커다란 외침과 함께 서문호의 공격을 피하는 것과 마찬가지로 부드러운 몸놀림으로 옆으로 움직여 황소홍의 공격을 피해냈다. 이어지는 서문호의 공격. 당거영은 상체만을 뒤로 젖혀 도를 피하고선 허리를 세우면서 손을 뻗어 도면을 쳐냈다.

웅—

당거영의 손에 닿은 서문호의 도가 묵직한 진동을 내며 울자 서문호는 급히 뒤로 물러섰다.

"합!"

서문호가 뒤로 물러서는 동시에 반대편에서 힘껏 검을 찔러드는 황소홍. 당거영은 손을 뻗어 찔러 들어오는 검날을 손으로 잡아당겨 버렸다. 자신의 검을 맨손으로 잡아챌 거라고는 생각지 못한 황소홍은 놀라 검을 잡은 손에 힘을 주었고 덕분에 상체가 앞으로 잔뜩 숙여지게 되었다.

스륵.

잡은 검을 놓지 않은 채 부드러운 움직임으로 앞으로 나아간 당거영은 조금의 주저함 없이 반대쪽 손으로 황소홍의 어깨를 후려갈겼다.

퍽!

"윽!"

어깨에서 느껴지는 충격에 검을 놓고 뒤로 물러서는 황소홍. 황소홍은 왼손으로 오른쪽 어깨를 감싸며 놀란 눈으로 당거영을 바라보았다. 일반적으로 배분이 높은 사람과 겨룸에 있어 아랫사람에게 세 초식 정도를 양보하는 것이 관례였건만 당거영은 두 번째 초식을 펼치는 황소홍을 공격했다. 물론 일 대 일이 아니라 일 대 이의 겨룸이었으나 독왕의 명성에 비하면 강호팔걸은 세 명이 달려든다 해도 부족한 실정이었으니 초식의 양보 없이 공격한 당거영의 태도를 이해할 수 없었던 것이다.

"갑니다!"

황소홍이 공격당하는 순간 서문호는 당거영의 뒤쪽에 있었기에 등 뒤를 공격하는 것처럼 느껴져 소리를 쳤다.

부웅.

허공으로 뛰어오르며 도를 쳐들었다가 내려오는 힘을 더해 내려쳐지는 서문호의 도. 당거영이 황소홍의 도를 맨손으로 잡는 모습에 만일 도가 잡히게 될 경우 튕겨내 버릴 각오로 도를 휘두른 것이었다.

챙!

서문호는 튕겨진 자신의 도를 잡은 손에 힘을 주고는 당거영을 노려보았다.

"제법이구만."

당거영의 목소리는 그의 부드러운 표정과 달리 차가웠다. 그렇지 않아도 강한 서문세가의 도법에 단운평의 지도를 받은 서문호라면 맨손으로 막아냈다가는 손의 상처가 다시금 벌어질 것을 염려한 당거영은 뒤로 물러서려 했으나 순간 마음을 바꾸어 손에 든 황소홍의 검으로 서문호의 도를 막았다.

황소홍이 가진 검이나 서문호가 가진 도. 어느 한쪽도 시장통에서 파는 흔한 물건이 아니었기에 둘이 부딪치는 순간 양쪽의 날이 상했다. 당거영은 황소홍을 향해 검을 가볍게 던져 주고는 서문호를 향해 천천히 걸어갔다.

단운평의 명에 의해 말을 타고 마차 주변을 지키던 이들은 결과가 궁금했지만 꾹 참고 있었다.

"그렇지 않아도 험상궂은 얼굴인데 이젠 머리칼로 가리지도 않다니……."

갑작스런 보서대의 말에 황군명은 피식 웃었다. 보서대의 말처럼 도림에서 단운평과 재회했을 때 그의 얼굴을 가리고 있던 앞 머리칼이 짧아져 있어 자신도 모르게 한 걸음 뒤로 물러섰던 황군명이었다.

"그래도 난 형님 눈빛을 볼 수 있어서 좋던데."

보서대의 말에 당이록이 반박했다. 둘은 도림 안에서 친해져 농담마저 주고받는 사이가 되었다.

"그건 그렇고 형님 상태가 어느 정도인지 걱정이군."

황군명의 말에 마차 안에 있던 당공진이 한숨을 쉬며 고개를 내밀었다.

"워낙에 특이한 사람이라서 괜찮아진 것인지 아닌지 모르겠더군."

당공진에게 물으려 한 것이 아니었건만 묻게 된 것처럼 되어버리자 황군명은 당공진에게 가볍게 고개를 숙여 보였다.

"단 대협의 머리칼이 짧아진 것에 대한 이야기는 그쯤하고 어디로 가는 거지?"

요호의 물음에 황군명은 말 위에서 내려 주변을 둘러보다가 작은 목소리로 답했다.

"감숙성으로 갈 겁니다."

"왜 그 추운 곳으로 가는 거지?"

감숙성은 중원 대륙의 북서쪽에 위치한 지역이었다. 넓은 중원 대륙의 북쪽인만큼 건조하고 차가운 곳이기에 환자인 곽소혜를 데리고 감숙성을 향한다는 말에 요호는 의문을 표했다.

"그곳에 철혈무제… 의 사형이 있다는군요."

황군명은 철혈무제라는 말을 할 때 잠시 머뭇거렸다. 여전히 철혈무제의 존재가 두려운 황군명이었다.

"우리도 가봐야 되는 거 아닐까요?"

주화령의 말에 황군명은 고개를 저었다. 단운평을 믿고 따르는 이상 그의 의도를 따라주는 것이 가장 옳은 일이다. 또한 무엇보다 단운평의 안전이 중요하지만 서문호 등을 생각하지 않을 수도 없었다.

"형님은 그저 보러 가는 것뿐이니 함께 갈 필요가……."

"그래도 몸 상태가 정상이 아니잖아요."

주화령의 말에 관평위가 마부석에서 내려왔다.

"패하는 자들의 자존심도 생각해 줘야지요."

관평위의 말에 주화령은 더 이상 불만을 표할 수가 없었다. 단운평이 그곳으로 간 이유는 혹시나 모를 당거영의 지나친 행동을 막기 위해서였다. 그리고 그가 홀로 간 이유는 관평위의 말과 같았다.

관평위가 말을 하지 않았어도 그 사실을 모르는 이는 없었다. 사실 주화령도 그 사실을 알았으나 만에 하나 정말로 당거영을 막아야 하는 상황이 되었을 경우 단운평의 현재 상태로 막을 수 있을까 하는 걱정이 앞섰던 것이다.

"나라도 가볼까?"

혼잣말하듯 말하는 이는 전익상. 전익상은 말을 움직여 황군명이 서 있는 곳으로 다가왔다. 그리고 가만히 황군명을 내려다보는 전익상. 황군명은 전익상의 입가에 걸린 차가운 미소가 마음이 걸렸다.

"편할 대로."

차가운 황군명의 어투에 요호는 놀란 눈으로 황군명을 바라보았다. 가서는 안 된다고 말하고 있던 황군명이 전익상에게는 가도 좋다고 말하고 있다. 이유가 궁금해서 물어보려 하는 순간 전습이 나섰다.

"형님."

"시끄럽다. 왜 내가 패자들을 배려해야 하지?"

전익상의 말은 전습을 향하는 말이 아니었다. 일행 모두에게 하는 말. 그의 말에 반박할 수 있는 이는 아무도 없었다. 패자에 대한 배려는 그와 겨루어 승리한 자만이 가질 수 있는 일. 주변 사람들에게는 어떠한 권한도 없었다. 더군다나 전익상은 힘의 우위로만 평가받는 사파의 인물. 그에게 어떤 말을 해도 소용이 없음을 너무나도 잘 알았던 것이다.

"가실 겁니까?"

전습의 물음에 전익상은 고개를 끄덕였다.

"독왕과 강호팔걸의 두 사람이 겨룬다라… 볼 가치도 없지. 독왕이 마음만 먹으면 단 한 수에 죽일 수 있을 테니까."

독왕은 일파의 문주 이상의 힘을 가진 인물. 강호에서 강호팔걸의 이름이 아무리 대단하다 할지라도 독왕과는 비할 수 없다는 것을 잘 알고 있는 전익상이었다.

"그럼 왜 그곳에 가려는 겁니까?"

"내가 어딜 가든 저자에게 허락을 받아야 한다는 것이 웃겨서 말이지. 난 내가 가고 싶으면 가고 가기 싫으면 안 갈 거야."

전익상이 손가락으로 가리키는 사람은 다름 아닌 황군명. 그의 행동에도 황군명의 얼굴은 조금도 변함이 없었다. 단운평이 관평위나 요호, 그리고 당공진과 동행하지 않고 간 것은 전익상이라는 사내의 위험성도 감안한 것이리라. 전습, 전익상이 일행을 위협할 경우 충분히 막아 낼 수 있는 인원이기에 황군명은 조금도 긴장할 이유가 없었다.

그리고 전익상이 단운평이 있는 곳으로 간다고 하는 것도 말릴 이유가 없었다. 가능하다면 단운평이 없을 때는 전습과 전익상을 함께 두지 않는 편이 일행의 안전에는 도움이 되었기 때문이다. 특히나 지금의 곽소혜처럼 상태가 좋지 않은 일행이 있을 경우는 더 더욱 그러했다.

"그래서 어떻게 하실 겁니까?"

전습의 물음에 전익상은 황군명을 향해 도를 뽑아 들었다.

"누가 위인지 분명하게 알려줘야 하지 않겠나?"

전익상의 행동에 요호와 당이록은 급히 마차 가까이 말을 몰았다. 전습이나 전익상은 상대에게 손을 쓸 때 다른 이에 대한 배려는 없다.

마차에 충격이 가해져 곽소혜의 상태가 나빠지게 할 수는 없다. 자칫 단운평이 분노해 전익상을 베어버린다면 도림과 틀어지게 된다. 지금 상황에서 도림이 단운평을 적극적으로 적대시할 경우 견뎌낼 수 있을 거라고 생각할 수가 없었다.

“풍룡이 자리에 없다고 이렇게 나올 줄이야. 말에서 내려오지?”

말을 몰아 전익상 가까이 와서 그를 노려보는 이는 당이록이었다. 당거영과 당공진도 황군명을 인정하고 있건만 전익상이 그러지 못하고 이렇게 날뛰는 것은 이해할 수 없었다.

더군다나 지금 이곳에는 당공진이 있는데 저리 행동하는 것은 당공진마저 무시하는 행동이라 생각할 수 있는 일이었다. 황군명은 아무런 말 없이 전익상과 당이록, 그리고 전습을 바라보았다.

“그럼 시작해 볼까?”

탁.

가볍게 말 등을 차고 허공으로 뛰어오른 전익상은 도를 쳐들고 황군명을 향해 날아들었다. 황군명은 조금의 지체도 없이 앞으로 달려나가 최대한 마차에서 떨어지려 했다. 그리고 그런 그들의 모습에 전습이 금도를 뽑아 들었다.

“자네는 내가 상대하지.”

전습이 있는 곳으로 움직인 사람은 관평위. 세류편을 뽑아 팔에 감은 관평위는 마부석을 박차고 앞으로 쏘아져 나갔다. 관평위의 그런 움직임을 가장 눈여겨보는 사람은 요호. 단운평과 관평위가 일행과 떨어졌을 때 단운평이 했던 말을 기억하고 있다. 관평위와 자신의 실력이 비슷할 거라는.

쾅!

관평위는 전습의 도를 세류편을 감은 팔로 막아내고는 반대 팔을 휘둘러 전습의 얼굴을 노렸다.

쇄액.

무서운 소리와 함께 얼굴을 향해 날아드는 관평위의 손을 피하려 뒤로 물러선 전습은 관평위를 쳐다보지도 않은 채 아래쪽으로 도를 휘둘렀다.

부웅―

관평위는 자신의 코앞을 스쳐 지나는 전습의 금도에 목덜미에 소름이 돋았으나 이내 앞으로 나가며 팔에 감긴 세류편을 풀었다.

"괜찮군."

관평위의 움직임에 요호는 가슴이 두근거렸다. 관평위의 움직임을 보며 자신이라면 어떻게 했을까 혹은 자신이 관평위의 공격을 받았으면 어떻게 되었을까를 생각하고 있었던 것이다.

"컥! 쿨럭!"

피를 한 움큼 토해내는 서문호. 그리고 신음과 함께 바닥에 쓰러져 있는 황소홍. 독왕이 왜 독왕인지 알 수 있는 광경이었다. 황소홍의 앞을 막아선 황서연은 독왕의 압도적인 기세에 온몸이 떨려옴을 느꼈다.

"강호팔걸이라는 칭호를 듣고 어린 놈들이 너희를 목표로 한다고 해서 스스로가 정말로 대단하다고 착각을 하고 있었나 보구만."

당거영의 말은 신랄했다. 강호의 호사가들로 인해 강호구룡의 수준에는 미치지 못하나 강호팔걸의 수준이 고수의 수준에 들어섰다고 칭해져 왔다. 하나 단운평을 제외한 강호팔룡은 정사대전이나 천앙의 혈풍 등의 혈로를 헤쳐 나온 사람들로 그 실력이 입증된 것에 반해 강호팔걸은 그저 사람들의 입으로 만들어진 존재에 불과했다. 때문에 당거영은 조금의 불안감 없이 실력을 발휘했다.

'그러고 보면 저 녀석은 괴물이야.'

단운평이 서 있는 모습을 보면서 당거영은 고개를 절레절레 저었다. 성치도 않은 몸으로 마차를 모는 건 그렇다고 치지만 저 몸으로 자신을 감시까지 하고 있다. 그것은 저 몸으로도 자신을 저지할 수 있다는 의미다. 허세인지 진심인지 생각해 볼 필요도 없었다. 단운평은 해야할 일은 해내는 인물이었으니…….

"계속해야겠지?"

후들거리는 다리로 서 있는 서문호에게 당거영이 묻자 서문호는 아무런 말 없이 도를 치켜들 뿐이었다. 당장이라도 쓰러질 것 같았지만 서문호는 그럴 수가 없었다.

객점에서 헤어진 후 단운평을 처음으로 만난 자리에서 단운평은 자신에게 어떠한 말도 건네지 않았다. 마치 없는 존재인 양 자신을 대했다. 자신이 절연을 선택했기에 그것이 자신이 만든 일이라는 건 누구보다 잘 알고 있는 서문호였지만 견디기 힘든 일이었다.

다행히 지금은 자신을 바라봐 주기는 하고 있다. 단운평이 바라보는데 포기하는 모습 따위는 보여줄 수가 없었다. 만일 포기한다면 단운평이 자신을 바라보는 것이 문제가 아니라 단운평 앞에 계속 있을 용기마저 사라져 버릴 것이 분명했기 때문이다.

"오십시오."

가만히 선 채 자신을 부르는 서문호의 모습에도 당거영은 조금도 노엽지 않았다. 이미 서문호는 움직이지 못할 상태라는 것을 알고 있었기 때문이다. 자신이 화가 난 상대는 황소홍. 서문호에게 악감정은 없다. 때문에 다시 한 번 단운평을 힐긋 바라본 당거영은 빠르게 움직여 서문호의 가슴을 향해 손을 뻗었다.

"하앗!"

하늘을 향해 치켜든 도를 내려친 서문호는 자신의 가슴에서 느껴지는 격통에 피를 울컥 토하고선 선 자세 그대로 옆으로 쓰러졌다. 당거영은 쓰러진 서문호를 잠시 바라보다가 황소홍이 있는 곳으로 다가갔다.

"비켜라."

당거영은 무시무시한 눈길로 황소홍의 앞을 막고 있는 황서연을 바라보았다. 황서연은 당거영의 눈길에 부들부들 떨면서 옆으로 물러섰다. 손을 다친 이후 삼 일간 자신의 수발을 들어주던 황소홍이었으나 그것이 독왕에 맞설 정도는 아니었다.

"일어서라."

당거영의 말에 신음을 토하던 황소홍은 힘겹게 상반신을 세우며 말했다.

"이제 그만 용서해 주십시오."

황소홍이 태어나 이 정도로 맞은 건 처음이었다. 누군가 그랬다. 맞는 것도 이력이 붙으면 괜찮다고. 불행히도 황소홍은 이력이 붙지 않았고, 때문에 지금의 통증은 너무나 고통스러웠다.

"일어서라."

다시금 말하는 당거영. 양전이 다시 나서려 했으나 단운평의 말에 조용히 뒤로 물러설 수밖에 없었다.

"서문호는 정신이 있는 한 맞섰다."

쿵!

황소홍은 심장이 내려앉는 듯한 기분을 느꼈다. 정신이 있는 한 맞섰다는 말은 최선을 다했다는 말이다. 자신은 어떠한가. 황소홍은 자신의 팔이 움직이고 자신의 다리 역시 움직일 수 있다는 사실에 얼굴이 붉어졌다. 어린아이도 아니건만 서 있어야 할 때 누워서 신음만 내고 있지 않은가.

"크아악!"

비명과 함께 일어선 황소홍. 가슴 언저리에서 느껴지는 고통에 눈물이 핑 돌았다. 고개를 흔들어 정신을 가다듬은 그의 눈에 처음으로 들어온 이는 자신의 앞에서 무서운 눈으로 바라보는 당거영이 아니라 쓰러져 있는 서문호였다. 서문호의 곁으로 달려간 방추가 그의 몸을 살피는 것을 보던 황소홍은 크게 숨을 들이키고는 당거영에게 한 걸음한 걸음 다가갔다.

"이번엔 제대로 해라."

당거영의 말에 황소홍은 검을 쥔 손에 잔뜩 힘을 주고는 앞으로 달려나갔다. 그의 눈빛에 당거영 역시 손에 힘을 주었다. 그리고 당거영의 손이 붉어졌다.

"제법이군."

전익상의 도를 밀어내며 연신 봉을 휘두르는 황군명의 모습에 당공진은 솔직히 놀랐다. 자신이 보기에도 전익상의 도법은 빠르고 날카로운 것이 몹시 위험해 보였다. 그러나 황군명은 싸움을 자신의 흐름으로 이끌어 전익상의 도법이 완전히 펼쳐지는 것을 막았다.

'역시.'

황군명은 저번에 보았던 전습의 도법의 흐름을 기억하고는 전익상 역시 같은 도법을 익혔으리라 예상하고 연신 전익상의 하반신을 공격했다. 그의 생각은 적중해서 전익상은 어지럽게 도를 휘둘러 황군명의 공격을 막아낼 뿐 제대로 된 도법을 펼칠 수가 없었다.

이유는 간단했다. 전습과 전익상이 익힌 도법은 앞으로 달려나가며 상체에 힘을 집중하여 펼치는 공격을 위주로 한 무공이었는데 황군명이 하반신만을 공격하는 바람에 허리를 숙여야 했고 때문에 상체에 제대로 힘을 배분할 수가 없었다.

뒤로 물러서서 새롭게 균형을 잡으면 괜찮겠지만 자신의 뒤에는 전습과 관평위가 격렬하게 충돌하고 있었다. 괜히 그들의 싸움에 휩쓸리게 되면 자칫 중상자가 나올 수도 있었다. 만에 하나 중상자가 나왔다간 도림에 돌아가서 목을 내놓아야 할지도 모른다. 도왕이 자신들을 보낸 건 풍룡과 협력하면서 그들에 대한 정보를 보내기 위함이지 이들에게 해를 끼치기 위함이 아니었다.

"젠장!"

날카로운 소리와 함께 전익상은 팔에 있는 힘을 다 싣고 앞으로 나갔다. 황군명은 봉으로 도를 막았으나 전익상이 힘으로 밀어붙이자 순간 뒤로 물러나고 말았다.

'이런!'

황군명은 급히 다시 앞으로 달려들었으나 상체를 세운 전익상은 날카로운 눈빛과 함께 도법을 전개했다.

슈슈슝!

대기를 찢는 소리와 함께 허공을 가득 메운 전익상의 도. 황군명은 봉을 들어 도를 막았으나 황군명의 봉은 특별한 재질로 만든 것이 아니라 단운평이 꺾어준 나뭇가지로 만든 것일 뿐, 순식간에 봉의 길이가 짧아졌다.

“이걸 써라.”

쇄액!

날카로운 소리와 함께 자신의 등 뒤에서 날아오는 무언가를 잡아챈 황군명은 얼마 남지 않은 봉을 전익상에게 던지고는 손에 든 물건을 바라보았다.

“윽!”

황군명은 그 물체가 무엇인지 알게 된 순간 엄청난 부담감을 느끼지 않을 수 없었다. 자신이 잡은 그것은 다름 아닌 요호의 창이었다. 처음부터 분리가 되는 것이었는지 창대만 있을 뿐 창 앞의 날카로운 창날은 보이지 않았다.

화엽상에 의해 반 토막 났던 창을 도림에서 고친 것이었는데 강호에서 자신의 무기를 빌려주는 것은 결코 흔한 일이 아니었다. 이런 것을 빌린 이상 패배할 수는 없었다. 남이 아끼는 무기에 승리를 더해준다 할지라도 미안한 일. 패배는 결코 용납되는 일이 아니었다. 특히나 요호의 눈빛을 보면 더 더욱…….

황군명은 요호에게 감사의 인사라도 하고 싶었으나 어느새 자신의 면전으로 날아드는 전익상의 도에 급히 창대를 들어 그의 공격을 막아냈다.

“하얏!”

기합성과 함께 전익상의 도가 움직였다.

문제는 그 순간 해가 완전히 가라앉아 전익상의 도가 보이지 않았다. 절묘한 시점이었던 것이다. 황군명은 순간 눈을 감고 모든 신경을 양쪽 귀에 집중했다.

챙!

간신히 전익상의 도를 막은 황군명은 아무런 계산도 하지 않은 채 손을 앞으로 뻗었다.

"윽!"

팅!

정확하게 전익상의 도극을 찔러온 황군명의 창대. 도가 진동하며 전익상의 팔에도 큰 영향을 끼쳤다.

"이 정도면 그만 하시겠소?"

이미 어두워져 더 이상 겨룸은 뜻하지 않은 사고를 불러올 수 있었다. 황군명의 말에 전익상은 콧방귀를 뀌고는 한참을 가만히 있다가 입을 열었다.

"그 정도면 내가 배려를 해도 괜찮겠군."

자신이 도법을 제대로 펼칠 수 없도록 막았을 뿐만 아니라 보이지 않는 상대의 도를 공격해 내기까지 했다. 처음에는 머리만 그럴듯한 놈이 아닌가 해서 싫었던 상대였다. 제아무리 머리가 좋다고 한들 강호에서 힘없는 자가 강한 자를 부리는 것은 인정할 수 없었던 전익상이었던 것이다.

문제는 이들이 멈춘 것에 비해 전습과 관평위의 싸움은 더욱 격렬해져 있었다.

쾅!

폭음을 뒤로한 채 어둠 속은 적막을 유지했다.

"그만 해라."

전익상의 말에도 불구하고 전습은 아무런 대답을 하지 않았다. 지금 소리를 낸다는 것은 위치를 노출하는 행위. 상대가 무기를 거두지 않

있는데 섣불리 행동할 수는 없었다. 또한 그런 여유를 부리기엔 너무 위험한 상대였다.

차르륵.

세류편 특유의 소리에 전습은 금도를 치켜들어 세류편을 튕겨내려 했다. 그러나 세류편은 쉽게 튕겨낼 수 있는 것이 아니었다.

차르륵.

관평위는 처음부터 전습을 노린 것이 아니었다. 세류편으로 노린 것은 다름 아닌 금도. 어느새 감겨진 금도를 힘껏 잡아당기는 관평위였다.

"핫!"

전습은 관평위가 자신의 금도를 잡아당기자 그 힘을 거스르지 않고 도와 함께 세류편이 당기는 쪽으로 몸을 움직였다. 기민한 그의 움직임에 관평위는 도를 잡아당기는 데 어떠한 저항도 느끼지 못했고 그 사실에 전습의 행동을 예측할 수 있었다.

손목을 꺾어 세류편의 움직임을 불규칙하게 움직이자 그제야 전습은 도를 잡은 손에 힘을 주었다. 관평위는 저항감이 느껴지자 왼손을 품 안으로 가져갔다. 그리고 품 안에서 손을 꺼내는 순간.

차르륵!

'무슨?'

전습은 방금의 소리에 온몸의 긴장을 높였다.

쉐액.

날카로운 소리. 전습은 급히 몸을 비틀었다.

차르륵.

날카로운 소리는 다시금 이어졌고 전습은 온 정신을 모아 소리가 나는 물체를 피했다. 그러나 묶여 있는 금도를 잡은 채 움직이는 공간은 한계가 있을 수밖에 없어 전습의 몸에는 하나둘씩 상흔이 생기기 시작했다.

전습은 조금씩 호흡이 가빠지자 금도를 힘으로 눌러 바닥에 꽂았다. 그리고 금도를 묶은 세류편을 따라 앞으로 빠르게 움직였다.

"하앗!"

기합과 함께 오른손에 잔뜩 기를 모은 전습이 관평위의 머리를 노리고 손을 휘두르는 순간 관평위는 왼쪽 손목을 가볍게 뒤집었다.

퍽!

둔탁한 소리와 함께 전습은 어깨를 감싸며 옆으로 쓰러졌다.

"두… 개였군."

그렇다. 관평위의 품에서 나온 건 두 번째 세류편. 전습은 자신이 당한 이유를 깨닫고는 힘겹게 몸을 일으켜 세웠다.

"이번엔 내가 졌소."

어둠이 가득한 곳에서 도로 두 개의 편을 이기는 것은 불가능에 가깝다. 아니, 접근조차 힘겨울 상황에 패배는 확정적이라 할 수 있었다. 편의 길이도 길이지만 편의 속도가 도의 속도보다 훨씬 빠르기에 어둠 속에서 그것을 막거나 피할 수가 없기 때문이다.

'이번에는… 이라……'

관평위는 고개를 끄덕이곤 오른손에 힘을 주어 세류편을 힘껏 당겼다. 땅에 꽂혀 있던 금도가 뽑히며 세류편이 돌아왔고 관평위는 금도를 들었다.

팟.

요호와 당이록은 화섭자를 가지고 바닥에 떨어진 나뭇가지를 모아

불을 붙였다. 순식간에 밝아진 마차 주변. 관평위는 어깨를 감싸고 있는 전습에게 금도를 건넸다.

"대충 서열이 정해진 모양이군."

어둠 속에서 나타난 사람은 당거영과 단운평, 그리고 그 뒤로 양전을 비롯한 사람들이었다.

"어서 가지."

단운평은 어지러운 분위기를 전혀 신경 쓰지 않은 채 마차에 올랐다. 모두는 그런 단운평의 태도에 멍하니 있다가 마차가 출발하자 급히 각자의 말을 탔다. 한 치 앞이 보이지 않는 어둠 속이라 해도 안전한 곳이 아니라면 머무를 수 없는 법. 이들은 쉴 만한 곳을 찾아 이동하지 않을 수 없었다.

第二十四章

어긋난 인연이 끝나다

황소홍은 정신을 차리는 순간 느껴지는 격통에 비명을 지르고 싶었지만 비명조차 제대로 나오지 않았다.

"윽."

신음성에 놀라 옆을 바라보니 옆에는 서문호가 누워 있었다.

"자네, 정신 차린 건가?"

쿵. 덜컹.

상체를 세우려던 황소홍은 자신이 누워 있는 곳이 마차 위라는 사실을 그제야 알 수 있었다.

"크윽!"

마차의 흔들림 때문에 가슴이 울려 신음을 내뱉은 서문호는 가만히 눈을 뜨고 황소홍을 바라보았다.

"가만히 누워 있게."

사실 서문호는 황소홍이 정신을 차리기 전에 이미 정신을 차리고 있었다. 깨어났다고는 하나 어떻게 행동해야 할지 감이 잡히지 않아 가만히 있었을 뿐이었다. 정신을 잃었을 때 당공진이 치료를 했는지 온몸에서 약 냄새가 나고 있었기에 몸 상태는 걱정되지 않았다.

"다행이군."

서문호의 말에 황소홍은 무슨 소리냐는 듯 고개를 돌렸다. 하나 서문호는 더 이상 아무런 말을 하지 않았다.

서문호가 말한 것은 자신이 마차에 타고 있어도 괜찮다는 것이 다행이라는 말이었다. 혹시나 단운평이 자신을 이번에도 없는 사람 취급하지는 않을까 걱정했건만 마차에 태워준 것만 해도 그의 존재를 인정한 것과 다름이 없다고 생각하는 서문호였다.

"만나서 어쩔 셈인가? 자네가 그를 이길 수 있을지……."

관평위는 단운평의 눈빛에 더 이상 말을 이을 수가 없었다. 이해하고 있다. 자신이라 할지라도 선친의 원수가 있다는 것을 알면 당장이라도 그곳으로 갈 것이다. 하지만 승산없는 상대를 향해 목숨을 버리러 간다면 단운평도 자신을 말렸을 것이다.

"나는 그가 강호를 떠났다고 생각하지 않네. 그렇기 때문에 그가 무엇을 계획하고 있는지 알아야 하네."

단운평의 말에 관평위는 더 이상 아무런 말을 하지 않았다. 이미 결정은 내려진 상황. 단운평이 마음을 바꿀 생각이 없다는 것을 안 이상 그를 도울 생각을 하는 것이 중요하다.

"그때까지 있을까?"

감숙성은 먼 곳이다. 그곳까지 마차로 가는 데 세 달이 걸릴지 네 달이 걸릴지 모를 일이다. 그동안 파황이 그곳에 있을 거란 보장이 없었다.

"없어도 상관없네."

그가 없어도 그곳에서 무엇을 했는지는 알아낼 수 있다는 말이다. 관평위는 고개를 끄덕이고는 눈을 감았다. 이제부터는 체력 문제다. 시간이 있을 때 최대한 체력을 비축해야 한다. 감숙성으로 가는 길이 결코 쉽지 않을 것이다. 도림에 가기 전에도 무림맹에 쫓기던 단운평이었다. 풍운회가 본격적으로 움직이기 시작하면 단운평을 노리는 이들은 지금보다 훨씬 많아지고 또 강해질 것이다.

순식간에 잠이 든 관평위. 관평위의 잠든 모습을 바라보던 단운평은 조용한 목소리로 말했다.

"네가 다시 이곳에 온 이유는 모른다. 하지만 너와의 인연은 이미 끊어진 상황. 다시 잇고 싶다면 그만한 대가를 치러야 할 것이다."

그의 말에 마차 위에 있던 서문호는 아무런 대답도 할 수가 없었다. 치러야 할 대가가 무엇인지, 과연 그것을 치러낸다고 단운평의 신뢰를 얻을 수 있을지 모르는 일이다. 하지만 이제 그에게 선택권은 없었다. 자신을 위해서, 가문을 위해서 서문호는 인연을 이을 수밖에 없었다.

도림을 떠난 지 보름. 이상하게도 더 이상 단운평 일행을 공격해 오는 이들은 없었다. 그 기간 동안 단운평을 비롯한 부상자들은 자신의 몸을 치료하는 데 최선을 다했다.

또 서문호를 비롯한 싸움에서 패배한 자들은 절치부심, 잠시 쉴 틈이 생길 때마다 무공을 단련했다. 한번씩 당거영이나 단운평이 그들에

게 하는 조언을 듣고 부족한 점을 깨닫게 된 이들은 무서울 정도로 수
련에 집중하는 모습을 보였다.

"이제 시작인가 보구만."

단운평은 자신의 몸이 정상을 찾자마자 달려드는 적들을 보고 보름
간의 평화가 철혈무제와 도왕의 배려 아닌 배려임을 알 수 있었다. 아
마도 이유는 단조평 때문이리라.

'마지막 우정인가?

단운평으로선 조금도 고마워할 일이 아니었다. 우정을 위해서라면
처음부터 이러한 일이 일어나지 않았어야 하니까.

"풍룡 단운평! 무림의 질서를 어지럽히는… 흐억!"

할 말을 무척이나 준비해 온 듯했으나 단운평은 그 말을 들어줄 여
유가 없었다. 달리는 마차는 관평위에게 맡기고 가볍게 마부석을 박차
고 날아오른 단운평은 부드럽게 허공을 돌아 제일 앞에서 검은 말을
탄 채 뭐라 떠드는 사내의 얼굴을 후려갈겼다. 사내는 비명과 함께 말
에서 떨어져 내렸는데 그것을 신호로 한 듯 사내의 뒤에 있던 다른 무
인들이 말을 몰아 단운평이 사내에게 뺏은 검은 말 쪽으로 다가왔다.

슈슈슉―

히히잉!

매서운 소리와 함께 날아든 비도는 순식간에 말들의 목에 박혔고 말
들은 고통에 울며 앞발을 들어 올렸다. 몇몇은 말에 매달려 있었으나
대부분의 무인들은 말에서 떨어졌고 그것을 기다렸다는 듯 말에서 뛰
어내려 그들에게 달려드는 전습과 서문호였다.

그 사이에도 곽소혜 등이 탄 마차는 열심히 달리고 있었는데 마차가
멀어지자 단운평은 검은 말을 몰아 마차로 돌아갔다.

“거기 서라!”

습격해 온 무리들 중 한 명이 단운평에게 소리쳤으나 그의 상대는 단운평이 아니었다.

“나는 눈에 안 찬다는 거냐?”

차가운 목소리와 함께 나타난 요호가 창을 힘껏 뻗었고 단운평을 향해 소리치던 사내는 요호의 창을 제대로 막지 못해 목을 꿰뚫려 죽임을 당했다.

“연락이 잘되었으면 좋겠군.”

마차에 올라선 단운평의 말에 마차 안에 있던 당공진이 고개를 내밀었다.

“잘 전달되었을 걸세. 믿을 만한 녀석이니.”

그의 말에 단운평은 고개를 끄덕이고는 관평위로부터 고삐를 받았다.

삼 일 전. 단운평은 당이연에게 풍운회에 한 가지 명을 전달하라고 했다. 그것은 다름 아닌 도림과 함께 공동파를 멸하라는 것이었다.

단운평이 공동파의 멸을 명하자 가장 놀란 사람은 당연히 황군명이었다. 무슨 일로 공동파를 멸하라는 것인지도 모르는 상황이었고 또 그렇게 하는 것이 무림맹에게 대의명분을 주는 행위라는 것을 단운평이 모를 리가 없다는 것을 알기에 놀랄 수밖에 없었다.

“왜 내가 공동파를 멸하도록 명을 내렸는지 궁금해하는 사람들도 있겠지.”

단운평의 말을 이해할 수 있는 사람은 관평위뿐이었다. 단운평은 공동파의 행동을 퍼뜨리려는 것이다. 그것으로 무림맹을 맹신하지 않는 많은 사람들을 풍운회로 끌어들일 수 있을 거라는 계산이다.

철혈무제와 파황이 한편이라는 사실을 알게 된 이후 단운평은 현실을 직시할 수 있었다. 자신이, 아니, 풍운회가 승리할 가능성은 매우 적었다. 균형자적인 입장을 취하려 했으나 두 사람이 한편이라는 것을 안 순간 불가능하다는 것을 깨달은 것이다.

단운평이 생각하기에 파황은 이미 다른 한 수를 준비하고 있을 것이 분명했다. 그것을 확인하기 위해서 감숙성으로 향하고 있는 것이다. 풍운회에 단운평의 명을 전하는 역할을 맡은 인물은 당이연이었다. 그는 요호를 제외한 일행 중에서 강호의 지리와 현 정세에 가장 밝았다. 거기에다 암살 기술마저 갖추고 있었으니 죽지 않고 사실을 전하기 위한 전달자로서 일행 중 최고였다.

"그건 그렇고 저들은 언제까지 함께할 거지?"

관평위가 바라본 이들은 양전을 비롯한 이들이었다. 황서연은 붕대를 풀고 있었으나 아직 검을 잡기는 무리였고 황소홍 역시 가볍지 않은 상처를 입은 상태라 자신의 실력을 다 발휘할 수 있는 상황은 아니었다. 한마디로 짐 덩이 이상은 아니었다.

"감숙성에 가는 길엔 동행할 수밖에 없네. 적어도 저들 때문에 무림맹에서 적극적인 공격은 하지 못하고 있으니."

그렇다. 방추와 황서연으로 인해 무림맹의 공격은 그리 위협적이지 못했다. 개방과 아미파. 양쪽에서 공격을 자제할 것을 무림맹에 요구한 것이다. 이번에는 철혈무제의 주장이 먹혀들지 않았다. 자파를 위해서 철혈무제에게 협조하고 있는 그들이다. 문파가 흥하기 위해서 가장 중요한 것은 차기 인재 육성이다. 방추와 황서연은 차기 방주와 문주로 내정되어 있을 정도로 뛰어난 인재들. 인재는 쉽게 얻을 수 있는 것이 아니다.

“그럼 저들은 방패막이로 쓰는 것뿐인가?”

관평위의 말에 단운평은 가만히 고개를 저었다.

“길잡이 역할도 하고 있지 않은가?”

태연하게 말하는 단운평. 그렇다. 지금 이들이 이처럼 편하게 가는 건 양전의 길 안내 덕분이었다. 천하에서 가장 길을 잘 찾는 이들이 개방의 거지들. 떠돌아다니는 것이 일상인 개방도이기에 길에 대해서는 누구보다 밝았다. 양전은 그런 개방에서도 높은 서열을 가진 인물. 비록 의를 중시하는 개방도이기에 친구를 배반한 양전을 좋게 보진 않았어도 그가 묻는 것에는 진실로 대답할 수밖에 없었기에 일행은 쉽게 길을 가고 있었다.

“이런, 뒤에 따라오는 이들이 있군.”

관평위의 말에 얼굴을 찌푸리는 단운평.

“제대로들 하지 않고 있나 보군.”

요호 등이 제대로 막지 못한 것이다. 말을 타고 마차를 지키던 보서대가 다가오는 이들을 향해 활을 겨누었다.

핑!

활을 떠난 화살은 정확하게 적들의 미간을 꿰뚫었다. 너무나 정확한 솜씨였다. 순식간에 적을 죽인 보서대는 마차 옆으로 돌아와 곽소혜에게 결과를 알렸다.

“수고하셨어요.”

곽소혜는 감정이 조금도 실리지 않은 음성으로 말했다. 그런 그녀의 음성에 보서대는 씩 웃고는 다시 마차에서 멀어졌다.

“그러고 보니 곽 소저… 보내야 하지 않겠나?”

관평위는 조심스럽게 물었다. 요 며칠간 단운평 역시 고민하고 있는 문제임을 알고 있다. 가만히 있으려 했지만 이젠 여유가 없었다.

"헤어져야지. 데리고 다닐 수가 없네."

그의 말이 떨어지기가 무섭게 곽소혜의 훌쩍이는 소리가 들려왔다. 그 소리에 단운평의 표정이 다시 굳어졌다.

"울지 말아요."

곽소혜의 옆에 있던 주화령은 그녀의 눈물에 당황했다. 몸이 괜찮아진 이후 스스로 이젠 일행에서 빠지겠다고 말했다. 그런 그녀가 단운평의 말에 눈물을 흘릴 거라고는 상상치 못한 일이었다.

"역시나 나는 짐에 불과했군요."

곽소혜의 말에 주화령은 그녀의 손을 잡고 고개를 저었다.

"무슨 소리예요? 풍룡이 짐을 버리지 않을 리가 없잖아요."

짐이 아니란 말이다. 그녀의 말에 단운평은 쓴웃음을 지었다. 자신이 필요없는 사람은 무조건 버리는 존재라니……. 주화령 역시 말을 하고 보니 단운평에게 미안해지는 상황이었지만 단운평이 자신의 말을 이해해 줄 것이라고 확신했다.

"단 대협의 한쪽 눈은 저 때문에 저렇게 된 거예요. 미안한 마음에 그것을 갚을 길은 단 대협과 혼인하는 것밖에 없다고 생각했어요. 하지만 그것이 오히려 단 대협을 괴롭히는 것밖에 되지 않았다니……."

주화령은 곽소혜의 말에 소름이 쫙 돋았다. 곽소혜로 인해 단운평이 한쪽 눈을 잃었다니… 전혀 생각지 못했던 일이다. 또한 그것 때문에 혼인을 결정한 것이라면 눈을 잃고도 아무것도 바란 것이 없다는 말인데 그 정도라면 단운평과 곽소혜 사이에는 어떤 감정의 교류가 있었던 것이 틀림없다고 생각되었다.

"당신의 생명을 구한 것은 곽 보주님께 입은 은혜를 갚기 위한 것.

곽 소저가 나에게 또 다른 것을 해준다면 곽 보주께 은혜를 갚지 못한 것이 되오."

담담하게 말하는 단운평. 관평위는 단운평을 이해할 수 있었다. 자신 역시 타인에게 도움을 받으면 반드시 갚아야만 했다. 도움을 받는 것은 익숙하지 않은 일이었기에. 곽소혜는 단운평의 말에 눈물을 닦고는 한숨을 쉬었다.

"처음에는 단 대협께 은혜를 갚아야 한다는 생각만으로 나왔지만 지금은 단 대협이 좋아요. 그러나 단 대협께 피해만 주고 있네요. 더 이상 피해를 줄 수는 없으니 돌아가겠어요."

곽소혜의 말에 마차의 모든 사람의 눈이 커졌다. 좋아한다는 말은 쉽게 뱉을 수 있는 것이 아니다. 특히나 곽소혜처럼 천하삼미에 속해 자존심이 강한 여인이라면.

"풍룡이 냉혈한이라는 건 강호에서 유명한 일. 차라리 잘된 일이라고 생각하세요."

곽소혜의 맞은편에 앉아 있던 황서연의 말. 마차 안의 공기는 순식간에 냉각되었다.

"제대로 알지도 못하는 사람이 나설 일이 아니에요."

주화령의 차가운 목소리. 그녀의 말에 황서연의 안색이 변했다. 눈앞의 여인이 검령미후 주화령이라는 것을 알게 된 후 황서연은 당장이라도 검을 뽑아 그녀와 겨루고 싶었다.

검후에 가장 가까운 여인이라는 주화령. 검후의 칭호는 천하 여검수의 목표다. 그것을 대아미파의 차기 문주인 자신이 아니라 주화령이 가지게 될 거라는 것은 참을 수 없는 일이었다. 때문에 그렇지 않아도 좋은 감정으로 볼 수 없는 상대가 이처럼 면박을 주자 황서연의 눈매가 매서워졌다. 그 순간 이번에는 곽소혜가 황서연의 기를 꺾었다.

"냉혈한이라니… 어디서 들은 말인가요? 어리석은 행동을 하고 있었던 저이지만 남의 말을 맹신하진 않아요. 남의 말을 듣고 사람을 평가하다니."

곽소혜의 지적에 황서연은 아무런 대꾸도 할 수가 없었다. 그녀의 말처럼 자신이 알고 있는 풍룡은 소문 속의 풍룡뿐이었다. 만일 풍룡에 대해서 아무것도 몰랐더라면 그때처럼 공격할 수 있었을까? 풍룡은 독왕과 막상막하의 실력을 보였다고 했다.

부르르.

당거영이 서문호와 황소홍의 온몸을 두들기던 모습을 다시금 떠올린 황서연은 고개를 절레절레 저었다. 한풀 꺾인 그녀의 기세에 주화령은 고개를 돌려 곽소혜의 손을 잡아주었다. 주화령의 따뜻한 손에 곽소혜는 그동안 쌓여 있었던 불만이 녹아내렸다.

사람의 마음이란 참 우습기도 한 것이 이유없이 증오하기도 했지만 또 이유없이 한없이 좋아지기도 한다. 주화령은 자신을 바라보는 곽소혜의 눈빛이 한결 따뜻해 보이자 어색한 마음이 들어 조용히 잡은 손을 놓았다. 하나 이번에는 곽소혜가 주화령의 손을 잡았다.

일주일 후. 당이연이 일행에게 돌아왔을 때 그의 곁에 한 사내가 함께 있었다.

"오랜만이오."

사내의 인사에 단운평의 얼굴에 미소가 피어올랐다.

"오랜만이군."

모두의 눈이 단운평의 얼굴로 향했다. 단운평이 저리 웃는다면 결코 가볍게 대할 수 있는 사람이 아닐 것이다라는 것이 모두의 생각이었다.

"곽 소저, 이제 돌아가실 때입니다."

사내의 말에 마차 안에 있던 곽소혜의 표정이 묘하게 변했다. 그러나 이미 결심한 일. 마차의 문을 열고 내린 곽소혜는 눈앞의 사내에게 고개를 숙여 인사를 했다.

"이곳까지 오실 거라고는 생각하지 못했어요."

"다른 일 때문에 어쩔 수 없이 잠시 떨어진 것뿐. 아직 아가씨의 호위무사입니다."

호위무사. 그렇다. 이 사내는 단운평이 황룡보를 떠날 때 곽소혜를 부탁했었던 사내, 동방호였다.

"할 일이 있다고 하더니 이것이었소?"

동방호의 물음에 단운평은 쓴웃음을 지었다. 할 일이라는 것이 무림맹에게 쫓기는 것이냐라는 농담 아닌 농담이었다.

"전투 준비인 거요?"

당이연을 시켜 자신을 이곳까지 오게 한 건 곽소혜가 돌아가는 길이 그만큼 위험하다는 말이다. 동방호의 물음에 단운평은 고개를 끄덕였다.

"이 정도 시간이 흘렀으면 결론이 났겠지. 아미파와 개방이 반대한다고 할지라도……."

단운평의 말에 황군명이 고개를 끄덕였다. 곽소혜를 보내는 데 보서대만으로는 부족하다고 설득한 건 황군명이었다. 한 달 가까이 무림맹뿐만 아니라 천앙의 무리들도 침묵을 유지하고 있다. 그것은 무언가를 준비한다는 의미. 풍운회를 구성하는 자금의 칠 할 이상을 황룡보가 맡고 있다. 만에 하나 곽소혜가 천앙에게 납치라도 된다면 풍운회는 와해될 것이 분명했다.

"며칠간이나 숨길 수 있소?"

동방호의 물음. 단운평은 동방호가 마음에 들었다. 순수하되 어리석지 않고 조금은 가벼워 보이지만 맡은 바에는 강한 책임을 지고 있다. 자신이 파황이나 철혈무제를 적으로 삼지 않았다면 좋은 친구가 되었을지도 모른다. 하지만 지금은 힘겨운 상황에서 동방호라는 사내가 살아 있어 주기만을 바랄 뿐이다.

"일주일은 숨길 수 있을 것 같군."

동방호와 보서대가 곽소혜를 데리고 사천의 황룡보로 향하는 것이 알려져서는 곤란하다. 단운평은 적어도 일주일은 다른 이들이 곽소혜가 단운평의 마차 안에 있다고 믿게 만들 수 있다는 것이다.

"다음에 보면 술이나 한잔합시다. 아, 그리고 그때보다 제법 강해졌으니 언제고 다시 부탁드립니다."

동방호가 미소를 지으며 말하자 단운평이 답했다.

"자네의 바람이 이뤄지길 기대하지."

단운평의 말에 동방호의 눈이 조금 크게 떠졌다가 닫혔다.

"그럼."

동방호는 자신이 몰고 온 말에 곽소혜를 올라타게 하고는 말고삐를 잡고 섰다.

"또 보세."

단운평의 말에 동방호는 고개를 끄덕이고 곽소혜를 바라보았다.

"단 대협, 죄송했어요."

"다음에는 웃는 얼굴로 봅시다."

단운평은 그 말과 함께 미소를 지어 보였다. 단운평의 미소에 얼굴 가득한 상처들이 꿈틀댔지만 곽소혜에게는 그 상처들이 조금도 흉하게 느껴지지 않았다.

곽소혜는 억지로 미소를 지어 보이며 고개를 숙여 인사를 하고는 말머리를 돌렸다. 그 순간 자신이 단운평의 미소를 처음으로 보았다는 것을 깨달았다. 그리고 자신 역시 단운평에게 처음으로 미소를 지었다는 것도 알 수 있었다.

'그런 건가… 그랬군요.'

곽소혜는 단운평과 가까워질 수 없었던 이유를 알았다. 그리고 단운평에게 미소조차 지을 수 없는 자신이 무슨 생각을 한 것인지.

"행복하세요."

들릴 듯 말 듯 낮은 목소리로 말하는 곽소혜. 단운평은 마음속에 있던 조금은 버거운 기억 하나를 지울 수 있었다.

"건강하셔야 합니다."

"조심하시게."

이어지는 일행의 인사. 그녀에게보다 보서대에 대한 인사가 훨씬 많았지만 곽소혜는 조금도 섭섭하지 않았다. 편해진 마음으로 단운평의 곁을 떠날 수 있게 되었다. 그리고 자신이 무엇을 잘못하고 있었는지도 알았다. 이제 자신이 가야 할 길을 찾을 수 있을 것 같은 곽소혜였다.

"이제 전력을 다해 움직여야 할 것 같다."

곽소혜가 떠나고 단운평이 처음으로 꺼낸 말이다. 그의 말에 가장 기뻤던 이는 다름 아닌 황서연. 무림맹이나 천앙의 공격을 피하기 위해 계속 노숙을 해왔다. 잠자리가 불편한 것은 참을 수 있는 일이다.

음식 또한 나쁘지 않았다. 하나 제대로 씻지 못하는 것은 참기 힘들었다. 더군다나 자신의 몸에서 냄새가 나고 있음을 스스로가 자각하지 못하게 되는 순간 황서연은 비명이라도 지르고 싶었다.

"갑자기 서둘러야 할 이유라도 있는 건가요?"

주화령의 물음. 황서연은 순간 주화령을 향해 소리라도 지르고 싶었다. 황서연의 경우는 단운평 등이 시선 아래 두려고 했기 때문에 움직일 수 없었던 반면 주화령의 경우 일행에서 멀어져 간간이 씻고 올 수 있었다. 때문에 주화령으로선 황서연의 고통을 이해할 수 없었다. 그리고 황서연이 지금 자신을 그런 감정으로 바라보고 있는 것도 알지 못했다.

"풍운회가 움직이기 시작한다면 명예나 정의를 위해서 공격하는 사람보다 생명을 걸고 달려드는 이들이 많아질 것이다. 그러니 서두를 수밖에 없지."

황군명의 대답에 주화령은 고개를 끄덕이고는 단운평을 바라보며 말했다.

"그럼 이제는 더 이상 마차를 몰 수 없겠군요."

마차는 흔적을 많이 남기는 이동 수단이다. 그녀의 말에 단운평은 고개를 저었다.

"마차는 버리지 않소."

단운평에게 있어 마차는 소중한 선물이다. 어차피 위험은 각오한 일. 그 위험이 조금 줄어들지 모른다는 이유로 버리기엔 너무 소중한 물건이었다.

"하지만 형님……."

"더 이상 말하지 마라."

황군명이 말려보려 했으나 소용이 없었다.

"어르신이 자네가 마차 때문에 위험을 감수하려는 것을 알게 되면 뭐라고 하실까? 소중한 건 알지만 집착할 정도는 아니라고 생각되네."

관평위의 말에 당거영의 귀가 쏠렸다. 또다시 나온 어르신. 당거영은 그 '어르신' 이라는 자의 정체가 너무나 궁금했지만 꾹 참았다. 괜한 자격지심이 아닌가 하는 생각도 들고 또 물어봤자 단운평이나 관평위가 대답해 줄 것 같지도 않았기 때문이다.

"알고 있네. 하지만 그냥 버려둘 수도 없지 않는가."

단운평의 말에 주화령은 웃음이 났다. 이건 마치 어린애 같지 않은가. 소중한 것을 버릴 줄도 알아야 할 때가 있다.

"태워요."

주화령의 말에 단운평의 고개가 홱하니 돌아갔다.

"뭐라고 한 거요?"

"태우자구요. 가져가긴 곤란하고 그렇다고 막 버려두기도 곤란하다면 태워 버리는 것이 어때요? 어차피 누군가에게 줄 수도 없잖아요."

단운평은 주화령의 말을 듣고는 마부석에서 내려 가만히 마차를 바라보았다. 무공이란 누군가로부터 자신을 보호하고 반대로 자신의 의지대로 남을 제압할 수 있기 위해 익히는 것이다. 그러나 무공 자체만으로는 실생활에 어떠한 도움도 되지 못한다.

단운평의 꿈은 소박했다. 평범한 사람들, 아니, 힘없는 사람들에게 도움이 되어주는 사람이 되고 싶었다. 마차는 그런 어린 시절의 꿈을 이뤄주는 유일한 도구였다. 주화령의 말이 옳다는 것과 그것이 가장 좋은 방법이라는 것을 알고 있지만 마차를 태우기로 결정하기는 쉽지 않은 일이었다.

“어서 결정을 내리게.”

관평위의 말에 단운평은 가만히 침묵을 지켰다. 그런 단운평의 모습을 바라보는 전익상과 황소홍, 그리고 황서연은 이해할 수가 없었다. 마차를 보아하니 그리 좋은 것도 아니었고 천하의 황룡보가 힘을 더해 주고 있으니 마차 따위를 사는 데 아무런 지장이 없건만 왜 저리 난리란 말인가. 그들은 단운평이 괴팍한 성격이라 그런 것이 아닌가 하는 추측만을 할 뿐이었다.

“너는 말 몇 필을 사 와라. 우리는 오 리(五里) 정도 앞에 있는 객점에 가 있겠다.”

단운평은 양전에게 객점의 위치를 다시 확인하고 황군명을 바라보았다. 그의 말에 황군명은 서문호와 함께 말을 사러 가는 것이 좋겠다고 생각했다. 서문호의 눈빛이나 표정으로 봐서는 단운평의 과거를 알고 있는 것이 분명했다. 그렇지 않고서야 어찌 마차를 보는 눈이 저럴수 있단 말인가. 단운평에 대해서 그에게 묻고 싶은 것도 있고 해서 서문호에게 말했다.

“혼자 끌고 오기에는 너무 많은 수이니 함께 가주시겠소?”

황군명의 말에 서문호는 그의 눈을 바라보았다. 그동안 자신을 경계한다는 느낌이 있었건만 갑작스런 이런 요청은 무엇 때문인지 알 수가 없는 서문호였으나 그의 말을 거절할 수는 없었다. 아직은 단운평이 일행으로 받아들였다고 말할 수 없는 상태. 먼저 단운평을 제외한 일행에게라도 인정을 받아야 했다.

“주변에 마장이 어디 있는지 알고 계시오?”

서문호의 물음에 황군명은 씩 웃고는 양전을 바라보았다. 서문호도 황군명의 웃음이 뜻하는 바를 알아채고는 양전에게로 향했다. 잠시 후

부근의 마장을 알게 된 두 사람은 타고 있던 말을 두고 신법을 전개하
여 마장으로 향했다.

"마차에서 내려주십시오."

단운평의 말에 당거영은 아무런 말 없이 마차에서 내렸다. 자세한
것은 알지 못했지만 단운평이 마차를 애지중지하고 있다는 사실은 잘
알고 있었다. 아니, 처음부터 그렇게 소중하지 않았다면 마차를 끌고
다니지를 않았을 것이다.

"자네가 직접 태우는 것이 좋겠지."

관평위는 단운평의 어깨를 가볍게 두드리고는 한쪽으로 가서 섰다.
단운평은 부싯돌을 꺼내어 주변에서 작은 나뭇가지를 모아 불을 피우
고는 잎이 달린 나뭇가지를 가져와 불을 마차로 옮겼다.

타닥. 탁.

불이 마차에 옮겨 붙으며 나는 소리. 마차는 순식간에 불길에 휩싸
였다.

"가자."

단운평은 불타는 마차를 뒤로한 채 걸음을 옮겼다. 그런 그의 뒤로
일행이 따랐다.

그들이 사라진 후 반 시진이 지나 시간 차를 두고 나타난 몇 명의 인
영은 바쁘게 전서구를 보냈다. 단운평이나 독왕은 가까이 뒤쫓아서는
위험한 인물들이다. 다행히 마차가 있어서 어느 정도 거리를 두어도
뒤를 밟는 것이 쉬웠으나 이제는 힘들어졌다. 전서구를 보낸 이들은
한숨을 쉬고는 다시 단운평 일행 뒤를 쫓았다. 이번에도 저번처럼 단
운평이 어디로 사라졌는지 놓쳐 버린다면 곤란했다.

"헉… 헉… 젠장, 말을 사러 가기만 하면 문제가 따르니……."

황군명은 거칠게 말을 몰면서 연신 투덜댔다. 그런 그의 모습에 그의 옆에서 말을 몰고 있던 서문호는 피식 웃었다. 단운평에게로 되돌아와서 가장 놀란 일은 누군가에게 자신이 책임져야 할 일을 맡겼다는 것이다. 누군가에게 무언가를 시켜도 책임져야 할 일은 반드시 자신이 하던 단운평이었다. 누군가를 믿지 못하는 것도 있었지만 그것보다는 혹시나 실패하여 겪게 될 일이 너무 클 경우 가장 믿을 만한 존재, 즉 자신에게 맡겼던 것이다. 그런 황군명이 저렇게 투덜거리는 모습이라니 서문호는 웃지 않을 수 없었다.

"이들을 일행이 있는 곳으로 끌고 가도 괜찮겠소?"

황군명은 서문호의 전음에 크게 대답했다.

"그런 건 상관없소. 어차피 저들의 힘으로 일행을 어찌할 수는 없을 테니."

황군명의 말에 서문호는 고개를 끄덕이고는 급히 도를 휘둘러 말 등을 노리는 화살을 쳐냈다. 자신의 뒤를 쫓는 이들이 꽤나 실력이 있어 보이지만 함께 있었던 보서대에 비해 화살의 정확도나 힘이 떨어진다. 그 정도라면 겨루더라도 승리할 자신이 있다. 다만 부상의 위험을 각오할 상황이 아닌 것이다. 앞으로의 길은 멀다. 어차피 저들도 단운평 등과 가까워지면 공격을 멈출 것이다. 각개격파. 단운평 일행을 노리는 이들이 선택한 가장 현명한 방법이었다.

쇄액! 쿵!

히히힝!

거칠게 고삐를 잡아당겨 말을 세운 황군명과 서문호. 그들 앞에 나타난 사내는 커다란 체구를 지녔는데 양손에 아름드리 나무가 들려 있었다.

'괴물이구만.'

황군명은 고개를 절레절레 젓다가 황급히 말을 몰아서 날아드는 화살을 피했다.

"당신은 누구요?"

서문호의 물음에 커다란 체구의 사내는 씩 웃고는 옆에 세워둔 철퇴을 들었다.

웅웅.

철퇴를 돌릴 때마다 나는 소리는 황군명과 서문호의 신경을 자극했다.

차르륵.

철퇴를 이은 쇠사슬의 소리.

"이럇!"

철퇴가 날아들자 서문호는 앞으로 달려나가며 힘껏 도를 휘둘렀다.

쩡!

"흐억!"

부르르 떨리는 팔. 단운평으로부터 배운 수련 방식을 여전히 고수하고 있는 서문호로선 상대의 힘이 자신보다 강할지도 모른다는 생각에 오기가 치밀었다.

"이야압!"

서문호는 말에서 뛰어내리며 두 손으로 도를 잡고 휘둘렀다.

으득.

서문호는 팔에서 느껴지는 고통을 이를 악물고 참으며 철퇴를 밀어내고 앞으로 나갔다.

“피하시오!”

황군명의 경고에 서문호는 급히 옆으로 비켜나며 자신의 어깨를 노리고 날아드는 화살을 피했는데 그 순간을 놓치지 않고 철퇴가 또다시 날아들었다.

“윽!”

도를 들어 막았으나 그 충격을 완전히 흘러보내는 것은 쉽지 않았다.

‘빌어먹을. 무슨 힘이……’

두어 걸음 뒤로 물러선 서문호는 다시금 날아드는 철퇴를 피하고는 철퇴를 묶고 있는 쇠사슬을 끊어버리기 위해 도를 휘둘렀다.

촤르륵.

사슬 특유의 소리만 날 뿐 사슬은 끊어지지 않았다. 오히려 사내가 사슬을 휘둘러 서문호의 도신이 사슬에 감겨 버렸다.

“풍룡, 소문 이하군. 소문으로는 괴물처럼 강하다고 하더니……”

사내의 말에 황군명은 놀라 화살을 피하지 못하고 미간을 꿰뚫릴 뻔했다. 서문호도 황군명 못지않게 황당함을 금치 못하며 사내를 바라보았다.

“멈추거라!”

사내의 외침에 날아들던 화살들이 일제히 멈추었다.

“당신은 누구요?”

다시금 묻는 황군명의 표정이 굳어졌다. 이들은 무림맹이나 천앙이 아니다.

“자네는 누군가?”

거만한 표정으로 자신을 바라보는 사내의 눈빛에 황군명은 웃음을 간신히 참았다. 거만한 표정을 하고 있지만 벌거벗은 상체에 잔뜩 힘을 주면서 가슴 근육을 불끈대는 모습이 거만과는 멀어 보였기 때문이다.

"본인은 황군명이라 하오."

황군명의 말에 사내는 커다란 목소리로 물었다.

"어이, 부관! 황군명이 누구냐!"

꽈직.

황군명의 미간이 잔뜩 모아지는 것이 그의 분노가 극에 달했음을 나타내었다. 자신이 유명한 고수는 아니어서 자신의 이름을 들어보지 못했다고는 하지만 당사자를 눈앞에 두고 저렇게 행동하는 건 아니었다.

"단혼권사 황군명의 이름은 알려 드렸던 것 같습니다만."

화살이 날아온 쪽에서 걸어오는 사내는 한쪽 어깨에 활을 걸고 있었다.

"저는 광우령이라고 합니다. 거기 계신 분이 제 주군 되시죠."

광우령이라는 이름을 어디선가 들었던 기억이 있는 황군명은 눈살을 찌푸리며 기억을 되짚어보았으나 쉽게 떠오르지 않았다.

"관천궁사(貫天弓士) 광우령! 당신이……."

황군명과 다르게 서문호의 머리 속에서는 그의 이름과 동시에 광우령에 대한 기억이 떠올랐다.

관천궁사 광우령.

그의 이름은 궁으로 인해 알려진 것이 아니었다. 그의 이름이 강호에 널리 퍼진 이유는 단 하나. 그의 특이한 행동 때문이었다. 그는 자신 스스로가 무공이 강하지 못하다는 것을 알고 강한 무인을 찾아 그의 지낭(智囊) 역할을 했다.

그것만이라면 특이하다고 할 수 없겠지만 그가 찾은 강한 무인들은 하나의 공통점이 있었다. 바로 무.식.하.다.고 강호에서 유명한 인물들. 처음에는 그의 도움으로 세력을 빠르게 세우던 강한 무인들은 어느 순간이 되면 모두 광우령을 버렸다. 이유는 단 하나. 그를 계속 데리고 있다는 것은 스스로가 무식하다는 것을 인정하는 꼴이 되기 때문이었다. 그러나 광우령의 대단함은 여기에서 시작되었다. 그가 사라진 후 그가 이루었던 세력은 한 달을 못 넘기고 모두 무너졌다.

"관천궁사 광우령. 그렇다면 저자는 철동(鐵童) 여성우?"

황군명은 서문호의 관천궁사란 말을 듣고서야 그에 대한 기억을 끄집어낼 수 있었다. 그리고 이들이 자신을 뒤쫓은 이유도⋯⋯.

"당신이 천하 강자들만 쫓아다닌다는 철동 여성우였군."

서문호의 말에 여성우는 가슴을 탕탕 치며 말했다.

"그렇다. 내가 바로 여성우다. 내가 서두르지 않으면 풍룡이 죽을지도 모르겠다는 생각이 들더군. 그래서 이 몸이 이곳까지 왔지."

서문호는 고개를 절레절레 저었다. 여성우에 대한 이야기는 황군명 못지않게 잘 알고 있었다. 금강불괴 수준은 아니라 할지라도 강한 외공을 지녀 웬만한 도검은 맨몸으로 받아내는 인물이 바로 여성우로 태어날 때부터 신력을 지녀 무공이 아니라 순수한 힘으로는 그를 이길 자가 없다고 했다.

"하지만 나는 풍룡이 아니오."

서문호의 대답에 여성우의 표정이 점차 구겨지더니 어느 순간 고개를 확 돌렸다.

움찔.

광우령은 여성우의 눈빛에 순간 긴장했으나 이내 태연한 표정으로
그를 보며 말했다.

"저는 분명 풍룡 일. 행. 이라고 말했습니다. 문주께서 풍룡이라는 말
까지만 듣고 움직여서 그렇지."

광우령의 말에 여성우의 얼굴이 천천히 펴졌다.

"풍룡의 일행인 건 확실한 거지?"

그의 말에 광우령은 고개를 끄덕였다. 그러자 다시금 여성우의 목이
제자리로 돌아갔다. 황군명은 절레절레 고개를 젓는 광우령을 보며 그
가 왜 저런 사내 밑에 있는지 궁금했다. 광우령의 능력 정도라면 거대
세가에 들어가서 그 능력을 마음껏 발휘할 수 있을 텐데 왜 어리석은
주군을 섬기는지.

"저놈은 황군명이라 했고, 넌 누구냐?"

황군명의 이마에 다시금 핏대가 섰다.

"서문호."

서문호의 표정이 굳어 있었다. 자신들을 무시하는 태도. 분명 조금
전의 충돌에서 자신들이 압도적으로 밀리지는 않았다. 그것을 모르지
않을 여성우가 저리 당당한 데는 무슨 이유가 있는 것이 틀림없었다.

"풍룡에게로 안내해라."

여성우의 말에 황군명과 서문호는 서로를 바라보다가 피식 웃고는
여성우에게 달려들었다. 물론 광우령을 비롯한 숨어 있는 궁수들에 대
한 경계는 잊지 않았다. 하나 광우령은 조금의 미동조차 하지 않았다.

쩡!

"크윽! 무슨……?"

서문호는 저리는 손목을 잡고선 경악의 눈으로 여성우를 바라보았

다. 무섭게 주먹을 휘두르는 여성우. 서문호는 경악의 눈으로 이리저리 피하고 있는 황군명을 지켜보았다. 황군명은 검을 들고 있었는데 그가 검을 휘둘러도 여성우는 조금도 물러서지 않고 몸으로 검을 받았다.

"문주는 전설의 금강불괴에 가장 근접한 사내. 당신들의 힘으로는 문주를 이기지 못할 겁니다."

차가운 눈빛으로 서문호를 바라보는 광우령. 서문호는 가만히 광우령을 바라보다가 다시 여성우를 향해 달려들었다.

쾅!

서문호는 믿을 수가 없었다. 자신의 도를 주먹으로 쳐내 버리다니. 더군다나 도면이 아니라 날을. 충격에 어깨마저 욱신한 서문호가 눈에 불을 켜고 다시 달려들려는 순간 황군명의 전음이 들려왔다.

"우리가 해야 할 일은 말을 가지고 가는 것이지 이자와 싸우는 것이 아니오. 더군다나 형님께서 기다리고 계실 테니 적당히 하다가 기회를 보고 사라집시다."

쾅. 우직.

황군명은 자신의 검이 부러지자 급히 뒤로 물러섰다.

"무인이 어찌 이런 상황에서 뒤로 물러선단 말이오? 나는 그럴 수가 없소."

서문호는 황군명에게 거절 의사를 밝혔다. 자신이 상대를 두고 도망쳤단 말을 단운평에게 할 수가 없었던 것이다.

"혹시나 우리가 져서 인질이 되거나 죽기라도 한다면 어찌 될 것 같소?"

황군명의 이어지는 질문. 서문호는 이를 악물고는 뒤로 물러섰다.

"그렇지만 말을 가져갈 수 없지 않소!"

주변을 궁수들이 이미 포위하고 있었다. 말을 탔다간 말과 함께 벌집이 되지는 않을지라도 말의 생명을 구할 수는 없는 상황이었다.

"이들과 함께 갈 수밖에 없는 것 같소."

황군명의 말에 여성우의 주먹이 멈췄다.

"무슨!"

"우리들이 부상당하는 것보다 이들을 데려가는 것을 형님께서는 바라실 거요."

황군명의 말투에는 확신이 담겨 있었다. 그의 말에 두 사내는 부러움을 느꼈다. 서문호는 황군명이 그런 믿음을 가질 수 있도록 한 단운평과 그런 단운평을 확실하게 믿는 황군명 사이가 부러웠고, 광우령은 그런 주군(?)을 가진 황군명이 부러웠다.

"저 녀석은 마장에 갔다 올 때마다 곤란한 것을 가져오는군."

단운평의 말에 관평위는 피식 웃고는 세류편을 뽑아 들었다.

"활은 거두는 게 어떤가?"

당공진은 혹시나 생길지 모를 부상자를 염려해 정체 모를 사내들을 향해 말했다.

"누가 풍룡이냐?"

역시나 가장 먼저 나선 사내는 여성우. 단운평은 여성우의 전신을 훑어보았다.

"넌 누구냐?"

황군명은 여성우에 대해서 아무런 말도 하지 않았다. 그저 단운평을 믿고 객점 주변의 나무에 말을 매어둘 따름이었다.

“난 여성우다.”

여성우는 자신의 신분을 묻는 이가 풍룡임을 알 수 있었다. 본능적인 떨림. 비록 저런 상처가 있다고는 하나 얼굴만 보아도 젊은 사람임을 알 수 있다. 저처럼 젊은 사람 중에 자신을 떨리게 할 정도의 사내는 풍룡뿐이었다.

“당신은 누구지?”

“광우령이라고 합니다.”

황군명이 그랬듯이 여성우의 이마에도 핏줄이 섰다. 자신의 말을 무시한 채 광우령에게만 관심을 가지다니… 여성우는 괴성과 함께 단운평에게 다가갔다.

턱.

“밝은 뒤에 다시 하지.”

객점 밖으로 횃불이 꽂혀 있지만 그리 밝지는 않은 상황. 가볍게 여성우의 주먹을 잡아챈 단운평은 그의 주먹을 꽉 쥐었다.

“자… 잠깐!”

여성우는 믿을 수가 없었다. 자신의 주먹에서 느껴지는 고통. 여성우는 급히 발을 들어 단운평의 복부를 노렸다. 하나 그의 발이 채 반도 올라오기 전에 이미 단운평의 발바닥이 여성우의 무릎을 감싸고 있었다.

“내일 하자고 했다.”

단운평의 외눈에서 광채가 번쩍이자 여성우는 순간 고개를 끄덕이고 말았다. 마차를 불태운 단운평으로선 기분이 몹시 좋지 않은 상태. 단운평과 같은 경지에 이른 이가 뿜어내는 살기는 단순한 살기 이상의 힘을 지녔기에 여성우는 주눅이 들 수밖에 없었다.

터벅터벅.

객점 안으로 들어가는 단운평. 그런 단운평의 뒷모습을 보고 여성우가 광우령에게 고개를 돌렸다.

"나라면 풍룡을 상대할 수 있을 것 같다고 그랬잖아."

그의 말에 객점에서 나오지 않은 당거영과 주화령, 그리고 지금 객점 안으로 들어간 단운평을 제외한 일행 모두는 속으로 말했다.

'저 녀석. 바보다.'

아침이 밝아오자 단운평은 창을 열어 하늘을 바라보았다. 눈부시게 파란 하늘. 고개를 흔들고는 마차에 대한 생각을 접었다.

"풍운회에서 제대로 하고 있는지 모르겠군."

공동파가 자신으로 인해 약해졌다고는 하나 풍운회의 힘으로 무너뜨리기는 힘들다. 풍운회는 무림맹이나 사파, 혹은 천앙과 비교해서도 규모가 작은 집단이다. 공동파를 쓰러뜨릴 정도의 인원이 가게 되면 풍운회가 있는 사천이 무너질지도 모를 상황이다. 사천이 아니더라도 황룡보만이라도 무너지게 되면 풍운회는 존폐의 위험에 휩싸이게 된다.

"형님, 일어나셨습니까?"

문밖에서 부르는 소리에 단운평은 문을 열었다.

"일찍 일어났구나. 무슨 일이냐?"

문밖에 있는 사내는 당이록이었다. 그리고 그의 옆으로 황군명도 함께 서 있었다.

"서문호를 지도하셨다는 소리를 들었습니다."

어제저녁 황군명과 당이록, 그리고 주화령은 서문호에게 단운평에 대해서 이것저것을 물었다. 처음에는 아무런 말을 하지 않았던 서문호였으나 황군명의 단운평에 대한 믿음. 그리고 그것이 있기 위해서 필요한 단운평의 황군명에 대한 믿음을 생각하고는 자신이 아는 단운평의 과거에 대해서 이야기를 해주었다.

"그래서?"

단운평은 황군명의 이야기가 길어질 듯하자 당이록을 바라보았다.

"저희도 지도해 주십시오."

역시나 당이록은 간단히 이야기했다. 단운평은 몸을 돌려 창 쪽으로 다가갔다.

"그러지."

단운평은 작은 목소리로 말했다. 그의 작은 목소리에 황군명과 당이록은 서로를 바라보았다. 그리고는 다시 단운평 쪽으로 고개를 숙였다.

"열심히 하겠습니다."

단운평은 천천히 묵뢰를 허리에 차고는 방문을 나서며 둘에게 말했다.

"그렇게 될 거다. 원하지 않더라도."

오싹.

황군명과 당이록은 기쁜 반면 자신의 팔에 돋은 소름 때문에 긴장할 수밖에 없었다.

"어제 온 사람들을 좀 불러주시겠소?"

단운평이 윗층에서 내려와서 요호에게 말했다. 요호가 고개를 끄덕이고 광우령 등이 있는 곳으로 가려는 순간 객점 문이 열리며 광우령과 여성우가 들어왔다.

"당신과 싸우러 이곳까지 왔소."

여성우는 단운평이 앉은 식탁의 맞은편에 앉았다.

"일단 식사나 하지?"

옆에서 그들을 바라보던 광우령은 이해할 수가 없었다. 여성우는 스스로에 대한 자부심이 누구보다 강한 인물이었다. 처음 만난 단운평이 꾸준히 여성우의 의견을 무시하고 있건만 특별한 반응을 보이지 않는다. 이건 광우령이 알고 있는 여성우가 아니었다.

"광우령이라고 했던가?"

단운평은 천천히 입에 음식을 넣으면서 물었다. 여성우의 뒤에 서 있던 광우령은 갑작스런 단운평의 물음에 무의식적으로 답변했다.

"예, 제가 광우령입니다."

"당신에 대해선 군명이에게 들었소. 관천궁사라… 왜 철동을 이곳으로 오게 한 거요?"

단운평의 앞에서 열심히 음식물을 삼키던 여성우는 문득 왜 자신에게는 반말을 하면서 자신의 부관인 광우령에게는 존대를 하는지 궁금해졌다.

"문주님이 당신을 만나고 싶어하셨습니다."

"진짜 이유가 궁금한데… 철동보다 강한 사람이 어째서 철동 밑에 있소?"

콰당!

여성우가 급히 일어서는 바람에 그가 앉았던 의자가 뒤로 넘어졌다. 그리고 그 소리에 식당 안 모두의 시선이 그들에게로 향했다.

"앉아라."

단운평의 말에 여성우는 가만히 그를 노려보았다.

"앉아라."

단운평의 두 번째 말에 여성우는 단운평을 노려보는 눈을 그대로 한 채 자리에 앉았다.

"화살에 강기를 실어 쏘는 인물이 상대를 맞추지 못한다고 생각하겠나? 아님 맞추지 않는다고 생각하겠나? 그리고 그런 사람이 실력을 숨기고 있다면 적어도 당신에게 살해당하지 않을 정도의 실력은 갖추고 있다고 봐야지."

단운평의 긴 설명에 여성우의 얼굴이 설마 하는 표정으로 바뀌었다.

"우령! 사실인 거냐?"

광우령은 처음으로 보는 여성우의 무거운 표정에 안색을 굳혔다.

"저는 그저 지낭일 뿐입니다."

광우령의 딱딱한 표정에 여성우는 단운평을 바라보았다.

"갑자기 왜 나랑 겨루고 싶어졌지?"

단운평은 왠지 여성우가 안쓰러워 보였다. 여성우의 가슴이나 어깨에 가득한 상처를 보면 눈앞의 사내가 무공을 익히면서 얼마나 고생을 했는지 잘 알 수 있다. 그런 사내가 다른 이에게 이용당하고 있다는 건 왠지 보기 힘들었다. 자신 역시 어느 정도는 파황과 철혈무제의 의도대로 이끌려 가는 것이 아닌가 하는 생각을 하고 있던 단운평이었기에 광우령의 실체를 알려주고 싶었던 것이다.

"당신을 쓰러뜨리면 내가 강하다는 것을 알 수 있을 테니까."

단운평은 고개를 저었다.

"그건 내가 아니라도 가능할 텐데. 굳이 나를 찾아올 의미가 있었나? 자네는 무림맹을 좋아하지는 않을 텐데."

여성우라는 사내가 이리저리 강한 상대를 찾아다닌다면 그건 명문 정파에서 여성우의 비무 신청을 받아들이지 않는다는 의미다. 그런 여성우가 무림맹과 적대시하고 있는 단운평과 싸우기 위해 일부러 먼 곳까지 온다는 건 이해하기 어려운 일이었다.

쇄액!

단운평의 묵뢰가 별안간 뽑혀 광우령의 목을 향해 날아갔다.

팅!

빠른 속도로 자신의 목을 노리고 날아드는 묵뢰를 보고 광우령은 급히 궁을 들어 묵뢰를 막았다.

"뭘로 만든 궁인지 궁금하군."

태연히 말하는 단운평. 여성우의 얼굴이 변했다. 광우령은 그런 여성우의 표정에 내심 안도의 한숨을 쉬었다. 누구보다 자기편을 챙기는 여성우다. 자신의 눈앞에서 자신의 부관이 도를 맞을 뻔했으니 어찌 가만히 있으랴. 하나 광우령의 예상은 틀렸다.

"어떻게 막았지?"

단운평이 의도적으로 속도를 줄이기는 했지만 여성우라 할지라도 이 거리에서는 막기 불가능할 정도의 발도술이었다. 그것을 광우령은 가볍게 막아냈다. 그리고 표정의 변화조차 없었으니…….

"무슨 소립니까? 풍룡을 쓰러뜨리면 단숨에 천하를 호령할 수 있다고 한 것이 누군데……."

광우령의 표정은 여전히 변화가 없었다. 그의 말에 단운평이 자리에서 일어났다.

"변함없이 문제를 이끌고 다니는구만."

당거영이 윗층에서 내려오며 하는 말. 단운평은 씁쓸하게 웃었다. 강호인들이 흔히들 하는 말 중에 손을 쓸 때는 인정을 담아서는 안 된다는 말이 있다. 도산검림에 사는 강호인들이기에 순간의 판단으로 생명을 잃을 수 있기 때문에 그런 말을 하기도 하지만 손속이 잔인할수록 명성을 위해서 도전하는 이들의 수가 줄어들기 때문이다.

단운평은 손속이 가벼운 존재는 결코 아니었지만 많은 이들이 쉽게 달려들었다. 위험만큼이나 명성의 크기가 크다는 것도 있겠지만 단운평은 상대가 패배를 인정하고 물러설 경우 상대를 베는 인물이 아니었기 때문이다.

지금 당거영이 말하는 것이 바로 이것이다. 단운평은 힘든 적을 만들 뿐만 아니라 적이 생겨날 수밖에 없도록 행동하고 있다. 하지만 단운평의 생각은 달랐다. 그리고 그것이 힘이 될 때가 온 것이다.

"자네가 그 유명한 관천궁사로군."

당공진의 물음에 광우령은 잠시 당공진을 바라보다가 포권을 해 보였다.

"광우령입니다."

그 모습에 여성우의 표정은 점점 더 어두워졌다. 자신 따위는 아무도 보고 있지 않고 모두가 광우령에게만 관심을 보이고 있다.

"우령, 자네가 날 속이고 있다면 자넬 용서하지 않겠네."

여성우가 온몸에서 살기를 뿜어대기 시작했다. 그러자 단운평이 자리에서 일어나며 여성우에게 말했다.

"객점 안에서는 안 돼. 무림인이 아닌 자들에게 위험을 끼치게 되면 누구든 베어버릴 거다."

단운평의 차가운 어조. 마차를 태운 이후 열심히 살고 있는 이들이 점점 더 눈에 밟히는 단운평이었다.

"오호!"

당거영의 입에서 나온 소리에 단운평이 고개를 돌려 그를 바라보았다.

"진심입니다."

당거영에게도 이 안에서 손을 쓰지 말라고 하는 말이다. 사실 당거영으로선 당장이라도 눈앞의 사내들을 베어버리고 싶었다. 단운평의 손속이 잔인하지 못하다 하더라도 독왕이 있는 곳을 이처럼 서슴없이 달려들다니… 결코 간과할 일이 아니었다.

"식사하고 계십시오. 곧 출발할 테니."

단운평이 광우령, 여성우와 함께 객점 문을 나서며 한 말에 당거영은 하는 수 없다는 듯 자리에 앉았다. 그리고 이제야 내려오는 당이록 등을 바라보며 고개를 저었다.

쾅!

객점 문을 나서자마자 여성우가 휘두른 주먹을 도신으로 막은 단운평은 한 걸음 뒤로 물러서며 충격을 흘려보냈다.

"좋군."

단운평의 한마디는 여성우의 가슴에 불을 지폈다. 저 위에서 자신을 내려다보는 듯한 느낌. 단운평을 만나고부터 계속 주눅이 든 모습이었다. 그런 자신의 모습에 화가 났고 광우령에 대한 의구심에 짜증이 치밀어 오른 상태였기에 단운평에 대한 공격에 최선을 다했다.

"죽어라!"

몇 번이고 주먹을 휘두르다 보니 단운평 앞에서 사라진 투기가 다시 솟아났다. 그때 광우령이 손을 치켜들었다.

슈슝―

화살 특유의 소리와 함께 날아드는 화살들. 단운평은 가볍게 허공으로 치솟아 화살들을 피하고는 아래로 내려오며 다리를 풍차처럼 휘돌렸다.

"아앗!"

여성우는 단운평의 다리에 실린 힘을 느끼고는 급히 양팔을 들어 올렸다.

빠직!

무서운 소리와 함께 여성우의 양팔을 가격한 단운평은 그 기세를 몰아 광우령에게 달려갔다.

"이… 이런."

광우령은 무시무시한 속도로 자신에게 달려드는 단운평 때문에 급히 어깨에 멘 궁을 뽑아 들었는데 이미 단운평의 다리가 광우령의 머리를 향해 날아들고 있었다.

빡!

광우령은 급히 자신의 다리를 들어 올려 단운평의 다리를 막았다.

'으윽!'

광우령은 뼛속이 울리는 통증에 비명이라도 지르고 싶었지만 이어지는 단운평의 주먹에 비명을 지를 여유조차 없었다. 광우령이 뒤로 구르다시피 하며 주먹을 피하는 순간 단운평이 묵뢰를 든 손을 휘둘렀다.

쾅!

단운평은 돌아보지도 않은 채 묵뢰를 던져 자신을 향해 달려오는 여성우의 가슴을 가격했다.

"쿨럭!"

도의 날이 아닌 면으로 부딪쳤기에 베이지는 않았지만 묵뢰의 무게
와 단운평의 힘에 의해 전해진 충격에 여성우는 단번에 피를 토했다.

스륵.

소리는 나지 않은 채 어느새 광우령의 면전으로 다가간 단운평이 손
을 뻗어 광우령의 옷깃을 잡아채려 하자 광우령은 힘껏 주먹을 뻗었다.

퍼벅!

순식간에 펼쳐진 권법. 한 번의 동작으로 보였으나 광우령이 손을
뻗은 횟수는 세 번. 그러나 단운평은 그 이상으로 빨랐다.

"관천궁사란 별호가 누구에 의해 만들어진 것인지 몰라도 군명에게
듣기론 보서대보다 못하다고 하더군. 더군다나 궁사치곤 주먹에 생긴
굳은살의 크기가 너무 커."

쇄액—

얼얼한 주먹을 가볍게 흔들고 있는 광우령에게 말하던 단운평은 가
볍게 몸을 돌려 자신에게 날아드는 묵뢰를 받아 들었다. 묵뢰를 던진
사람은 여성우였다.

"언제까지 나를 무시할 수 있을지 보자!"

쿵!

여성우은 굉음을 내는 진각과 함께 앞으로 달려들었다. 그의 모습에
단운평은 가만히 눈을 감았다.

부웅!

무서운 소리와 함께 여성우의 오른발이 단운평의 가슴을 향해 날아
들었다. 단운평은 가볍게 왼발을 뒤로 빼면서 몸을 비스듬히 틀어 여
성우의 발을 피했다. 여성우의 발이 지나치자마자 뒤쪽의 왼발에 힘을
주어 다시금 원래의 자세로 돌아가며 왼발을 휘둘렀다.

팡!

여성우는 오른쪽 어깨로 공격을 받고는 왼손을 앞으로 뻗었다. 단운평은 손바닥을 펴 여성우의 주먹을 받았다. 그리고 여성우의 공격을 받자마자 팔을 당겨 충격을 흩어버림과 동시에 여성우의 손을 잡아당기며 무릎을 쳐올렸다.

"욱!"

두 번째 토혈. 여성우는 명치를 맞는 순간 숨이 턱하니 막혀 거칠게 숨을 들이켰다. 단운평은 뒤로 물러나 떨어진 묵뢰를 집어 들고는 광우령을 향해 다시금 달려들었다.

핑. 핑.

날카로운 소리와 함께 단운평을 향해 다시금 날아드는 화살들. 단운평은 묵뢰를 휘둘러 화살을 꺾어버리고는 객점 주변의 수풀에 있는 여성우, 아니, 광우령의 부하들을 찾았다.

"피해라!"

광우령의 외침. 하나 단운평의 속도가 더욱 빨랐다.

퍼버벅!

객점에서 식사만 하고 밖에서 밤을 새운 궁사들은 단운평이 비호처럼 달려들자 어떻게든 막아보려 했으나 문자 그대로 중과부적. 여덟 명의 궁사들은 순식간에 정신을 잃었다.

"이제 슬슬 정체를 밝히는 것이 좋을 듯한데."

단운평의 눈빛이 점점 차가워졌다. 마차를 태우자마자 사람을 베는 살인귀가 되고 싶진 않았기에 참았다. 하나 계속해서 광우령이 거짓말을 한다면 더 이상 참기 힘든 단운평이었다.

"무슨……."

퍼벅!

순식간에 고개가 돌아간 광우령은 순간 눈앞에 별이 번쩍이자 눈을 비볐다. 그의 손이 얼굴로 올라간 순간 단운평의 다리가 광우령의 옆구리를 찼다.

픽!

짧은 소리와 함께 광우령은 끔직한 고통에 신음성과 함께 옆으로 쓰러졌다.

"이노~옴!"

어느 정도 회복한 여성우가 고함과 함께 단운평에게 달려들자 단운평은 한 걸음 뒤로 뜀과 동시에 발을 뻗었다. 입가에 피를 흘리며 달려들던 여성우는 급히 팔을 들어 단운평의 발을 막고는 뒤로 두어 걸음 물러선 뒤 단운평을 노려봤다.

"무기를 쓰지 않고 나를 이길 수는 없다!"

자신의 가슴을 탕탕 치며 말하는 여성우. 명치를 무릎으로 가격당해 순간 호흡이 제대로 이뤄지지 않았지만 자신의 신체가 얼마나 단단한지는 수많은 격전을 통해 잘 알고 있었다. 하나 단운평은 그전에 여성우가 겪은 수많은 무인들과는 달랐다.

"죽고 싶은 것인가 보군. 더 이상은……."

쾅!

단운평의 진각이 엄청난 소리를 내었다. 그리고 그 반동을 이용해 단운평은 지면에서 허공으로 뛰어올랐다.

파바박!

엄청난 소리와 함께 단운평의 발은 환영을 만들었고 여성우는 그 속에 숨은 힘을 느끼며 전력을 다해 뒤로 물러서려 했다.

퍼버벅!

엄청난 소리와 함께 단운평은 다시 허공으로 치솟았다.

“잠… 잠… 까…….”

여성우는 채 말을 잇지 못하고 다시 팔을 들어 올렸다.

파바박!

이어지는 통증. 엄청난 충격에 어깨가 부서질 것만 같았지만 팔을 내렸다가는 머리가 박살날 것이 분명했기에 이를 악물고 다시 단운평의 공격을 대비했다.

퍼벅!

이젠 뒤로 물러설 수도 없었다. 어느새 여성우의 다리가 바닥에 파묻혀 있었다. 그리고 단운평이 허공에서 몸을 돌려 머리가 아래를 향하도록 했다.

“그만… 그만 하십시오! 다 이야기할 테니!”

광우령의 소리에도 불구하고 단운평은 허공을 격해 주먹을 휘둘렀다. 여성우는 더 이상 팔이 올라가지 않자 이를 악물고 단운평의 공격을 견뎌내려 했다. 하나…….

픽!

목덜미에서 느껴지는 고통과 함께 여성우의 눈이 뒤집혔다.

탁.

가볍게 바닥에 발을 댄 단운평은 천천히 광우령에게로 다가갔다.

“이야기는 나중에 듣도록 하지.”

단운평의 주먹이 광우령의 온몸을 훑고 지났다. 끔찍한 비명. 하지만 그를 막을 수 있는 사람이 없었다. 아니, 그를 막으려는 사람이 없었다.

第二十五章
금변

'무림인이여, 중원무림을 지키자!'

별안간 무림맹이 외치는 소리에 강호에 이름 높은 무인들뿐만 아니라 은거 중이던 수많은 무인들까지 일어났다. 무려 백 년 이상 조용했던 변황무림의 궐기. 그리고 중원에 대한 전쟁 선포는 강호인뿐만 아니라 중원인 모두에게 충격을 주었다. 무림맹주의 사파와의 연합 제의, 천앙에 대한 휴전 선포라는 엄청난 일이 벌어졌으나 중원 무림인들은 당연한 일로 받아들였다.

"어서 우리도 무림맹으로 갑시다."

방추의 말. 하나 단운평은 그의 말 따위에는 전혀 반응을 보이지 않았다. 그러자 당이록이 나섰다.

"형님, 분명 마장에서 들었던 그놈들이 변황 무리임이 틀림없습니다."

“이록, 그만 하고 가만히 있어.”

황군명의 말에도 당이록은 다시금 말했다.

“아무리 무림맹이 나쁘고 천앙을 용서할 수 없다 할지라도 지금은 중원무림을 먼저 생각해야 할 때입니다.”

“우리는, 아니, 풍운회는 변황무림과의 전쟁에는 참가하지 않는다.”

단운평의 말에 황군명과 주화령을 제외한 모두의 얼굴이 차갑게 변했다.

“무슨 소립니까?”

서문호의 음성. 이번에도 단운평은 전혀 반응을 보이지 않았다.

“저희라도 보내주세요.”

황서연의 음성. 그녀의 말에 방추와 양전이 나섰다.

“누가 뭐래도 우리는 정파. 중원무림의 위기에 가만히 있으라니… 있을 수 없는 일이오.”

하나 단운평은 태연했다.

“변황무림이 뭘 했는데 그들을 공격하려는 것인가?”

단운평의 물음에 당이록이 나섰다.

“그들이 중원무림을 공격하겠다고 선전 포고를 하지 않았습니까?”

그의 말에 단운평은 고개를 절레절레 저었다.

“누가 들었는가?”

그의 말에 양전이 나섰다.

“무림맹에서 공표하지 않았는가?”

“자네, 무슨 생각을 하고 있나?”

당거영도 더 이상 참지 못하고 나섰다. 하나 두 사람의 말을 또다시 무시하는 단운평. 단운평은 광우령을 노려보았다.

"당신 생각도 같은가? 내가 변황무림을 치기 위해 움직여야 한다고?"

"그건……."

광우령은 대답을 하지 못했다. 이곳에 있는 누구보다 속임수에 대해서는 뛰어난 인물이 광우령이다. 자신이 원하는 세력과 돈을 위해 무공은 어느 정도 강하나 머리가 나쁜 무인들을 이용해 힘을 길렀다. 뒤에 따르고 있는 얼굴에 시꺼먼 멍이 든 궁사들 역시 한 명 한 명의 무인들을 패망시키며 길러냈으리라. 때문에 광우령은 알고 있었다. 무림맹이 원하고 있는 것이 바로 단운평이 변황무림으로 향하는 것이다.

"풍운회 무인들의 상당수가 변황무림으로 향하면 천앙이 풍운회를 공격할 경우 남은 이들은 어떻게 되는 거지?"

단운평의 물음에 당공진이 소리쳤다.

"무슨 소리를 하는 건가! 중원을 위해 목숨을 걸고 있는 이들을 공격할 리가 없지 않은가. 천앙이란 이름을 붙이고 있어도 그들의 대부분은 정파란 말일세!"

당공진의 외침에 방추와 황서연, 황소홍, 그리고 서문호의 표정이 일그러졌다. 천앙이 정파라는 생각은 단 한 번도 한 적이 없는 그들이었기에 믿을 수 없다는 감정이었다. 하나 여성우의 표정은 전혀 변하지 않았다. 자신과 상관없는 일인 데다 믿었던 광우령의 배신, 그리고 단운평으로부터의 패배로 인해 천앙이 어떤 곳인지 따위는 전혀 중요하게 생각되지 않았기 때문이다.

"그사이에 풍운회와 사파의 힘을 줄이고 천앙이 사라진다면 어쩔 겁니까? 어차피 극소수를 제외하고 천앙이 정파라는 것을 모르고 있는 상황입니다."

황군명이 단운평을 거들고 나섰다. 그의 말에 당공진은 인상을 찌푸리며 말했다.

"사실이면 어쩔 건가? 평생, 아니, 영원히 강호의 위험을 모른 척했다는 소리를 들어야 할 거네."

여러모로 골치 아픈 일이었다.

"명예를 선택하기보다는 생명을 선택하는 것이 좋을 성싶습니다만."

단운평의 눈이 당거영을 향했다. 당가의 존패와 또 다른 문제다. 단운평이 틀리게 될 경우 무림의 역사에 사천당가가 비겁자의 집단으로 남겨질지도 모른다.

"확신이 있는가?"

당거영이 한참 동안 침묵하다가 물었다.

"지금 그것을 알아보러 가는 겁니다."

단운평의 말에 당거영은 고개를 갸웃했다.

"감숙성에 가는 것이?"

"감숙성은 변황에 가장 가까운 곳. 변황의 움직임이 사실인지 직접 확인해 봐야 하지 않겠습니까?"

단운평의 말에 모두의 눈이 황군명에게로 향했다. 처음부터 그런 이유로 감숙성으로 가려 했단 말인가!

사실 단운평은 파황이 무림을 떠났다는 것을 믿지 않았다. 때문에 감숙성 쪽에 그가 있다면 변황의 무리들을 조종하고 있을지도 모른다고 생각한 것이다. 불공대천의 원수를 보려는 의도도 있지만 그가 욕심을 버렸다는 것을 믿을 수 없기에 그가 감숙성에서 무엇을 하고 있는지 확인해 보려는 의도가 컸다. 하나 파황에 관한 일을 자세히 말할 수 없었던 단운평은 그저 감숙성에 가봐야 한다고 말을 했던 것이다.

"당신만 남으면 되오. 길을 찾는 데 시간을 허비하고 싶지 않으니."

단운평이 말하는 대상은 양전. 양전은 그 말이 방추를 비롯한 황서연, 황소홍은 보내주겠다는 뜻임을 알아차렸다.

"난 무제께서 그렇게 행동하지 않을 거라고 믿네."

양전의 말에 황군명이 나섰다.

"왜 그렇게 그자를 믿는 겁니까?"

황군명의 물음에 양전은 어두운 표정으로 답했다.

"그분을 믿지 못하게 되는 순간 내가 결정했던 수많은 일들이 잘못된 것임을 인정해야 되니까."

이미 너무나 먼 곳까지 가버렸기에 처음으로 되돌릴 수가 없다는 말이다.

"어찌 되었든 지금은 무림맹에 협조해서는 안 된다는 말이구나."

당거영의 말에 단운평은 고개를 끄덕였다.

"나는 사천으로 돌아가봐야겠다. 아무래도 무림맹에 인원을 보낼 준비를 하고 있을 것 같구만."

자칫 잘못 선택한다면 사천당가가 무림에서 사라질지도 모른다는 생각에 당거영은 급히 말에 올라탔다. 당공진을 보내고 싶었지만 그로써는 변황 출전을 막을 힘이 충분치 않았다.

"군명, 너는 소림으로 떠나라."

단운평의 명에 황군명의 표정이 묘하게 변했다. 자신이 소림의 속가 제자이긴 하나 소림을 막을 힘은 전혀 없었다. 아니, 소림 제자라 할지라도 막을 수가 없다. 그것이 진실이든 아니든 소림은 중원의 위협 요소가 발생했을 때 움직이지 않을 수 없었기 때문이다. 그렇기 때문에 소림과 무당을 강호인 전체가 우러러보고 있는 것이다.

"장문인을 찾아뵈라. 출전을 막을 수는 없지만 강호를 위해서 금강 동인만큼은 소림에 두고 떠나시라 전해라."

금강동인이란 말에 막 출발하려던 당거영의 얼굴이 경직되었다. 단 운평이 어느 정도 확신을 가지고 있는지 알 수 있는 상황이었다.

소림 금강동인.

천하의 재능있는 아이들 중에 선발하고 또 선발하여 선택한 열여덟 명으로 구성된 무인들. 각종 영약과 소림의 절기들을 익혀 각각의 일 인이 천하를 오시할 만한 무공을 지녔다고 한다. 타 문파의 불안을 해 소하기 위해 무공을 익힌 후 천하에 흩어져 모습을 숨기고 지내다가 강호의 절대 위기 상황이 되면 모여들어 악인을 멸한다는 존재가 바로 금강동인이었다.

제아무리 강한 적이라도 금강동인 앞에서는 어쩔 수 없다는 전설은 그들 개개인의 무공이 절정이라는 이유도 있지만 그들이 소림 십팔나 한진, 다르게 소나한진이라 불리는 소림의 합격술을 완벽에 가깝게 익 혔기 때문이다.

소림 금강동인이 강호에 모습을 드러낸 것은 단 두 번. 오백 년 전 사파의 전설 속의 절대무인인 천마(天魔)가 등장해 정파가 괴멸 직전까 지 갔을 때와 이백여 년 전 혈영(血影)이 정사를 막론하고 강호무인 팔 백 명을 죽였을 때뿐이었다.

"정말로 금강동인이 존재하고 있습니까?"

황군명의 물음에 단운평은 고개를 저었다.

"확신은 없다. 하지만 소림이 무너지게 되면 철혈무제를 막을 자가 없다."

"도왕이 있지 않습니까?"

서문호가 나섰다.

"변황무림의 공격을 물리친 철혈무제를 공격할 명분이 사파의 거두에게 있을 성싶은가?"

서문호의 얼굴이 붉어졌다. 단운평의 말 때문만은 아니었다. 일행에 다시 합류한 후 처음으로 자신의 말에 반응해 준 단운평이었기에 기쁨의 감정도 있었다.

"어서 떠나라."

단운평의 명에 황군명은 급히 말을 타고 출발했다. 그 순간 단운평이 무시무시한 눈으로 당이록을 노려보았다. 그의 눈빛이 무엇을 뜻하는지 알아챈 당이록 역시 급히 말을 타고 황군명의 뒤를 따랐다. 위험한 길에 황군명 혼자 보낼 수 없는 일이다.

"호! 지금 들은 것으로 충분히 알 수 있을 터, 서문세가 역시 움직여서는 안 된다."

더 이상 말을 하지 않고 손가락을 들어 단운평이 가리키는 방향은 서문세가가 있는 곳.

"다녀오겠습니다."

서문호는 가볍게 포권을 해 보이고는 급히 출발했다.

"도림도 나서지 않을 수 없는 상황이지만 지금은 움직이지 않는 것이 좋을 텐데."

관평위의 말. 전습과 전익상은 그의 말에 서로를 바라보다가 전습이 단운평을 향해 포권을 해 보이고는 급히 말을 올라탔다.

"추야, 네가 어서 가봐야겠다."

양전이 방추에게 말했다. 갑작스런 상황에 정신이 없었지만 개방의 판단은 양전 자신과 무관한 일이었다. 자신이 지금 해야 할 일은 개방에 이러한 정보를 주는 것뿐이었다.

"누군지 이걸 계획한 사람은 엄청난 머리를 지녔군."

관평위의 말에 요호가 다가와 물었다.

"무슨 소린가?"

"잘 생각해 보게. 이런 상황에서 우리들이나 사파에서는 다른 문파를 공격할 수 없지. 자칫 잘못했다간 변황무림과 손을 잡았다고 생각하게 될걸. 그런데 말이지 그들은 천앙이라는 보이지 않는 손을 가지고 있어. 천앙이 누구를 습격하든 천앙이 변황무림과 한편이라는 소문을 듣게 되든 아무런 상관이 없다는 것이지. 언젠가 천앙은 무림맹의 이름으로 사라지게 될 테니."

관평위의 말을 듣던 요호는 어떤 생각이 떠오르자 소름이 돋았다.

"변황무림과의 전쟁에서 승리할 경우 철혈무제에 대항하는 이들은 살아남을 수 없겠구만."

요호의 말에 단운평은 조용히 고개를 끄덕였다. 지금 단운평이 가장 걱정하는 것이 바로 그것이었다. 명분없이 철혈무제와 겨룬다는 것은 불가능했다. 때문에……

"여… 여기서 잠시 쉬었다 가는 것이……."

요호는 애써 감추고 있었지만 호흡이 목까지 차 올라 있었다. 말을 타는 것은 그저 말 등에 올라가 있는 것이 아니다. 온몸으로 균형을 잡아야 하고 또 전신을 사용하여 말의 움직임에 동조해야 한다. 긴 시간을 말을 타고 달려온 요호였기에 더 이상 참기가 힘들었다. 그래도 요호는 나은 것이 당공진을 제외한 대부분은 말조차 제대로 할 수 없는 상황이었다.

"저기에서 멈추지."

턱.

말에서 내린 단운평은 거의 떨어지다시피 하며 말에서 내리는 일행을 보며 안쓰러운 마음이 일었지만 감숙성을 향하는 길에 들리는 소문에 의하면 이미 무림맹과 정사지간의 수많은 문파들에서 뽑은 정예 무인들이 선발대 형식으로 변황으로 출발했다고 한다. 단운평이 서두르지 않았다기는 서문세가나 당가 등 풍운회에 동조하는 세력들이 모두 비겁자로 몰릴 판이었다.

"괜찮소?"

단운평이 다가가 묻는 사람은 주화령. 주화령은 조용히 고개를 끄덕였으나 안색은 창백했다. 가볍게 그녀의 어깨를 두드려 준 단운평은 요호에게로 향했다. 요호 역시 안색은 좋지 않았으나 다른 이들처럼 바닥에 주저앉지는 않았다.

"곧 감숙성이오. 감숙성에 도착하는 즉시 가봐야 할 곳이 있으니 일행을 책임지시오."

요호의 얼굴이 찌푸려졌다. 단운평의 이야기는 어떻게 들으면 일행에 대한 믿음이 가지 않는다는 말처럼 들릴 수도 있었기 때문이다. 하나 단운평은 요호의 이러한 표정을 신경 쓸 여유가 없었다. 아직 파황이 감숙성 안에 있다면 일행과 함께 갈 수 없었다. 일행과 함께라면 피할 수도 없다. 물론 파황을 눈앞에 두고 피할 생각은 없었지만.

"일각만 휴식하고 다시 출발할 겁니다."

단운평이 당공진에게 하는 말에 모두는 한숨을 쉬었다. 특히 체력적으로 약한 황서연이나 말을 타본 경험이 적어 고생이 심했던 양전의 경우 허벅지가 쓰라려 비명이라도 지르고 싶었다.

"그런데… 저들은 어떻게 해야 하는 건지……."

요호가 손가락을 들어 가리키고 있는 이는 광우령과 여성우, 그리고 그들의 일행이었다. 이들과 함께 가는 건 그리 간단한 문제가 아니다.

"그들을 빼놓을 수는 없지. 아직 왜 광우령이 여성우를 이리로 몰았는지 알 수 없으니. 설마 나를 이길 수 있다고 생각할 정도로 머리가 나쁜 놈은 아니니까."

단운평의 전음에 요호는 그의 생각을 알 수 있었다. 단운평은 광우령 뒤에 누군가가 있다 생각하고 있는 것이다.

"배후를 반드시……."

요호의 말에 단운평은 고개를 끄덕였다.

두 시진 후 그들은 마침내 감숙성에 들어섰다. 모래가 섞인 바람이 얼굴을 때렸으나 불만을 표하는 이는 아무도 없었다. 아니, 요호와 당공진의 험상궂은 표정 앞에 불만을 표출할 배짱을 지닌 인물이 없었다.

"도대체 풍룡은 또 어딜 간 거냐!"

당공진이 탁자를 내려치며 하는 말에 요호 역시 무시무시한 기를 뿜어대며 대답했다.

"나 역시 모르는 일이오. 내게 한 말은 일행을 보살피라는 말뿐이었소."

당공진과 나이 차가 있는 요호였으나 그에게 존대를 사용할 이유가 없었다. 더군다나 단운평이 당공진을 대우했다면 그에게 일행을 맡겼을 것이다. 아니, 단운평의 친구인 관평위에게조차 아무런 말을 하지 않고 사라졌으니 요호가 갖는 책임감은 몹시도 컸다. 또한 말을 타고 오며 중간중간 풍운회로 연락해 풍운회주 직속 부대, 마랑대를 불러들였으니 당공진에게 약한 모습을 보일 이유가 없었다.

"이런 때에 아무런 말 없이 사라지다니."

당공진의 얼굴이 붉으락푸르락했다. 요호 역시 불안한 마음이 있었으나 일행의 안전을 지시받은 상태라 불만이나 불안의 감정은 내보이지 않았다. 단운평이 누구를 만나기 위해 어디로 사라졌다는 것에 대해서 자세한 정보를 알고 있는 사람은 관평위뿐이었다.

'운평이… 나랑 함께 가는 것이 좋았을 것을.'

관평위는 하늘을 한번 바라보고는 나무에 등을 대고는 눈을 감았다.

"아저씨!"

뒷골목 이곳저곳을 통해 파황의 정보를 수집하던 단운평은 뒤쪽에서 자신을 부르는 소리에 고개를 돌렸다. 허리춤에 장검을 차고 있는 소년. 부드럽게 미소를 짓고 있는 소년은 얼핏 열다섯 정도의 나이로 보였다.

"……."

단운평은 아무런 말 없이 소년을 응시했다. 험상궂은 단운평의 인상에도 불구하고 소년은 조금의 동요도 보이지 않았다. 오히려 씩 웃으며 단운평에게 다가왔다.

"아저씨가 단운평이라는 분인가요?"

소년의 물음에 단운평의 표정이 굳어졌다.

"그래."

단운평의 대답에 소년은 단운평에게 가까이 다가갔다.

움찔.

단운평은 자신도 모르게 뒤로 한 걸음 물러서며 소년과의 거리를 유지했다.

"무슨 일이지?"

소년은 천천히 단운평에게로 다가와 단운평을 스치고 지나가며 말했다.

"저를 따라오세요."

단운평은 조금도 긴장을 늦추지 않은 채 소년의 뒤를 따랐다.

소년을 따라간 곳은 거대한 장원이었다. 커다란 연못이 있는 장원 안은 긴 풀들로 뒤덮여 있어 사람이 거주하고 있지 않음을 쉽게 짐작할 수 있는 곳이었다.

"너… 누구냐?"

단운평은 심각한 표정으로 물었다. 그의 물음에 앞서 가던 소년은 걸음을 멈췄다.

"저는 심부름으로……."

"무림맹의 숨겨진 두 녀석 중에 한 명이겠지?"

단운평의 말에 소년은 피식 웃었다.

"눈치가 빠르군요. 저는 제갈명운이라 합니다."

제갈명운은 단운평의 예상처럼 무림맹의 숨겨진 군사 중 한 명이었다.

"어째서 이곳에 있는 거지?"

단운평의 물음에 제갈명운은 미소를 지은 채 손을 들어 올렸다.

"설마 당신이 어디에 있는지 모른다고 생각한 건 아니겠죠? 물론 당신이 관평위와 같이 어디론가로 사라졌을 때는 잠시 흔적을 놓쳤지만 무림맹에는 유능한 추적자가 많답니다."

제갈명운의 말에 단운평은 고개를 끄덕였다.

"저자들로 나를 막을 수 있다고 보는가?"

단운평이 손을 들어 가리키는 곳에는 검과 도 등 각종 무기를 든 수십 명의 무인들이 있었다. 그들 모두는 복면을 쓰고 있어 단운평으로선 그들의 얼굴을 확인할 수가 없었다.

"무림공적인 당신을 처단하기 위해 모인 분들입니다."

제갈명운의 말이 끝나기가 무섭게 단운평의 신형이 움직였다.

서걱.

섬뜩한 소리와 함께 가장 가까이 있는 복면사내의 몸을 베어버린 단운평. 사내가 급히 검을 들었지만 묵뢰는 검과 함께 사내를 일도양단 해 버렸다.

푸시식.

베어진 상흔에서 뿜어져 나오는 피. 단운평은 가볍게 뒤로 물러나 피가 튀는 것을 피했다. 너무나 가볍게 상대를 베어버린 단운평의 행동에 제갈명운의 표정이 굳어졌다. 자신이 알고 있는 바로는 단운평은 상대를 쉽게 죽이는 인물이 아니었다. 어쩔 수 없는 상황이거나 극도로 자극한 경우가 아니고는 생명을 쉽게 뺏는 이가 아니었건만 복면사내들이 공격하기도 전에 미리 베어버리다니. 살아남은 복면인들도 주춤주춤 뒤로 물러서기 시작했다. 너무나 쉽게 동료가 당했다.

스륵.

다시금 단운평의 신형이 움직였다.

"양전에게 들었지. 모든 것이 제갈 군사의 소행이라고 하더군. 제갈 군사란 녀석이 네놈처럼 어린 녀석인지 몰랐지만."

단운평의 말에 제갈명운은 양전을 향해 마음속으로 저주를 퍼부을 수밖에 없었다.

"이렇게 사람을 쉽게 죽이는 분인지는 몰랐군요."

도발이었다. 하나 단운평은 태연했다.

"죽이기로 마음먹은 이상 조금의 갈등도 없다. 네놈을 죽이겠다고
마음먹은 건 오래전이지."

적이 이처럼 어릴 거라고는 생각하지 못했다. 하나 어리다고 해서
용서해 줄 상황이 아니다. 오히려 일찍 없앨수록 더 유리하리라. 단운
평의 신형이 다시금 움직였다. 제갈명운은 단운평의 신형이 자신을 향
해 달려들자 급히 소리쳤다.

"왜 이곳으로 모신 건지 궁금하지 않으세요?"

쾅!

제갈명운은 급히 검을 뽑아 들어 묵뢰를 막았다. 하나 그 충격에 손
바닥이 찢어지는 듯했다.

"관심없다."

제갈명운이 공격을 당하자 복면인들 모두가 단운평을 향해 달려들
었다. 그리고 제갈명운은 재빨리 뒤로 물러섰다.

'떠도는 구름의 변화에……'

풍운뇌력도법, 초식 운(雲). 단운평은 부드러운 몸놀림과 함께 묵뢰
를 이리저리 휘둘렀다. 화려한 묵뢰의 움직임은 단운평을 둘러싼 이들
을 순식간에 뒤로 물러나게 만들었다. 그리고 그 모습을 바라보는 제
갈명운의 눈이 번쩍였다.

'저것인가? 저것이 단검불패도인가?'

제갈명운은 단운평의 몸놀림과 도의 움직임을 머리 속에 새기기 시
작했다. 허공에 솟구치는 피와 함께 복면무사들 사이로 움직이는 단운

평의 몸놀림은 한 폭의 그림과 같아 제갈명운의 정신을 빼앗기 시작했
다.

　잠시 후 장원 안은 다시 평온을 찾았다.
　"자, 그럼 날 무슨 용도로 사용하려 하는 건지 들어볼까?"
　온몸에 피칠을 한 단운평이 다가오자 그제야 제갈명운은 정신을 차
리고 단운평을 바라보았다.
　"당신은 거꾸로 쌓은 탑과 같습니다. 강호에 있어선 안 되는 존재.
그러면서 묘하게 균형을 잡고 있지요. 하지만 언제고 무너지고 말 것
이 분명합니다."
　"그래서 나를 이용하는 것에는 조금의 미안함이 없다?"
　황룡보를 떠난 이후 처음으로 두렵다는 생각이 든 단운평이었다. 어
린아이가 메뚜기 날개를 웃으며 찢을 수 있는 이유는 생명, 그리고 죽
음이라는 것을 제대로 알지 못하기 때문이다. 그것을 순수하다고 표현
한다면 순수한 것 이상으로 두려운 것은 없다. 지금 제갈명운은 이해
득실을 따질 뿐 하나의 생명이 다수의 생명만큼 소중하다는 것을 이해
하지 못하고 있었다.
　"그렇기 때문에 당신이라는 존재를 잘만 이용하면 무림맹을 거스르
는 존재를 멸할 수가 있지요. 그럼 저도 일인지하 만인지상의 존재가
될 수 있구요."
　제갈명운의 말에 단운평은 확신할 수 있었다. 제갈명운은 전체적인
그림을 그린 자가 아니다. 나머지 한 명이 바로 모든 것을 계획한 인물
이리라. 제갈명운은 뛰어날지 모르나 약지 못하다. 약삭빠름은 경험을
통해 만들어지는 것. 제아무리 뛰어난 제갈세가의 인물이라도 그것을

얻기 위해서는 세월이 필요하다.

"죽어라!"

붕!

무서운 소리와 함께 묵뢰가 제갈명운의 목을 노렸다. 하나 제갈명운은 단지 반보를 옆으로 움직여 묵뢰를 피해냈다. 이어지는 단운평의 움직임에 제갈명운은 부드럽게 움직이며 공격 모두를 흘려보냈다.

"당신의 보법은 참 아름답더군요. 간략한 움직임이되 매우 효율적인. 하지만 움직임이 간단하기 때문에 간단한 동작만을 봐도 피하기가 쉬워요."

제갈명운의 말에 단운평은 피식 웃었다. 자신의 보법이 간략하다는 것은 맞는 말이지만 이 엄청난 속도를 피하기 위해서는 그보다 반보는 빨라야 한다. 제갈명운이 얼마나 빠를지는 모르지만 그보다 빠르지는 않을 거란 것을 단운평은 확신할 수 있었다.

"근육 단련은 하지 않았군."

내공이 우월하니 외공이 우월하니 하는 논쟁은 어느 시대에나 있었다. 하나 내공은 신체를 좀 더 잘 쓰기 위해 만들어진 것. 외공이 밑받침되지 않고서 내공을 익히는 건 불가능했다. 물론 반대로 내공이 밑받침되지 않은 자가 외공만을 익히는 것도 불가능하다. 인간의 몸은 균형을 추구하기에 어느 한쪽이 경지에 이르면 다른 쪽도 어느 정도 수준 이상으로 따라오기 때문이다.

단운평이 보기에 제갈명운의 무공은 내공과 깨달음 위주였다. 그렇지 않고서야 무인의 손이 저처럼 하얄 수는 없었다. 제갈명운이 소수공을 익힌 것이 아닌 이상.

"하지만 당신의 무공은 어느 정도 파악이 되었습니다."

지그시 눈을 감고 검 손잡이에 손이 간 상태로 서 있는 제갈명운의 모습은 너무나 차분해 일류고수의 풍모를 느끼게 했다. 단운평은 힘껏 땅을 박차고 앞으로 달려갔다.

쇄액!

힘껏 내려쳐진 묵뢰. 하나 제갈명운은 이번에도 간단히 피했다.

'바람이 불어 구름이 걷히니……'

초식 풍(風). 빠르게 몰아치는 묵뢰. 제갈명운은 묵뢰에 맞서지 않고 연신 뒤로 물러섰다.

"역시 빠르군요. 하지만……"

스릉.

제갈명운의 발검. 단운평은 급히 묵뢰를 회수했다.

사르륵.

단운평의 옷깃이 떨어져 내렸다.

'이것이군.'

근육이 많이 없음에도 불구하고 대단한 자신감을 가진 이유가 바로 이것이었다. 엄청난 속도의 발검. 단운평은 묵뢰를 허리춤으로 가져가서 발도 자세를 취했다.

'비에 젖은 천하를 밝히는 한줄기 빛이 있으니……'

초식 섬(閃). 단운평은 호기가 치솟아 발도술을 보였다. 소리도 들리지 않을 만큼 빠른 발도술. 제갈명운은 눈앞에 번쩍이는 빛에 순간 왼손으로 자신의 목을 쓰다듬었다. 아릿한 느낌.

자신의 목이 떨어지는 듯한 느낌이 들었다. 하지만 피부만 살짝 베어졌을 뿐 자신의 목이 떨어지지 않았다는 걸 안 제갈명운은 묘한 미소를 지었다.

"죽음이라는 걸 체감하게 되면 강한 적을 마주할 수 없다고 하던데 아니군요. 두려울 정도는……."

방금 느낀 죽음에 대한 공포는 그리 크지 않았다. 오히려 제갈명운에게 적절한 흥분을 주었다. 때문에 제갈명운은 웃었다.

"날 이용해 철혈무제가 강호에 다시 나올 생각이었다면 굳이 변황무림을 조종하지 않아도 되었을 텐데."

단운평의 물음에 제갈명운은 여전히 미소를 지으며 대답했다.

"변황무림 일로 갑자기 무제께서 움직이는 건 무리가 있죠. 조금씩 무림맹에서의 활동을 보여주다가 큰일에 나서는 것이 자연스럽지 않겠어요?"

단운평은 서글펐다.

'기껏 그 정도였단 말인가.'

제갈명운은 느끼지 못하고 있지만 단운평이 보기엔 제갈명운은 조금 떨고 있었다. 지나친 흥분. 역시 경험의 부족이다. 단운평은 두 번째 숨겨진 군사가 제갈명운이라기보단 제갈세가 전체라 생각되었다. 그리고 그것은 틀림없는 사실이었다.

"제법이구나. 이것도 막아봐라."

단운평은 허공으로 솟구쳐 올랐다. 제갈명운은 단운평에 대한 보고서 내용을 머리 속에 떠올렸다.

풍운뇌력도법 중에 한 초식으로 예상되는 기술. 허공에서 뿌려지는 검은 비에 천지가 피로 물들었다.

당시에는 무슨 헛소린가 했으나 단운평이 갑자기 허공에 솟구치자 머리 속에서 자꾸만 그 글귀들이 떠올랐다.

'본능에 따르라.'

적을 만났을 때 최선의 자세가 무엇이냐고 물었을 때 부친이 해준 말이다. 고개를 들자 위에서 내려오는 검은 빗줄기. 제갈명운은 힘껏 뒤로 물러서며 소리쳤다.

"파황에 대한 정보를 알고 싶지 않습니까?"

콰쾅!

엄청난 폭음과 함께 제갈명운은 주저앉고 말았다.

"철혈무제는 네가 내 적이 되지 못함을 알고 있을 것이다. 그럼에도 네가 이곳에 올 수 있도록 허락한 이유가 뭐라고 생각하느냐?"

단운평의 물음. 제갈명운의 안색이 변했다.

"설마."

"그래. 네가 죽음으로써 제갈세가는 더욱더 무림맹에 협조하겠지. 복수를 위해서… 하지만 그런 것 따위는 난 처음부터 신경 쓰지 않았다. 제갈세가가 아무리 무섭다 할지라도 철혈무제 이상은 아닐 테니."

폭음과 함께 깊게 파여진 바닥. 제갈명운의 등에 식은땀이 흘러내렸다. 다른 숨겨진 군사의 방으로 들어가 파황에 대한 자료를 조사하며 풍룡의 조사 자료를 함께 읽어보지 않았다면 그저 한 덩이의 고깃덩어리가 되어 있을 거라는 생각이 들자 비로소 죽음에 대한 실감이 들기 시작한 것이다.

픽! 퍼벅!

단운평은 제갈명운을 후려갈겼다. 그리고 이어지는 단운평의 무릎.

"크악!"

뱃속으로부터 느껴지는 엄청난 고통. 제갈명운은 어릴 적부터 검을 익혀왔다. 때문에 검에 베어본 적이 부지기수다. 때문에 고통에 강하다고 믿었다.

하나 이것은 검에 베이는 것과는 전혀 달랐다. 상대의 무릎이 자신의 복부를 관통한다는 느낌. 그러나 그것은 사실이 아니다. 죽을 것 같은 고통이란 말이 무엇을 의미하는지 제갈명운은 알 수 있었다. 그리고 그 순간 떠오른 수많은 생각 중에는 자신이 두들겨 팼던 하인에 대한 것도 있었다.

'이런 고통을 준 것인가?

눈앞을 스쳐 가는 많은 일들. 그중에 가장 제갈명운의 마음을 흔들어놓은 건 조금 전 죽은 복면무사들이었다. 복면무사들의 대부분은 무림맹에서 자신을 절대적으로 따르던 인물들. 그들이 의미없이 죽었다는 사실에 미안했다. 하나 그런 생각도 잠시, 이어지는 단운평의 발길질에 제갈명운은 평소 때 경멸해 마지않았던 행동을 하고야 말았다.

"제… 제발……."

무인은 죽음 앞에 당당해야 한다고 했다. 그리고 고통 역시 참을 줄 알아야 한다고 믿었다. 하나 이건 인간이 참을 수 있는 고통이 아니었다.

"어디 있나?"

제갈명운의 얼굴 가까이 다가온 단운평의 얼굴. 처음 단운평의 얼굴을 보았을 때는 아무렇지 않았던 것과는 달리 단운평의 얼굴 가득한 상흔들을 보는 순간 소름이 쫙 돋는 제갈명운이었다.

"변황으로 떠났습니다."

주저없이 대답하는 제갈명운. 제갈명운도 철혈무제와 파황과의 관계는 몰랐다. 그저 단운평이 파황과 어떤 관련이 있고 감숙성에 가는 것 역시 파황과 관련되었다는 것 외에는.

"앞으로 무림맹, 아니, 천앙은 어떻게 할 거지?"

단운평은 순간 제갈명운의 얼굴에서 당황이라는 감정을 보았다. 와락 제갈명운의 앞섶을 잡아챈 단운평은 제갈명운의 얼굴을 향해 주먹을 날리려 했다.

"자네 주먹이면 머리가 박살날 텐데."

단운평은 급히 몸을 움직여 소리가 들린 곳의 반대 방향으로 피했다. 단운평은 잔뜩 긴장을 한 채 사방을 둘러보았다.

"누구냐!"

그의 날카로운 음성. 장원 한쪽에서 여자아이의 손을 잡고 나타난 금의를 입은 노인. 단운평의 눈에서 불길이 치솟았다. 그날 이후 단 한 번도 잊어본 적 없는 얼굴.

"자네가 그때 그 꼬마로군."

그때보다 늙긴 했지만 단운평은 단번에 알아볼 수 있었다.

"파황 괴운화."

장원 안은 적막에 휩싸였다.

서걱.

기분 나쁜 소리. 요호는 연신 창을 휘둘러 적들을 베어냈다. 자신들이 이곳에 올 것을 처음부터 알고 있었던 것처럼 갑자기 달려드는 많은 적들 때문에 자리를 피하고 싶었으나 단운평이 돌아올 때까지 기다려야 했기에 제자리에 있을 수밖에 없었다.

"얼마나 더 버텨야 하는 건가?"

당공진은 연신 혈선을 휘두르며 요호에게 물었다.

“버티는 것이 아니라 적을 제거해야 하오.”

이곳에 있어야 한다는 말. 당공진은 인상을 찌푸리다가 일행에게 소리쳤다.

“모두 내 등 뒤로 오거라!”

당공진의 말에 요호를 비롯한 일행 모두는 급히 당공진의 뒤쪽으로 몸을 옮겼다.

팡!

가벼운 폭발음과 함께 당공진의 앞쪽으로 쏟아져 나오는 침들. 순식간에 적들 대부분이 비명을 지르며 쓰러졌다.

“어서 베어라!”

당공진은 몸을 돌리며 요호 등에게 말했다. 작은 폭약으로 동작하는 침통을 사용한 관계로 침이 적의 눈이나 가슴 등 전신에 박혀 있어 적들은 고통스런 신음성을 토해내고 있었다. 당공진 역시 무인이었기에 적들에게 손을 쓸 때는 다소 잔인하게 써야 한다는 것은 알고 있지만 동시에 의원이기도 했기에 대량 살상 무기를 쓴 그의 마음이 편할 리가 없었다.

요호와 주화령은 쓰러진 적들에게 다가가 심장을 찌르거나 목을 베어 그들의 고통을 덜어주었다. 그런 당공진과 요호, 그리고 주화령의 행동에 황서연과 황소홍은 몸이 떨렸다.

“너희들이 벤 것과 다르다고 생각하느냐?”

양전의 물음. 황서연과 황소홍의 입에서 날카로운 소리가 터져 나왔다.

“저건 무인이 할 짓이 아닙니다! 어찌 죽어가는 이들을 다시 벤단 말입니까!”

황서연과 황소홍은 알고 있었다. 침에 독이 묻어 있어 쓰러진 자들이 생존할 확률이 몹시 낮다는 것을. 그리고 그들의 고통을 덜어주는 것이 그들을 위한 행동이라는 것도 알고 있었다. 하지만 안색 하나 바뀌지 않는 요호와 주화령을 보며 두려움이 들었다.

"너희가 벤 사람들은?"

요호의 이어지는 물음에 황서연은 소리를 질렀다.

"전 정정당당하게 적과 싸웠어요! 저런 것과는 비교할 수 없어요!"

당공진의 인상이 구겨졌다. 하나 양전의 미안해하는 표정에 고개를 돌릴 뿐 아무런 말을 하지 않았다.

"네가 죽이는 건 괜찮고 남이 죽이는 건 잔인한 행동이라는 것이냐? 단 대협을 기습할 때와는 다르구나."

양전의 말에 황서연은 아무런 대답을 하지 못했다. 그러나 황소홍은 달랐다.

"아무리 적이라 할지라도 상처 입은 자들의 목을 베는 건 제대로 된 무인이 할 행동이 아닙니다."

양전은 허탈하게 웃으며 황소홍에게 말했다.

"강호팔걸이란 인물이 이 정도밖에 안 되는 녀석들일 줄이야. 너희가 존경하는 정파의 장로님들 모두 정사대전에서 이 같은 상황을 겪으셨다. 암수를 쓰기도 하고 또 암수에 당하기도 했다. 독? 독은 당연히 사용했다. 사천당가만이 독을 사용했을 거라고 생각하느냐? 아미파도 화산파도 암암리에 독을 사용했다."

변황과의 전쟁이 코앞에 있건만 무림을 이끌어갈 인재라는 자들이 이 정도밖에 안 되는가 하는 생각에 양전의 마음이 격해졌다.

"무슨 소리를 하시는 거예요! 아미파가 그런……!"

“불행히도 그의 말은 사실이다.”

황서연의 말을 끊은 건 중년의 여인이었다. 그녀를 바라본 황서연의 표정은 놀라움으로 가득했다.

“사부님!”

그리고 그녀의 말을 듣게 된 요호와 주화령, 관평위, 그리고 당공진은 당혹스럽지 않을 수 없었다. 그녀의 사부가 누구인지 알았기에 상황이 묘해진다고 생각하는 순간 일행은 한곳에 모여 새롭게 나타난 사람을 바라보았다.

“여기저기에서 피 냄새가 나요.”

소녀의 말에 괴운화는 손을 들어 올렸다가 내렸다.

쿠르릉!

천둥 치는 소리와 함께 바닥이 움푹 패었다. 다시 괴운화가 손을 휘젓자 죽은 무인들이 그 구멍 속으로 빨려 들어갔다.

“비가 오려나 봐요, 할아버지.”

“잠시 귀를 막아봐라.”

괴운화의 말에 소녀는 자신의 귀를 양손을 꼭 막았다.

팡!

대기가 찢기는 듯한 소리와 함께 단운평은 얼굴이 따가워질 만큼의 바람이 일자 무서운 눈으로 괴운화를 바라보았다.

“자, 이제 피 냄새가 나지 않지?”

괴운화의 물음에 소녀는 고개를 끄덕이고는 물었다.

“무슨 일인 거죠, 할아버지?”

소녀의 물음에 괴운화는 너털웃음을 짓고는 단운평을 바라보며 말했다.

"별일 아니다. 나를 만나러 온 사람이 노루라도 잡아먹은 것 같구나. 음… 천둥소리는… 하늘 저편에서 들려오는 것 같고."

쾅!

순간 제갈명운의 기습을 가볍게 피한 단운평은 제갈명운의 복부를 갈겼다. 아직 물어볼 것이 많이 있기에 죽일 수는 없었다. 기절한 제갈명운의 몸을 구석으로 던져 버린 단운평은 천천히 괴운화에게 다가갔다.

"역시 하늘은 내 편이 아닌가 보군. 당신이 살아 있다니."

단운평이 입을 여는 순간 재빨리 소녀의 주변에 기의 장막을 쳐서 단운평의 말소리가 들리지 않게 한 괴운화.

"자네가 날 비난하는 건 얼마든지 들어줄 수 있네만 이 애에게는 그런 소리를 들려주고 싶지 않구만. 세상을 귀로 보는 아이라서 좋은 것만 들려주고 싶다네."

단운평은 고개를 숙여 소녀를 바라보았다. 아이의 눈은 맑고 투명했으나 초점이 잡혀 있지는 않았다.

"이 아이를 돌봐준다면 자네에게 생명을 주는 건 어렵지 않은 일이네."

괴운화의 무거운 목소리에 단운평은 비명을 지를 뻔했다.

"무슨 소리요! 당신은 그런……."

단운평은 소녀가 자신의 옷깃을 잡자 말을 잇지 못하고 소녀를 바라보았다.

"누구죠? 전 연화라고 해요. 괴연화."

소녀, 괴연화의 말에 단운평은 가만히 괴운화를 노려보다가 입을 열었다.

"단운평."

간단명료한 그의 말에 괴연화는 픽하고 웃어버렸다.

"아저씨 얼굴 한번 만져 봐도 될까요?"

"안 돼."

단호한 음성. 그의 거절에 괴운화의 얼굴이 굳어졌다. 하지만 괴연화는 조금도 개의치 않고 단운평의 옷깃을 잡아당겼다.

"부끄러워하지 마시구요. 할아버지에게 들었겠지만 저는 앞이 안 보여서 얼굴을 만져 봐야 알 수 있어요."

쑥스러워서 거절한 것으로 받아들인 괴연화. 단운평은 화를 낼 수도 없는 상황이라 가만히 괴운화를 바라보았다. 그러자 괴운화는 단운평을 향해 허리를 굽혀 보였다. 머리와 등이 완전히 무방비로 드러난 상태였으나 단운평은 손을 쓸 수가 없었다. 그 누구에게도 고개를 숙이지 않는다는 파황이 자신에게 허리를 굽힌 순간 단운평의 머리 속에는 아무것도 생각나지 않았던 것이다.

"어서요."

괴연화의 말에 단운평은 아무 말도 못하고 허리를 굽혀 괴연화 가까이 얼굴을 들이댔다.

"아!"

단운평의 얼굴에 손이 닿는 순간. 상처로 인한 거친 느낌에 놀란 괴연화. 그녀의 소리에 단운평은 정신이 번쩍 들었다.

'내가 무슨 짓을 하고 있는 거지?'

만약 이 순간 파황이 공격해 왔다면 자신은 죽은 목숨이나 다름이 없었다. 단운평이 급히 허리를 세우려 하자 괴연화가 소리쳤다.

"잠시만요! 잠시만……!"

주르륵.

괴연화의 눈에서 눈물이 흘러내렸다. 허리를 세우고 그녀를 내려다 보던 단운평은 그녀의 눈물에 당황하지 않을 수 없었다. 어째서 갑자기 눈물이란 말인가. 상처를 만져 봤다면 두려워해야 하는 것이 우선이지 않은가.

"이젠 아프지 않아요?"

괴연화의 물음. 단운평은 코가 시큰했다. 주화령 이후 처음이다. 자신을 위해 눈물을 흘려주는 이는.

"괜찮아."

단운평은 어색하게 답하고는 괴운화를 바라보았다.

"그 말 믿어도 되는 거요?"

거친 단운평의 말에 괴운화는 피식 웃으며 대답했다.

"단 한 번도 내 말을 스스로 어겨본 적이 없네. 단, 자네가 무림의 일에서 완전히 벗어나야 되네."

"당신이 죽은 이후 당신과의 약속을 어길 수도 있소."

단운평은 자신도 모르게 괴연화의 눈치를 보며 전음을 사용했다.

"자네가 강호에 이름을 드러낸 후 나 역시 자네에 대해 많은 것을 알아봤지. 자네는 결코 약속을 깨는 사내가 아니야."

제갈명운이 보았던 정보가 바로 괴운화가 무림맹에 부탁해서 조사한 것이었다. 무림맹에서는 당연히 단운평의 조사란에 괴운화와의 관련을 기입할 수밖에 없었다.

"유감스럽게도 지금 나의 힘으론 당신을 제압할 수 없다는 걸 인정할 수밖에 없소. 한 가지 물어보겠소. 변황무림의 움직임과 당신은 관런이 있는 것이오, 아님 없는 것이오?"

단운평의 물음에 괴운화의 얼굴이 또다시 굳어졌다.

"무슨 소린가, 변황무림이라니?"

단운평의 말에 놀라는 괴운화. 단운평은 그의 표정이 결코 거짓이 아니라는 믿음에 다시금 물어보았다.

"변황무림이 중원에 침입할 거라는 소문을 들은 적 없단 말이오?"

"변황무림은 이미 사십 년 전에 나와 조평, 그리고 엽상이 함께 가서 약조를 했었건만 무슨 소린가?"

괴운화의 말에 단운평은 머리 속이 복잡해져 어지럽기까지 했다.

"그 약속의 증표는?"

말로만 그런 약속을 할 리가 없다.

"염이와 엽상이 가지고 있다네."

단운평의 주먹에 힘이 잔뜩 들어갔다.

"도왕, 그가 나를 속였구나."

처음부터 뭔가 이상하다고 느꼈던 단운평이었으나 그 실체를 알지 못했다. 두 무제는 한편이었다.

"도왕이라니, 엽상을 말하는 것 같은데 그를 만나고도 무사하다니 대단하군."

괴운화의 말. 단운평의 머리 속에 혹시라는 단어가 떠올랐다. 하나 더 이상 내색하지 않은 단운평은 차분하게 물었다.

"당신의 몸 상태, 언제 안 것이오?"

단운평이 비록 제대로 된 의술을 익히지 못했다 하더라도 부친과 함께 있을 때 수많은 병자들을 보아왔다. 괴운화가 아무리 내색하지 않는다 할지라도 그의 안색이나 눈동자의 색, 그리고 피부 상태를 보면 충분히 알 수 있다. 괴운화는 무언가 심각한 병에 걸려 있다. 그리고 그것은 이미 치유할 수 없는 단계에 이르렀다.

흠칫 놀란 괴운화는 가만히 단운평을 바라보다가 전음으로 말했다.

"아들 내외와 같은 병에 걸렸네. 자네의 부친을 죽인 것이 내 목을 조여올 거라고는 생각하지 못했네."

"조부님을 찾아볼 생각은 하지 않았소?"

단운평의 부친인 단첨익의 의술이 풍운객 단조평의 의술보다 뛰어났다. 하지만 단조평의 의술 역시 신의(神醫)의 수준에 올라 있었으니 어쩌면 조부를 찾아갔으면 괜찮을 수도 있었다.

"내가 어찌 그를 찾아가겠는가."

조카를 죽이고 찾아간다는 건 불가능한 일이었을 것이다.

"순간의 욕망을 이겨내지 못한 내가 후회될 뿐이네."

당당하고 거칠 것 없던 괴운화의 모습을 기억하는 단운평은 화가 치밀었다. 이미 죽어가는 사람을 죽인다고 무엇이 달라지겠는가. 긴 세월 원한을 품고 살아왔던 자신의 삶에 회의가 드는 단운평이었다. 그런 그의 손을 괴연화가 꼭 잡았다.

따스한 느낌. 어린 여자 아이의 손에서 느껴지는 온기.

"할아버지가 아저씨에게 뭔가 잘못을 한 거 같네요. 용서해 주세요."

괴연화의 말에 단운평은 울컥 무언가가 치밀었다. 짜증일 수도 있고 안타까움일 수도 있는 묘한 감정. 단운평은 가만히 괴연화를 바라보다 괴연화에게 전음으로 말했다.

"부친의 묘에 가서 용서를 구하시오. 내가 당신을 죽여주겠소."

그의 말에 괴운화는 긴 세월 가슴을 눌렀던 바윗덩이 하나를 내려놓을 수 있었다. 손녀를 안심하고 맡길 사람이 아직 없다는 것에는 여전히 무거운 마음이었으나 살면서 가장 후회했던 일에 대한 용서를 받았다는 것만으로도 괴운화는 눈물이 났다.

주르륵.

괴운화의 눈에서 흐르는 눈물. 단운평은 그의 눈물을 보자 화가 치밀었다. 여전히 가슴속에는 부친의 원수인 괴운화에 대한 분노가 남아 있건만 저리 약한 모습을 보이다니.

"일 년 뒤 오늘 선친의 묘 앞에서 만나겠소."

단운평은 눈물을 흘리는 괴운화가 보기 싫어 몸을 틀고는 일행이 있는 곳을 향해 전력으로 신법을 전개했다. 그의 뒷모습을 바라보는 괴운화의 손을 꼭 잡는 괴연화.

"아저씨가 인사도 없이 가버렸네요."

"다시 만나게 될 게다."

괴운화는 무릎을 굽혀 괴연화를 바라보며 말했다. 괴운화는 누군가에게 무릎을 굽힌다는 것이 행복한 일이라는 것을 알게 해준 손녀를 번쩍 들어 무등을 태웠다.

"하… 할아버지, 전 이제 꼬마가 아니라구요."

괴연화의 말에도 불구하고 괴운화는 어깨에서 그녀를 내려주지 않았다. 단운평이 보기에 괴연화의 나이는 여덟 살 정도로 보였겠지만 실제로 열둘. 괴운화의 아들 내외가 병에 걸렸을 때 괴연화 역시 병에 걸렸었다. 다행히 괴연화는 자연적으로 나았지만 그때의 고열로 인해 눈이 멀게 된 것이다.

그렇게 아픈 이후 괴연화의 성장은 더디었다. 괴운화가 손녀를 무등 태우고 장원에서 나서려는 순간 제갈명운의 모습이 눈에 들어왔다. 그

리고 도왕이 단운평을 속였다는 말이 떠올라 내공을 주입해 제갈명운
을 정신 차리게 하였다.

“으음.”

정신을 차린 제갈명운은 눈앞에 괴운화가 있자 벌떡 일어나 부동 자
세를 취하였다. 한번 손을 저었을 뿐인데 스무 구의 시체를 넣을 만한
구멍이 파이는 것은 상상조차 해본 적이 없는 일이다. 괴운화는 조용
히 말했다.

“따라와라.”

일단 객점에 괴연화를 데려가 쉴 수 있게 한 뒤 제갈명운에게 물어
볼 생각이었다. 초류염이 단운평을 쫓는 일은 자신이 막을 수 있는 일
이지만 혹시라도 도왕이 관련된 것이라면 문제가 심각해진다. 도왕은
예전부터 단조평에게 열등감을 가지고 있던 인물이었다.

“어디로······.”

빡.

제갈명운은 괴운화의 주먹 한 방을 맞고는 눈앞에 별이 번쩍이자 아
무런 말 없이 그를 따랐다. 단운평에 의해 매의 공포를 알아버린 그였
기에 괜한 모험을 하지는 않았다.

“서연아.”

아미파의 장문인이자 검후 봉연령의 제자인 만화검 진설의 부름에
황서연은 눈물이 났다.

“사부님.”

눈물이 그렁그렁한 눈. 진설은 어쩔 수 없다는 듯 고개를 젓고는 그
녀를 안아주었다.

"진 장문인께서 이곳엔 웬일로."

양전이 포권을 해 보이자 진설은 가볍게 고개를 끄덕여 인사를 하고는 당공진을 바라보았다.

"소림에서 풍운회를 적으로 여겨서는 안 된다고 말하더군요. 그리고 연이를 일행에게 맡겨두라고. 무림공적의 일행이 되도록 두라니… 도대체 소림이 아미파를 얼마나 우습게 보고 있기에 그런 건지. 아니라면 무슨 이유인지 알고 싶어서 내가 직접 왔어요."

천하의 진설도 당공진이 펼치는 독술에는 태연할 수 없기에 그녀의 모든 신경은 당공진에게 향해 있었다.

"천앙이라는 세력의 정체를 문주님께서 모를 리가 있겠습니까?"

나선 이는 다름 아닌 관평위. 이곳에 있는 그 누구보다 천앙과 철혈무제에 대해서 많이 알고 있는 이였다.

"그걸 어떻게?"

진설의 놀란 음성에 황서연의 눈이 휘둥그레졌다. 황서연이 속해 있는 천단은 천앙에 대항해서 생겨난 조직. 그런데 천앙이 정파의 일원이라는 말에 놀라지 않을 수 없었다.

"아미파는 천앙, 아니, 철혈무제의 편입니까, 아닙니까?"

관평위의 간단한 질문. 그 속에 들어 있는 수많은 내용에 진설은 대답을 하지 못하고 잠시 머뭇거렸다.

"어디까지 알고 있는 건가?"

진설의 물음에 관평위는 가벼운 말투로 말했다.

"대충……."

그의 말투에 진설과 황서연은 화가 났으나 그의 말투를 꼬투리 잡을 상황이 아니었다.

“아미파는 불문을 따르는 문파이네.”

진설의 말은 자신들은 소림사와 같은 결정을 내린다는 말이다. 모두의 시선이 관평위에게 향했다. 관평위를 제외하고 단운평과 소림인들이 무슨 이야기를 나눴는지 알고 있는 이가 없었기에 그의 말을 기다릴 수밖에 없었다.

“운평을 적대시하지는 않겠다는 말이군요.”

관평위의 말에 요호와 당공진은 긴장을 조금은 풀 수 있었다. 이때 주화령이 나섰다.

“검후께서는 어떤 결정을 내리셨나요?”

아미파의 문주보다 검후의 결정이 더욱 큰 영향력이 있다는 것을 누구보다 주화령이 잘 알고 있었다. 검후는 천하 여검수의 우상. 아미파의 결정은 아미파의 행동을 결정하는 것이지만 검후의 결정은 천하 여검수들의 행동을 결정한다. 아무리 여자보다 남자가 많은 무림이라 하나 여검수의 수는 결코 아미파 인원보다 적지 않다.

“검후는 아미파의 일원이라네.”

진설의 말에 주화령은 고개를 저었다.

“검후께서는 그런 분이 아니시라고 알고 있습니다.”

진설의 표정이 점차 차갑게 변해가고 있었다.

“그래서 내 말을 믿지 못한다는 것이냐?”

진설의 말에 주화령은 고개를 저었다.

“아니에요. 다만 확실하게 하는 것이 좋을 것 같아서요. 제가 알기론 무림맹 장로님들 모두가 무제의 명을 거부하지 못하고 있으니까요.”

무림맹 장로들을 장로님이라 표현하고 철혈무제에게는 존칭을 하지 않았다. 어느 쪽을 존경한다는 건 진설도 알 수 있었다.

"검후가 어떤 결정을 내린다 할지라도 아미파는 정의를 수호하는 데 최선을 다할 것이다. 그런데… 넌 이름이 뭐지?"

진설의 물음에 주화령은 차분하게 대답했다.

"무림말학 주화령입니다."

진설은 주화령이라는 이름에 놀란 눈으로 그녀를 다시금 바라보았다. 검령미후 주화령. 그녀의 이름은 여검수 사이에서 결코 낯선 이름이 아니었다.

"네가 검령미후구나."

진설은 고개를 끄덕이고는 황서연을 바라보았다. 아직 자신을 보면 어리광을 부리는 제자에 비해 주화령은 차분한 모습을 보이고 있다.

'검후에 가장 가까운 여인이라더니 틀린 말이 아니구나.'

아직 자신의 품에 안긴 황서연을 가볍게 떼어내며 진설은 당공진에게 다가갔다.

"당가는 어째서……."

"천앙이 우리를 공격할 경우 당신들이 우리들을 도와줄 리가 없으니까."

묘한 말이다. 천앙이 정파의 일원이라는 것을 알고 있으므로 정파가 공격하면 정파가 당가를 도와줄 리가 없다라는 말이 된다. 진설은 아무런 말도 못하고 몸을 돌렸다.

"앞으로 어떻게 할 건가?"

진설의 물음에 대답하는 목소리가 허공에서 울렸다.

"그건 아미파에서 상관할 일이 아닙니다."

탁.

발을 멈춘 이는 단운평. 전력을 다해 신법을 전개했으나 호흡이 그리 가쁘지는 않았다.

'이젠 완전히 나은 것 같군.'

단운평의 등장에 주화령과 요호, 그리고 관평위가 그의 곁으로 달려갔다.

"어찌 되었는가?"

관평위의 물음에 단운평은 씁쓸한 미소만을 보였다.

"뭐라고 말했는가?"

진설은 어이없는 상황에 다시금 물었다.

"상관하지 말라니. 무림공적을 돕고 있다는 사실만으로 아미파가 얼마나 많은 위험을 각오하고 있는 것인지 알고 있는 것인가!"

진설의 무시무시한 기세에도 불구하고 단운평은 태연했다. 괴운화의 기도에 비하면 진설의 기세 따위는 아무것도 아니었다. 더군다나 무림맹에서 만난 봉연령의 기도에도 미치지 못하는 진설의 기도였으니 단운평이 태연한 건 너무나 당연한 일이었다.

"위험을 무릅쓰고 해달라고 부탁한 적 없습니다."

관평위의 퉁명스런 말.

"위험에 몰아넣은 사람들이 누군데 도와주니 고마운 줄 알라니……."

이번에는 요호였다.

진설은 어이가 없었다. 자신이 누군가. 구대문파 중 한곳인 아미파의 문주가 아닌가. 이런 어이없는 경우를 처음 겪는 진설은 잠시 입을 벌리고 아무런 말을 못하다 검을 뽑아 들었다.

"문주님, 멈추십시오. 감히 대아미파의 문주님을 능멸한 죄는 저희가 묻겠습니다."

사방을 울리는 소리. 사방에서 많은 여검수들이 등장했다.

"감히 문주님께 무례를……."

챙.

제일 앞에서 말을 하던 여인은 주화령의 일검을 간신히 막고는 더 이상 아무런 말을 하지 못했다. 번쩍이는 검을 막기에도 힘겨웠던 것이다. 관평위는 이리저리 여인들의 검을 피하며 단운평의 눈치를 살폈다.

그런데 이상하게 단운평 주위로는 여검수들이 다가가지 않고 있었다. 이유는 의외로 간단했다. 황서연이 단운평의 앞에서 그녀들의 접근을 차단하고 있었던 것이다. 단운평은 상대가 여인이라는 건 전혀 생각하지 않는다. 적이라면 조금의 자비도 없는 인물이라는 건 누구보다 잘 알고 있는 황서연이었기에 동문들이 위험에 처하는 것을 막기 위해 접근을 차단하는 것이었다.

"시비를 걸러 오신 겁니까?"

윙―

가볍게 묵뢰를 휘두르는 단운평의 말에 진설은 잠시 움찔했으나 태연한 표정으로 말했다.

"무례를 참을 정도로 수양을 하지 못했네."

"검을 꺼내는 것은 죽음을 각오했다고 생각해도 되겠지요?"

사륵.

단운평의 움직임이 시작되자 황서연이 급히 진설에게 다가갔다. 어떻게든 막아보고 싶었다. 하나 황서연이 진설을 설득할 시간은 충분치 않았다.

“음……!”

“악……!”

여기저기에서 들려오는 신음성과 비명들. 진설은 단운평이 사람처럼 보이지 않았다. 인정사정없이 도를 휘두르던 단운평의 모습이 떠오르자 아찔하기까지 했다. 다행히 도면으로 후려갈겨 생명을 잃은 여인들은 없었지만 주변에 쓰러진 여인들의 모습을 보니 진설은 화가 나기도 하고 어이가 없기도 했다.

‘더 빨라졌다. 아니, 더 강해졌다.’

황서연은 자신을 상대했을 때보다 훨씬 빠르고 강한 힘을 내는 단운평의 모습에 다시금 두려움이 일었다.

“변황무림의 공격이 거짓이라는 것을 알고 있습니까?”

단운평의 전음에 진설의 몸이 움찔거렸다.

“무슨 말도 안 되는 소린가!”

그녀의 전음에 단운평은 주변을 둘러보고는 말했다.

“풍운회는 변황무림과의 전쟁에는 참가하지 않습니다.”

선포.

당공진은 단운평이 확실한 증거를 찾았다는 것을 알고 안색을 굳혔다. 단운평이 확신하고 있다면 이제부터는 천앙의 공격을 대비해야 한다. 그리고 그 후에는 강호인들의 절대적인 지지를 얻고 있는 위선자와 승부를 벌여야 한다. 당공진은 가슴이 답답해 옴을 느꼈다.

“자네는 그 결정을 후회하게 될 걸세.”

누가 뭐래도 소림사는 변황무림을 견제하러 출전할 것이다. 그리고 소림의 그 같은 결정에 아미파도 출전할 수밖에 없다. 진설은 단운평의 말을 듣고는 황서연과 더불어 아미파 문도들을 치료하기 시작했다.

“이제 어디로 갈 건가?”

관평위의 물음. 단운평은 무거운 표정으로 답했다.

“이제 갈 곳은 풍운회뿐이군.”

황서연과 함께 남은 황소홍을 제외하고 단운평과 관평위, 주화령, 당공진, 양전, 광우령, 여성우, 그리고 요호는 다시 사천으로 향했다. 물론 광우령의 부하들도 그들을 따르고 있었다.

무림맹 선발대와 변황무림의 전초전에 대한 소식은 빠르게 중원에 퍼져 나갔다.

“자네, 이야기 들었나? 무림맹의 선발대가 변황무림을 파죽지세로 물리치고 있다는구만.”

수염이 가득한 사내의 말에 맞은편에 앉아서 술을 마시던 호리호리한 몸의 사내는 코웃음을 쳤다.

“무슨 소리를 하는 건가? 변황무림인들이 이미 중원까지 밀고 들어와서 황실에서도 걱정하고 있다고 하더구만. 아이고, 나도 일류무공을 배웠다면 그곳에서 변황 놈들을 베고 있을 텐데 말이지.”

사내는 분하다는 듯 연신 술을 들이켰다. 호리호리한 사내의 행동에 수염사내는 속으로 웃지 않을 수 없었다. 어제만 해도 무공이 약한 덕분에 개죽음당하지 않아서 좋다고 말하던 친구였다. 괜히 호기로운 척하고 있는 이유가 옆 탁자에 험상궂은 사내와 함께 있는 여인 때문이라는 것쯤은 쉽게 예상할 수 있는 일이었다. 자신이 보기에도 절세미녀이니 내 떡은 아니라도 잘 보이고 싶어할 만했다.

“아직 사천에 도달하지도 못했는데 변황과의 전쟁으로 난리군요.”

주화령의 말에도 단운평은 아무런 대꾸도 하지 않은 채 창밖만 바라보고 있었다.

"단 대협. 단 대협. 단 대협!"

"아… 무슨……?"

무려 세 번이나 부르고서야 반응을 보이는 단운평이다. 주화령은 화가 치밀었지만 차분하게 물었다.

"무슨 고민이라도 있으신 건가요?"

그들 뒤의 탁자에 자리잡고 있던 관평위와 당공진의 신경도 단운평의 목소리에 집중되었다. 요호는 이미 방에 올라가 있었기에 이들은 편히 단운평의 말을 엿들을 수 있었다.

"주 소저라면 중오해 마지않는 사람이 병에 걸려 죽어가고 있다면 어떻게 하시겠소?"

"글쎄요. 저라면… 아니, 모르겠어요."

쉽게 상상되지 않는 일이다. 단운평은 다시 물었다.

"또한 그 사람이 자신에게 가장 소중한 것을 주 소저에게 맡긴다면 어떻게 하시겠소?"

"어떤 거죠?"

"사람."

단운평의 말에 주화령은 당혹스럽지 않을 수 없었다. 첫 번째 물음에서 중오해 마지않는 사람은 분명 파황일 것이다. 그러나 사람을 맡기다니…….

"파황에게 손녀가 있소. 앞을 보지 못하는."

"아……!"

"아……!"

동시에 터진 탄성. 당공진을 제외한 이 인은 놀라 아무런 말도 할 수가 없었다.

"파황이라니⋯⋯."

당공진은 파황이 누구인지 몰랐다. 그리고 당연하게도 그가 왜 단운평의 증오를 받고 있는지도 몰랐다.

"어쨌든 오늘은 일찍 잠자리에 들어야겠소. 내일은 오늘보다 빨리 이동해야 할 테니."

단운평의 말에 모두는 자리에서 일어나 각자의 방으로 향했다. 다행히 오늘은 아무런 습격이 없어 모두는 편안한 잠자리를 가질 수 있었다. 물론 단운평은 쉽게 잠을 이룰 수 없어 한참을 고민하다 잠들었다.

다음날 아침. 단운평과 일행은 식사를 마친 후 각자 신법을 전개하며 사천을 향해 출발했다. 그들이 출발한 뒤 객점에서 단운평 등이 사라진 곳을 향해 움직이는 한 사내가 있었다. 범상치 않은 눈빛을 가진 사내는 구릿빛 피부를 가지고 있었다. 번쩍 하고 사라진 사내의 신법은 결코 단운평 아래가 아니었다.

정확히 한 달하고 보름. 단운평 등이 사천에 다시 돌아오기까지 걸린 시간이었다. 일행은 사천에 도착하는 순간 할 말을 잃었다.

"한발 늦었나?"

당가 주변의 숲에서 불길이 치솟고 있자 단운평은 고개를 절레절레 저을 수밖에 없었다.

"작정하고 찾아왔나 본데⋯⋯."

요호의 혼잣말에 당공진은 더 이상 참지 못하고 당가 안으로 뛰어들었다.

“왔느냐?”

그들의 걱정과는 달리 당거영이 태연한 모습으로 그들을 맞이했다.

“괜찮으신 겁니까?”

당공진의 걱정스런 물음에 당거영은 한마디로 그의 걱정을 날려 버렸다.

“우린 당가다.”

당거영에 이어 이들을 맞이하는 사람은 당이록과 황군명이었다.

“무사했군.”

“예. 하지만 소림은 확답을 해주지 않더군요.”

황군명의 보고에 고개를 끄덕인 단운평은 한쪽에서 달려오는 사람들, 곽마효와 동방호를 보고는 고개를 돌려 양전을 힐긋 바라보았다. 예상처럼 달려온 곽마효는 단운평에게 아무런 말도 못하고 양전만 물끄러미 바라볼 뿐이었다.

“자세한 건 가주 집무실에 가서 이야기하도록 하지. 가주가 기다리고 있네.”

당거영의 말에 단운평은 고개를 끄덕이고 집무실로 향했다. 관평위와 황군명 등도 급히 자리를 피했다. 곽마효와 양전에게 자리 아닌 자리를 마련해 줘야 했기 때문이다.

“자네 많이 늙었구만.”

한참의 침묵 끝에 곽마효가 한 말이 바로 이것이었다. 그의 말에 양전은 고개를 들지 못했다.

“미안하이. 미안해.”

“자네가 좋아하던 매실주가 제법 익었다네. 가세.”

곽마효는 아무렇지 않은 듯 양전의 팔을 잡아끌었다. 하나 양전은 발이 떨어지지 않았다.

"미안하이."

곽마효는 고개를 저었다.

"괜찮네. 처음에는 자네에게 섭섭했던 게 사실이네. 하지만 이해할 수 있네."

누구보다 힘들었을 친구에 대해서 곽마효는 이미 오래전 그를 용서했다. 곽마효의 말에 양전은 마침내 눈물을 흘리고 말았다.

"미안하이. 미안해."

주르륵.

그리고 곽마효를 붙잡고 가만히 서 있는 양전. 곽마효의 눈에도 눈물이 맺혔다.

단운평이 집무실에 들어서자 중간 자리에서 여러 사람에게 이리저리 바쁘게 지휘하던 당공의가 자리에서 일어나 비켜섰다.

"회주, 너무 늦었소."

풍운회주가 단운평이라고는 하나 당가는 동맹. 당공의는 차마 단운평에게 존대할 수가 없었다. 그리고 단운평은 그런 것에 연연해하지 않았다.

"어느 정도 규모가 온 거요?"

"삼백 명 이상."

당공의의 말에 단운평은 한숨을 쉬었다.

"피해 정도는?"

"사망 열두 명, 중상 스물다섯."

"적의 피해는?"

"오십여 명 사망, 팔십여 명 중상, 그리고 백여 명 이상 경상."

수치상으로는 분명 대승이다. 하나 단운평이나 당공의의 표정은 그리 밝지 않았다.

"이차 공격 예정 시간은?"

단운평의 물음에 당공의는 차가운 표정으로 대답했다.

"오늘밤 축시."

그들의 공격은 끝난 것이 아니었다.

"천앙의 인원이 그렇게나 많은지 몰랐군."

"글쎄. 복면을 쓰고 달려들었으나 천앙의 혈풍 당시의 천앙인들이 아니었네."

살인 병기인 천앙이 아니라 얼굴을 숨긴 철혈무제를 따르는 이들이란 말이다. 그럼에도 불구하고 스무 명 이상 당했다는 건 믿기지 않는 일이었다. 당가는 대인 살상 무기를 다량으로 보유하고 있는 가문. 당가 주변은 기문진식과 독으로 둘러싸여 있건만 그들이 어떻게 뚫고 들어왔단 말인가.

"고수들의 숫자가 많았소. 당가만이었다면 많이 위험했을지도."

당공의의 말에 단운평의 표정이 또다시 굳어졌다.

"삼백여 명이라… 어쩌면."

단운평은 자신의 추측이 사실이 아니길 빌었다. 그러면서 급히 집무실 밖으로 뛰쳐나가 당가의 밖을 바라보았다. 곳곳에 쓰러져 있는 거대한 통나무와 아직도 불이 붙어 타고 있는 화살들. 단운평의 입에서 한숨이 절로 터져 나왔다.

"당했군."

그 많은 인원들이 어디서 왔는지. 그리고 그들의 수준이 어째서 그리 높은 것인지 충분히 알 수 있었다.

"변황으로 갔어야 할 인원들이군."

그의 뒤를 따라 집무실을 나선 당공의는 단운평의 말을 듣자 허탈한 표정으로 말했다.

"그렇군."

당공의 역시 의구심을 갖고 그들의 정체를 찾으려 애를 썼다. 하나 며칠 전의 충돌로 인해 외부로 정보를 얻기 위한 인원을 보낼 여유가 없었다. 그리고 그런 당공의의 뒤를 따라온 황군명 역시 단운평의 말을 듣고 한숨을 쉬지 않을 수 없었다.

"선발대와 본대는 반나절 거리에 있는 것이 상식이건만 왜 선발대의 소식만 들려오는지 궁금했는데 본대가 이곳에 있었군."

단운평의 말처럼 국가 간 전쟁이든 무림인들 간의 전투든 선발대와 본대는 어느 정도 거리를 둬야 하지만 하루 정도의 거리 이상을 두는 건 금기시되는 일이다. 사천으로 오면서 끊임없이 들었던 소문은 선발대에 관한 것뿐이었다는 것에 단운평은 계속 의구심을 가졌었다.

"그럼 문제는 본대의 어느 정도가 이곳으로 온 건가 하는 것이군요."

황군명의 말에 당공의는 고개를 끄덕이고는 급히 집무실로 돌아갔다. 적의 정체를 분명히 알게 된 이상 대응책을 새롭게 세워야 한다.

"당이연!"

단운평의 외침에 당이연이 빠른 걸음으로 나타났다.

"무슨 일입니까?"

"나와 함께 적의 후미를 공격할 준비를 해라."

당이연은 곤혹스런 표정을 했다. 사천당가를 공격하는 적의 후미를 공격하기 위해서는 적들 사이를 뚫고 지나갈 수밖에 없다. 단운평의 말인즉 적들을 돌파하겠다는 것이다. 당이연은 단운평이 진심으로 하는 말인지 그의 얼굴을 살폈다. 그러나 단운평의 얼굴에는 조금의 웃음기도 없었다.

"존명."

어찌 되었든 독문의 문주인 단운평의 명이다. 더군다나 당가의 인원들이 살아남기 위해서 큰 도움이 되는 일이기도 하다. 당이연은 급히 당가십이수를 소집했다.

"군명, 너는 요호와 이록을 불러와라."

황군명 역시 급히 움직였다. 오늘밤이라면 빨리 움직이지 않으면 곤란했다.

잠시 후 요호와 당이록은 단운평에게로 왔다.

"마랑대는 어디 있소?"

단운평의 물음에 요호는 씩 웃으며 대답했다.

"이미 사천에 도달했으니 언제든……."

요호의 말에 단운평은 목소리를 낮추며 말했다.

"나와 독문 일행은 적들을 뚫고 후위를 치려 하니 본대의 옆을 공격하도록 하시오."

옆을 흔들면 중간을 뚫기가 훨씬 쉬워진다. 단운평의 말에 요호는 급히 말에 올라탔다. 사천에 마랑대가 있다고는 하나 그들이 당가에 있는 것은 아니었기에 한시라도 빨리 그들과 작전을 세워야 했다. 요호가 당가를 나서자 단운평은 당거영과 곽마효를 비롯한 수뇌부라 할 수 있는 이들을 모았다.

"그저께 저들이 당가를 습격했다면 오늘이 마지막 공격이 될 겁니다. 시간을 끌다가는 자신들의 정체가 드러날 테니. 오늘밤은 싸워서 이기기 위한 것이 아니라 견디는 겁니다. 단 한 사람의 사망자도 없이. 아시겠습니까?"

단운평의 모습이 커 보였다. 여기에서 단운평의 재능이 드러나기 시작했다. 타인들을 압도하며 믿음을 주는 존재. 그의 말을 따르면 절대로 죽지 않을 것 같다는 생각이 공간을 지배했다.

第二十六章

사천대전

당가 안은 최소한의 불빛을 제외하고는 모두 꺼버렸기에 어둠에 싸여 있었다. 이유는 하나 단운평 등이 당가를 빠져나가는 순간을 적들이 알아서는 곤란했다.

"미리 나가서 숨어 있다가 저들이 지나친 후 공격하면 되지 않을까?"

당이록의 지적에 관평위도 같은 의문을 표했다. 그러자 황군명은 고개를 저었다.

"적들을 섬멸하기 위해서가 아니라 적들의 공격을 늦추기 위해서 뒤를 흔드는 건데 혹시나 앞에서 위험을 수색하는 이들에게 발각될 경우 그 많은 무리들과 형님이 싸워야 하지. 눈앞에 수백의 무인들이 달려들면 제아무리 형님이라도 무사하리라는 보장이 없어."

황군명의 말에 당이록은 고개를 끄덕였다. 수의 차이가 클 경우 정면에 자신이 노출될 경우 살아남을 확률은 없다고 해도 과언이 아니었다.

"어찌 되었든 이 적막과 어둠은 참 기분 나쁘군."

당이록의 말이 끝나기가 무섭게 하나둘씩 불빛이 보이기 시작했다.

끼이익.

소음과 함께 열리는 문. 단운평은 피식 웃고 말았다. 이렇게 소리가 나서야 어둠을 고수한 노력이 의미가 없었다. 하나 그런 생각은 나중에 해도 될 일. 단운평은 급히 밖으로 나갔다.

펑!

멀리서 들려오는 폭약 소리. 누군가 당가의 기문진식을 건드린 것이 틀림없었다. 단운평은 다시 한 번 당공의가 보여줬던 지도를 머리 속에 떠올리며 당가십이수들에게 고개를 끄덕여 보였다. 그 순간 단운평의 옆에서 들리는 소리.

차르륵.

단운평은 놀라 급히 몸을 돌렸다.

"나를 두고 갈 생각은 아니었겠지?"

소리의 주인공은 관평위. 단운평은 씩 웃으며 관평위의 어깨를 잡았다. 보기 드문 단운평의 미소에 당이연은 놀란 눈으로 그를 바라보았으나 단운평의 미소는 나타났을 때만큼이나 빠르게 사라졌다.

"출발."

그렇게 사천대전의 막이 열렸다.

"독이든 암기든 무엇을 사용해서라도 반드시 살아남아라!"

단운평의 외침에 당이연은 정신없이 검을 휘두르다 품 안에서 독분을 꺼내 뿌렸다.

"크아악!"

두 눈을 가리며 쓰러져 거품을 무는 무인들. 당이연은 그들을 바라
볼 여유가 없었다. 양 어깨에는 이미 적지 않은 수의 상처가 새겨져 있
었고 허벅지에 박힌 두 개의 화살은 출혈을 염려해 뽑을 수가 없어 그
저 화살대를 부러뜨릴 수밖에 없었다. 시간이 지날수록 정신이 몽롱해
지는 것이 출혈량이 적지 않은 모양이었다.

쇄액!

자신을 향해 날아드는 창을 보고도 제대로 피할 수 없던 당이연이
할 수 있는 일이라고는 눈을 감는 일뿐이었다.

쾅!

폭음과 함께 당이연은 자신의 팔을 잡아끄는 힘에 눈을 떴다.

"멍하니 있다가는 죽는다!"

위기의 상황에 있던 당이연을 구한 사람은 단운평이었다. 자신의 피
인지 적의 피인지 몰라도 옷에서 뚝뚝 떨어지는 핏물. 적들이 들고 있
던 횃불 사이로 보이는 피라서 더욱 붉어 보이는 피가 단운평의 전신
을 휘감고 있었다.

"한계에 도달했습니다."

짝!

당이연의 말에 단운평이 그의 뺨을 갈겼다.

"말이 나오지 않을 정도가 아니고 아직 서 있을 힘이 있는데 포기하
는 거냐?"

포기라는 말에 담담할 무인은 아무도 없다. 당이연은 단운평에게 뺨
을 맞고 질책받자 억지로라도 검을 들어 올릴 수밖에 없었다. 그런 그

의 눈에 들어온 건 단운평의 등. 어느새 옷이 찢어져 단운평의 등이 훤하니 보였다.

단운평의 등에는 크고 작은 혈선이 가득했다. 그제야 주변을 둘러본 당이연은 자신을 제외한 당가십이수 모두가 적들을 상대하며 힐끔힐끔 자신을 보고 있음을 알아차렸다.

"대장님, 어떻게든 견뎌주십시오! 적어도 노력하면 죽지는 않을 겁니다!"

당가십이수 중 한 명이 적을 베고는 소리쳤다. 그의 말에 천앙의 이름으로 당가를 공격하던 무인들은 소름이 쫙 돋았다.

당이연은 몰랐지만 다른 당가십이수 역시 죽음의 고비를 몇 번이고 겪었다. 절체절명의 상황에서 그들을 구한 건 풍룡 단운평이었다. 당가십이수를 구하는 과정에서 등을 베이기도 하고 팔다리에 상흔이 생기기도 했지만 단운평은 조금의 흔들림도 보이지 않았다. 이제는 단운평이 다가가기 전에 적들이 뒤로 물러서는 상황마저 생겼다.

그도 그럴 것이 단운평의 도가 움직이면 순식간에 목이 떨어졌다. 처음에는 단운평도 사람이니 힘이 빠질 것이라고 생각하고 달려들었으나 조금 전 도로 사람을 일도양단해 버리자 두려움이 인 것이다.

'인간도 아니다!'

단운평에 대한 적들의 평가였다. 그리고 그런 그를 보호하는 이는 관평위. 세류편을 휘돌려 단운평의 옆을 지키고 있는 관평위 역시 적들에게는 공포였다. 사정거리나 공격 궤도를 전혀 예측할 수 없어 세류편이 공격해 오면 방어조차 제대로 하지 못하고 쓰러졌다. 더군다나 단운평 등이 본대 안을 파고든 지도 어느새 반 시진. 웬만한 고수라 할지라도 탈진하고 남을 시간이었기에 그들을 두려워하는 감정은 시간이 흐를수록 더욱더 커지고 있었다.

"네 이놈!"

다시금 달려드는 고수. 단운평은 초식을 펼칠 여유도 없었다. 수많은 수련을 통해 알고 있는 도의 길을 따라 묵뢰를 움직일 수밖에 없었다.

서걱!

또다시 적의 목을 베어버린 단운평은 적의 목에서 뿜어져 나오는 피를 왼손으로 막고선 묵뢰를 세워 다른 이들의 기습에 대비했다.

"대단하군! 명불허전이야!"

드디어 나타난 일행을 통솔하는 이들. 모두 열두 명이었다.

"예상했던 일이긴 하지만 조금은 당황되는군."

열두 명의 사내의 손에 들려진 금도. 그들의 정체를 알아챈 단운평과 관평위는 호흡을 가다듬었다.

"여기서 죽을 수는 없지."

관평위의 말에 단운평이 고개를 끄덕였다.

"아직 하고 싶은 것을 제대로 해보지도 못했는데 죽을 수야 없지."

단운평은 숨을 크게 들이키고는 힘껏 도를 휘둘렀다.

깡!

단운평의 도를 막은 건 두 개의 도였다.

"혼자서는 당신의 도를 막을 수 없으니 이해하십시오."

두 명의 정체는 전습과 전익상. 십이금도의 주인들이었다.

"예상 이상이군."

씁쓸한 미소를 짓는 단운평. 도림마저 포함되어 있다면 밤을 견디는 것은 불가능했다. 단운평은 한숨을 쉬고는 힘껏 도를 휘둘렀다.

깡!

순간 전습과 전익상은 해일처럼 밀려드는 힘에 다리가 휘청했다.

'괴물이군. 그렇게 도를 휘두르고도 조금도 힘이 빠지질 않았어.'

전익상은 조금의 시간이 더 흐른 뒤에 나오고 싶었지만 친위대주인 전습의 결정을 따를 수밖에 없었다. 전익상이 걱정하는 것은 알고 있었지만 전습으로선 이미 죽은 것이나 다름없는 상대와 겨루고 싶지 않았던 것이다.

"당신에게는 미안한 일지만 오늘 풍운회는 사라질 겁니다. 그러게 왜 천앙의 정체를 떠벌리고 다녔습니까?"

전익상의 말에 떠오르는 세 명의 얼굴이 있었다. 황소홍, 황서연, 그리고 진설.

"철혈무제가 신경 쓸 일이지 도왕이 신경 쓸 일이 아닐 텐데?"

쾅!

금도와 묵뢰 사이에서 폭음이 터져 나왔다. 초식 폭(爆). 단운평은 전습과 전익상이 조금 뒤로 물러서자 앞으로 달려들며 힘껏 도를 내려쳤다.

서걱!

단운평은 순간 무언가 옆구리를 스쳐 지나가는 느낌에 왼손을 왼쪽 옆구리에 대었다.

"윽!"

아릿한 통증. 어느새 뒤에서 다가온 또 다른 금도의 주인의 공격이었다. 단운평의 옆구리에서 피가 튀자 관평위를 공격하던 금도의 주인도 힘을 내었다. 공격을 하고 있었으나 단운평은 인간이 아니라고 믿었다. 그러나 그에게서 피가 나오자 그도 사람인 것을 실감할 수 있었던 것이다. 단운평은 옆구리 주변을 가볍게 손가락으로 눌러 점혈하고는 허공으로 치솟았다. 다수를 상대할 경우 사용하는 초식 우(雨)가 펼쳐졌다.

파바박!

단운평 아래에 있던 한 명의 금도의 주인과 다섯 명의 무인들이 순식간에 큰 상처를 입고 쓰러졌다. 그러자 단운평은 다시 한 번 위로 솟구쳤다.

'이런……!'

단운평은 자신을 따라 허공에 솟구친 전습의 공격 때문에 도를 아래로 내려칠 수가 없었다.

팅!

부드럽게 도의 움직임을 바꾼 단운평은 초식 운(雲)을 응용해 전습을 공격했다. 전습은 단운평의 초식 운을 막아내긴 했지만 허공에서 단운평만큼 자유롭지 못한 인물.

서걱!

순간 어깨를 베이고 말았다. 전습이 바닥으로 떨어져 내리자 단운평은 급히 허공에서 몸을 비틀고는 도를 아래로 이리저리 휘둘렀다. 초식 우를 펼치기는 힘든 상황이나 아래에서 자신을 노리고 있는 무사들을 막을 정도의 힘은 발휘할 수 있었다.

"아까운 인재야."

"그러게 말일세. 하지만 어쩔 수가 없네."

백발의 두 노인은 안타깝다는 듯 혀를 차고는 손을 들어 올렸다. 화살을 든 궁사들이 겨냥하고 있는 이는 당연하게도 단운평이었다. 두 노인 중에 손을 치켜들었던 노인이 손을 내리려는 순간 등 뒤에서 들려온 목소리에 그는 급히 몸을 돌렸다.

"멈추게나."

평범한 얼굴을 한 중년인. 중년 사내의 등장에 노인이 놀라는 순간 중년인은 가볍게 손을 뻗어 노인의 미간을 손가락으로 찍었다.

"……."

비명조차 없이 노인은 조용히 눈을 감았다. 평온한 표정을 하고 있되 그가 이제는 더 이상 살아 있지 않음을 알고 있는 다른 노인은 경악의 눈으로 사내를 바라보았다.

"난 살인을 좋아하지는 않네. 하지만 저 애는 다르다네. 저 애가 그런 고생을 하고 있는지도 모르고 있었으니… 저 애를 위해서 자네를 죽이는 것은 어렵지 않은 일이네."

중년 사내의 평온한 표정에 노인은 온몸에 소름이 돋았다.

"당신은 누구요?"

"예전에 사람들이 나를 풍운객이라 불렀네."

쉐액.

가볍게 손을 들어 올린 풍운객, 아니, 단조평의 일수에 노인의 목이 떨어졌다.

"자네에게 미안하군."

거친 숨을 몰아쉬며 세류편을 휘두르는 관평위를 힐긋 바라보던 단운평은 있는 힘을 다해 도를 휘둘렀다.

깡!

가벼운 소리와 함께 튕겨진 묵뢰. 단운평은 옆구리의 출혈 때문에
눈앞이 보이지 않았지만 정신없이 묵뢰를 휘둘렀다. 어느 순간 목에서
느껴지는 통증. 단운평은 그렇게 정신을 잃었다.

第二十七章
풍운객 단조평

"여긴……."

단운평이 눈을 뜬 것은 허름한 객점 안. 단운평은 천천히 몸을 일으 켰다. 눈을 뜬 순간 옆구리에서 느껴지는 통증. 급히 일어났다간 상처 가 벌어지리라는 것은 충분히 예상할 수 있는 일이었다.

몸을 일으킨 단운평은 자신의 옆에 누워 있는 두 사내의 모습에 안 도의 한숨을 쉬었다.

"평위, 이연. 둘 다 살아 있군."

드르륵.

단운평이 천천히 침상에서 내려오려는 순간 방문이 열렸다.

"깨어났구나."

크지 않은 키에 평범한 얼굴. 그러나 단운평은 몸이 떨려옴을 느꼈 다. 철혈무제나 도왕, 그 이상의 모습을 보였던 파황에게서도 느끼지 못한 엄청난 힘을 느낀 단운평이었다.

"누구십니까?"

단운평의 정중한 물음에 중년 사내는 피식 웃었다.

"녀석, 내 도를 가지고 있으면서 내가 누구인지도 모르는구나."

중년 사내, 아니, 단조평의 말에 단운평은 허리의 통증 따위는 잊어버렸다.

"단운평이 조부님께 인사드립니다."

덥석 절부터 하는 단운평. 단조평은 미소를 띠고 있었지만 마음은 무거웠다. 단운평은 기억하고 있지 못하지만 단조평이 단운평을 처음 본 것은 단운평이 태어나고 일 년이 지난 날. 그때의 귀여웠던 아이가 얼굴뿐만 아니라 전신에 상처가 가득한 모습을 보니 다 자신의 죄인 듯했다.

단조평은 단운평의 몸을 일으켜 세운 뒤 어깨를 두드려 주었다.

"어떻게 오셨습니까, 조부님께서는……?"

"운화. 그 녀석이 찾아와서 이야기를 해주더구나. 미안하다. 내가 친구를 잘못 둔 죄로 네 아비가 죽었구나."

단조평의 말에 단운평은 고개를 저었다.

"아닙니다. 그게 어떻게 조부님 잘못입니까? 그런 생각은 마십시오."

단운평에게 단조평은 조부이기 이전에 존경하는 무인이다. 그런 그가 자신에게 고개를 숙이는 모습은 보고 싶지 않았다. 또한 처음 만남에도 불구하고 조부가 맞는지에 대한 의구심은 조금도 들지 않았다. 부친의 숙부였으나 부친의 얼굴과 비슷했다. 단운평은 몰랐지만 단첨익의 부친과 단조평은 쌍둥이였다. 때문에 단첨익과 단조평의 얼굴이 닮은 건 당연한 일이었다.

"그래, 그렇게 생각해 주니 고맙구나. 운화 녀석에게 듣기론 류염이와 엽상이 일으킨 일이라고 하더구나."

단운평은 조용히 고개를 끄덕였다.

"언제나 나와 운화가 엽상이보다 반 수 정도 앞섰단다. 두 수 이상 앞섰거나 반 수 정도 뒤처졌다면 엽상이도 그러지 않았을지 모르겠구나."

닿을 수 있을 것 같건만 잡히지 않는 것. 그것만큼 사람을 괴롭히는 것은 없다.

"그럼 철혈무제는……."

"녀석은 운화에게 자격지심이 있지."

단조평의 말에 단운평은 허탈했다. 거기에다 괴운화 역시 단조평에게 호승심을 가지고 있었으니 당대 최고수들이 친분을 나눔과 동시에 서로에 대한 경계심으로 가득했다는 말이다. 단운평은 고개를 돌려 아직 정신을 차리지 못하고 있는 관평위를 보았다.

"그것 때문에 이렇게 된 겁니까?"

"류염이는 운화 녀석이 만들어놓은 여러 세력들이 그냥 사라지는 모습을 보고 욕심이 든 걸 게다."

단운평은 내심 아닐 거라는 생각이 들었지만 아무런 반론을 제기하지는 않았다.

"해서는 안 되는 질문일지 몰라도 지금도 도왕과는 반 수 차이인 겁니까?"

단운평의 물음에 단조평이 되물었다.

"네가 보기에 어떠냐?"

"제가 느끼기엔 조부님께서 두 수 이상 앞서는 것 같습니다."

"음… 그럼 엽상이 나보다 반 수 정도 앞선다고 생각하는 것이 좋겠구나."

"예?"

"강호에서는 자신의 실력의 삼 할을 감추라고 하지만 녀석은 삼 할만 보여주지. 내가 세 수 이상 앞선다고 확신이 있는 경우에도 기껏 반 수밖에 앞서지 못했다."

단운평은 고개를 끄덕였다. 화엽상이 자신에게 한 모든 일들은 단조평을 끌어내기 위함이었다. 단조평을 꺾고 일인자의 자리에 오르기 위해.

하나 그런 화엽상이나 단조평도 생각하지 못하고 있는 것이 있었다. 그것은 철혈무제 초류염. 단운평의 예상이 맞다면 그는 화엽상 이상으로 자신을 숨기고 있으리라.

"어쩔 거냐?"

단조평의 물음에 단운평은 대답할 수가 없었다. 화엽상이 자신을 만나준 것이지 지금의 단운평으로선 화엽상을 만날 수조차 없었다. 아니, 만나더라도 어떻게 해볼 수 있는 상대가 아니다. 더 더욱 무서운 건 그보다 강할지 모를 철혈무제 때문이다. 철혈무제가 목표로 삼는 건 강호최강이라는 칭호가 아니라 천하제일인, 즉 가장 위대한 권력을 바라고 있었다.

"아……!"

단운평은 풍운회의 인원들 모두와 함께 주화령에 대한 생각이 떠올라 급히 방문 쪽으로 향했다. 그의 갑작스런 움직임에 놀란 단조평은 빠르게 움직여 단운평을 부축했다.

"아직 이르다. 제법 괜찮은 약을 썼기에 이틀 정도면 상처가 아물지 몰라도 내장이 상한 것은 한 달은 요양해야 할 거다."

단조평의 말에 단운평은 고개를 저었다.

"움직일 수 있을 정도면 괜찮습니다. 안부를 알아야 할 사람들이 있어서."

단운평의 말에 단조평이 말했다.

"사천당가 사람들을 말하는 거라면 그들은 괜찮다. 네 녀석이 얼마나 난리를 쳤는지 그놈들이 감히 당가에 쳐들어가지 못했다."

뻔히 보이는 거짓말이지만 단운평은 단조평을 밀치고 나갈 수가 없었다.

"어느 정도 피해입니까?"

단운평의 물음에 단조평의 안색이 흐려졌다.

"제법 다친 녀석들이 많더구나. 간만에 독왕의 독술을 제대로 구경할 수 있었지만… 아… 혈룡이라고 했던가? 그 아이도 제법 괜찮은 움직임을 보이더구나. 죽은 사람은 없는 듯하니 진정해라."

죽은 사람이 없다는 말에 단운평은 다시 침상으로 돌아갔다. 죽지만 않았으면 상관이 없다. 어떤 상황에서라도 살아만 있어주면 된다. 단운평의 어깨를 두드려 주던 단조평은 가만히 그의 수혈을 짚었다. 단운평은 잠시 놀란 눈으로 단조평을 바라보았으나 단조평의 눈에는 어떠한 사심도 없었다. 그저 단운평이 쉴 때라고 말하고 있을 뿐이었다.

"피해 정도는 어느 정도냐?"

당거영은 당공의에게 거칠게 물었다. 당공의 역시 두 눈에 핏발이 가득한 것이 살기등등했다.

“사망자는 없습니다. 독문의 아이들에게 듣기로는 웬 중년인이 풍룡과 이연, 그리고 관평위를 데려갔다고 합니다.”

“적이라고 생각하느냐?”

당거영의 물음에 당공의는 고개를 저었다.

“분명 구출해 갔다고 합니다. 더군다나 저쪽 지휘관을 일수에 죽였다고 하니 적이 아닌 것은 틀림없습니다.”

당공의는 당거영에게 허리를 숙여 보이고는 집무실로 향했다. 앞으로 더 이상의 공격은 없을 것이라고 예상되지만 안전에 대한 십 할의 보장은 없다. 피곤한 몸을 이끌고 집무실을 향하는 당공의를 황군명이 따라 움직였다.

“아악!”

요호는 적들 중 한 명을 잡아와 당가의 깊숙한 곳을 빌려 정보를 알아내고 있었다.

“어서 말하는 것이 좋을 것이다.”

요호는 어떤 물음도 하지 않았다. 그저 말하라고만 하고 있었다. 때문에 요호가 원하는 답이 무엇인지 알 수 없었던 사내는 이것저것을 말했지만 불행히도 정답이 없었다.

“알고 싶은 것이 무엇인지 말을 해주어야 대답을 해주지 않겠소!”

고문을 당하는 사내 옆에 가만히 묶여 있는 사내는 동료의 비명에 머리칼이 치솟는 느낌이었다. 요호의 똑같은 물음은 보는 사람마저 질리게 했다.

“우린 흑기당 소속의 무사요!”

소속을 말해도 요호는 요지부동이었다.

“어서 말하는 것이 좋을 것이다.”

천천히 사내의 어깨에 박혀 있는 단검을 뽑는 요호. 요호는 정확하게 벌어진 상처로 다시 단검을 밀어 넣었다.

“크아악!”

요호가 듣고 싶은 대답은 단 하나였다. 천앙의 본거지가 어디냐는 것. 정확한 위치가 아니더라도 그 괴인들을 만들어내는 곳을 알아야 했다. 단운평을 위험에서 구하기 위해 자신이 마랑대를 이끌었건만 아무것도 하지 못했다. 아니, 단운평을 너무 믿었다. 그도 사람이라는 것을 잠시 잊은 것이다.

요호가 힘겨운 싸움을 마치고 당가로 들어섰을 때 자신을 바라보는 주화령과 당이록의 눈빛은 날카로운 검에 베이는 것보다 훨씬 고통스러웠다. 황군명과 당공의가 단운평이 적들에게 잡혀간 건 아니라고 말하고 있으나 만에 하나 천앙에 잡혀간 걸 수도 있었다. 때문에 당거영과 당공의 두 사람에게 양해를 구하고 두 명의 포로를 잡아온 것이었다.

“이제 마지막이다.”

단검에 찔린 사내의 안색이 심하게 창백해지자 요호가 말했다. 그의 말에 옆에 있던 그의 동료가 소리 질렀다.

“무엇을 알고 싶소! 도림이 천앙에 속해 있다는 것? 아니면 천앙의 위치? 무얼 알고 싶은지 말해야 알 것 아니오!”

순간 요호의 눈이 번쩍였다.

“장소… 알고 있나?”

요호의 물음에 사내는 안도의 한숨을 쉬며 말했다.

“먼저 저 친구를 풀어주시오.”

강렬한 눈빛. 아마도 자신을 고문했더라면 이렇게 쉽게 말할 인물은
아니었으리라.

"어디냐?"

요호는 사내의 의견 따위는 무시했다. 지금은 자신이 강자. 부탁을
들어주고 안 들어주고는 순전히 자신이 결정할 일이지 눈앞에 있는 사
내의 협상 거리가 아니었다.

"긴 시간 동안 천앙을 찾은 사람들이 얼마나 많았는지 기억하시오?"

요호는 짜증이 치밀었다. 하나 사내의 물음이 뜻하는 바를 생각해
보던 요호의 눈이 반짝였다.

"어느 쪽이지?"

사내는 요호의 말에 감탄했다. 눈치가 빠른 것인지 판단력이 우수한
것인지 알 수 없었지만 짧은 시간에 거기까지 생각하는 것은 결코 쉽
지 않은 일이다.

"사파 쪽에서는 천앙을 숨겨주기 힘들지 않겠소? 자칫하면 멸문까
지 당하게 될 테니."

요호는 주저없이 두 사내를 묶고 있는 밧줄을 풀었다.

"치료를 해주던지 도망치던지 알아서 해라."

자신이 있다면 도망쳐 보란 말이다. 이곳은 사천당가. 들어오기가
쉽지 않은 만큼 나가기도 쉽지 않은 곳이다. 천앙의 위치를 알아낸 요
호는 급히 당가의 집무실로 달려갔다.

그러나 문 앞에서 요호는 가만히 서 있을 수밖에 없었다. 위치를 알
았다고 한들 무슨 소용이 있겠는가. 지금 상황에 무림맹으로 쳐들어갈
수도 없지 않은가.

드르륵.

가볍게 문을 열고 집무실 안으로 들어선 요호는 황군명과 당공의에게 자신이 알아낸 것을 알렸다. 하나 그들은 요호만큼 놀라지 않았다. 대충이나마 짐작은 하고 있었던 일이었고 요호와 마찬가지로 소용없는 일이라는 것을 알았기 때문이다. 무엇보다 철혈무제가 천앙의 이름으로 이 정도의 인원을 뽑아낼 수 있다는 건 찾아간들 상대가 되지 않는다는 뜻이었다.

"일단 하루만 기다려 보는 게 좋을 듯합니다."

황군명의 말에 두 사람은 고개를 끄덕였다.

황군명은 조용히 집무실을 나서 주화령이 있는 곳으로 갔다. 주화령은 지난밤의 싸움으로 인해 얼굴에 자그마한 검상이 생겨 치료를 하고 약을 먹은 후 잠이 든 상태였다.

"후… 내일까지 형님이 나타나시지 않으면 어떻게 설명해야 할지 모르겠군."

차가운 듯하지만 따스한 마음을 가진 동생이다. 황군명은 조용히 주화령의 머리칼을 쓰다듬고는 방을 나섰다.

"조부님, 이만 돌아가 봐야 할 것 같습니다. 더 이상 지체하다간 풍운회가 무슨 일을 저지를지 모릅니다."

단운평은 창밖을 바라보고 있는 단조평의 뒷모습을 바라보며 말했다.

"해가 뜨는구나. 정말로 가장 먼저 해가 뜨는 나라인지 확인해 보고 싶어서 해동국으로 갔었다."

단운평도 알고 있는 일이다. 단조평이 해동국으로 갔다는 것은. 그러나 그 같은 이유라고는 믿기지 않았다.

"거짓말처럼 느껴지느냐?"

단운평은 순간 미간을 찌푸렸다. 세상에 누가 그 먼 곳을 그런 이유로 간단 말인가.

"나는 평생을 마음 가는 대로 다녔다. 가고 싶으면 가고 오고 싶으면 오고. 그래서 나를 풍운객이라 불렀지."

단운평은 조용히 고개를 끄덕였다.

"풍운뇌력도법은 간략한 여섯 개의 초식으로 이뤄진 도법이다. 바람의 자유로움, 구름의 허허로움, 벼락의 준엄함, 비의 은혜로움, 폭포의 웅장함, 빛의 따사로움을 알지 못하고는 그것을 제대로 펼칠 수 없을 것이다. 내 말 알아듣겠느냐?"

단운평은 단조평의 말이 자신이 넘지 못하는 어떤 벽을 넘기 위해 필요한 말이라는 것을 깨닫고 조용히 몸을 숙여 인사를 했다. 그리고 관평위와 당이연의 목덜미를 부드럽게 문질러 그들이 정신 차릴 수 있게 하였다.

"으음."

관평위가 먼저 정신을 차리고 주변을 두리번거렸다.

"누구신가?"

단운평에게 묻는 관평위. 단운평의 소개에 관평위는 침상에서 벌떡 일어나 허리를 숙였다.

"무림말학 관평위 인사드립니다."

"운평이가 자네 걱정을 많이 하더군. 친우인가?"

단조평의 물음에 관평위는 시원스럽게 대답했다.

"예. 둘도 없는 친구입니다."

"그래, 좋구나. 그런데 저 녀석은 정신을 차리고선 왜 가만히 누워 있는 거지?"

단조평의 말에 어리둥절한 표정으로 침상에 누워 천장만 바라보던 당이연은 몸을 일으켰다.

"자넨 누군가?"

"독문의 당이연입니다."

당이연은 단운평이 소개한 내용을 제대로 듣지 못했기에 잔뜩 경계를 하며 단조평을 바라보았다.

"풍운객 어르신이시네."

당이연은 홱 소리가 나도록 목을 돌려 관평위를 바라보았다.

'기분 나쁜 농담이군. 풍운객이라니… 그분이 여기 있을 리가 없잖아.'

하나 관평위의 표정은 진지했다.

쿵! 쿵!

당이연의 심장이 격하게 움직이기 시작했다. 단 한 번의 패배도 없었던 전설의 무인. 도왕이란 이름으로 불리며 강호를 뒤흔들어 놓았던 사내가 눈앞에 있다는 사실에 당이연의 눈이 파르르 떨렸다.

"내 이름은 모를 테고. 풍운객이라 불렸던 사람일세."

단조평의 말에 당이연은 다리에 힘이 빠져 휘청거렸다. 도왕과는 다르게 풍운객은 전설 속의 인물이라고 은연중에 생각하고 있던 당이연이었기에 단조평의 등장은 충격적이었다.

"정말 풍운객이십니까?"

상대의 정체에 대해서 되묻다니 당이연에게 있어 정말 의외의 경우다.

"운평이 녀석을 잘 부탁하네."

단조평의 말에 단운평은 깜짝 놀랐다. 헤어지자는 말이지 않은가.

"함께 풍운회, 아니, 당가로 가시는 것이 어떠신지요?"

단운평의 말에 단조평은 고개를 저었다.

"그냥 멀리서 너를 보고 가려 했었건만 어쩔 수 없이 관여한 것이다. 당가로 가봤자 내가 할 수 있는 일은 없다. 내가 할 일은 따로 있단다."

가만히 단운평을 바라보는 단조평. 단운평은 고개를 끄덕였다. 어떤 이유인지 몰라도 자신이 조부를 잡을 수는 없었다. 평생을 자유롭게 살아온 분을 자신이 막아서는 안 될 일이었다.

"나는 내 나름대로 인연을 정리해야 할 것 같구나."

"조부님, 그건……."

단조평이 화엽상이나 초류염을 만나러 가려는 것임을 알게 된 단운평은 그를 막으려 했다. 하나 단조평은 가만히 손을 들어 어떠한 말도 하지 못하게 했다.

"내가 결정한 것이다."

그의 말에 단운평은 조부가 이미 결정을 내렸다는 것을 알고는 조용히 옆으로 비켜섰다. 단조평이 방을 나서자 단운평은 단조평이 밖을 바라보던 창가에 섰다.

"역시 피는 못 속이겠군. 자네와 똑같구만. 결정한 내용은 번복하지 않으시는 모습은."

관평위는 뒤에서 두 사람을 보고 웃음마저 터뜨릴 뻔했다. 하지만 단운평의 생각은 전혀 달랐다.

"그럴까? 저분은 나 같은 사람과는 전혀 다르네. 따뜻함이 느껴지거든."

단운평은 스스로가 차가운 사람이라 생각하고 있었다. 하나 관평위

가 똑같다고 말한 것에는 단운평의 따뜻한 모습마저 포함하는 말이었
다. 단운평의 생각처럼 차가운 사람이라면 관평위가 평생지기로 생각
했을 리가 없지 않은가.

"자, 우리도 떠나세."

단운평은 관평위의 어깨를 툭 치며 말했다. 관평위는 단운평을 보고
씩 웃고는 여전히 얼떨떨한 표정으로 서 있는 당이연의 어깨를 흔들었
다. 단운평은 힘겹고 불안했던 마음을 조부를 만나고 떨쳐 낼 수 있었
다. 이제는 자신도 기댈 수 있는 사람이 생긴 것이다. 단운평은 어느새
제법 떠올라 있는 해를 보고는 창을 닫았다.

"괜찮아요?"

"괜찮소?"

단운평이 당가에 돌아오자마자 달려나온 주화령의 걱정스런 물음.
단운평 역시 주화령의 얼굴에 생긴 검상을 보고 걱정스럽게 말했다.

"전 괜찮아요."

주화령은 활짝 웃었다. 하지만 주화령이 입은 상처는 얼굴뿐만이 아
니었다. 허벅지에 입은 상처 때문에 순간 균형을 잃고 비틀거리자 단
운평은 화가 났다.

"뭐가 괜찮단 말이오! 아픈 사람이 그리 뛰어나오다니!"

번쩍.

단운평은 주화령을 안아 들고는 걸어갔다. 그 모습에 주화령은 얼굴
이 붉어지면서 어쩔 줄 몰라 했고 단운평과 함께 온 관평위와 당이연
은 어이없다는 듯 웃고 말았다. 그런 모습을 뚫어져라 바라보는 당이
록과 황군명 때문에 주화령은 단운평의 품 안으로 얼굴을 파묻었는데

그 모습을 보고 당이록이 한마디 하지 않을 리 없었다.

"화령이는 다치고도 기쁜 얼굴이구만."

하나 불행히도 당이록이 농담을 할 만한 상황이 아니었다.

"이록!"

단운평의 부름에 그에게 가까이 다가간 당이록.

퍽!

당이록은 단운평의 발길질에 정강이를 감싸며 뒤로 물러났다.

"동료가 다친 것을 가지고 농담을 하다니. 여기에서 죽은 사람들에게는 뭐라고 할 거냐!"

무시무시한 기세. 당이록과 만나고 나서 가장 무서운 모습을 보이는 단운평의 모습에 당이록은 아픈 정강이를 감싸고 있을 여유가 없었다.

"죄송합니다."

좋았던 분위기는 순식간에 냉각되었다. 당이록이 농담할 때 함께 웃고 있었던 황군명도 어쩔 줄을 모르고 단운평의 눈치를 보았다.

"무림에서 생활하다 보면 사람이 죽는 것에 익숙해지는 것이 사실이다. 하지만 사람이 죽고 다치는 것을 가볍게 여기는 순간 무인이 아니다. 그건 이미 살인귀에 불과한 녀석이 되는 것이다. 이록! 난 살인귀 따위를 동생으로 삼지 않는다."

남은 한쪽 눈에서 불길이 치솟는 단운평. 관평위의 얼굴도 굳어졌다.

'농담을 저리 심각하게 받아들이다니.'

당공진은 차가운 분위기에 단운평의 상세를 묻지도 못하고 있었다. 조금은 지나친 그의 행동에 당공진은 고개를 절레절레 저었지만 당이록에 대한 말은 무인에 앞서 인간이 가져야 할 기본적인 사항이기에 어떤 말을 할 수도 없었다.

"네가 농담한 것임을 모르는 것은 아니다. 하지만 죽어간 동료나 내가 죽인 자들을 잊어서는 앞으로 갈 수 없다. 나는 네가 그리되는 걸 바라지 않는다."

관평위는 그의 말에 고개를 끄덕였다. 자신 역시 단운평의 말처럼 자신의 손에 죽어간 이들을 기억하려 노력하고 있다. 어떠한 이유에 손을 썼고 또 어떠한 이유로 그들이 공격해 왔는지. 그것을 잊어버리는 순간 인간이 아닌 살인 병기가 되어버릴 것 같아 그것만은 잊지 않고 있었다.

"예."

당이록은 굳어진 얼굴로 대답했다. 한편으로는 억울하다는 마음도 있었으나 수많은 적들을 죽이면서 생명에 대해서 어느 정도 무감각해지고 있었기에 단운평의 질책은 당이록의 머리 속까지 파고들었다.

"군명, 너도 마찬가지다."

단운평은 주화령을 안고 주화령이 머물고 있는 방으로 향했다. 그의 모습이 사라지자 황군명이 급히 관평위에게 물었다.

"무슨 일이 있었던 겁니까?"

관평위는 황군명의 물음에 한숨을 쉬고는 대답했다.

"글쎄. 하나의 짐을 벗고 왔다네. 그런데 다시 녀석의 어깨에 자네들이 짐을 올렸다네."

단운평이 질책을 한 이유는 생명에 대한 무감각해짐 때문만은 아니었다. 더 더욱 그들이 강해지길 원했다. 단운평은 자신의 실력으로도 적들에게 생명을 잃을 뻔했건만 자신보다 부족한 공부에 만족하고 있는 것처럼 보이는 둘에게 자극을 준 것이다.

자신을 믿고 따르는 것이 어느 정도 부담이 되기는 하지만 기본적으로는 나쁘지 않았다. 하나 자신에게 의존하고 있는 건 아닌가 하는 의문이 든 순간 단운평도 정신이 번쩍 든 것이다. 자신이 그것을 그냥 두는 것은 저들을 죽음의 위기에 몰아넣는 것이었다.

"표정이 좀 더 자연스러워졌네요."

침상에 자신을 내려주는 단운평의 표정에 고민이라는 감정이 읽혀지자 주화령은 기뻤다. 단운평은 감정을 읽기 힘든 사내였다. 물론 처음에는 긴 머리칼이 얼굴이 가리고 있었기에 그런 것도 있었지만 희로애락을 특별히 표현하지 않는 것이 보다 큰 이유였다.

언제나 무뚝뚝하고 차가운 말투. 그리고 특별한 감정을 보이지 않는 그의 모습에 두려움마저 느꼈었다. 하지만 어느 순간 조금씩 얼굴에 감정이 드러나기 시작했다. 그것을 단운평이 어떻게 생각하는지 몰라도 주화령은 기뻤다.

"미안하오. 아픈 사람 앞에서 소리나 지르고."

주화령은 다시금 놀랐다. 이런 말을 하는 사내가 아니었건만.

"누굴 만난 거죠?"

단운평은 조용히 자신이 파황을 만난 일과 조부를 만난 일을 얘기해 주었다.

"가끔은 일부러라도 다쳐야겠군요."

주화령의 말에 단운평은 피식 웃었다.

"형님의 말씀에 조금은 놀랐어."

황군명의 말에 시무룩해 있던 당이록이 고개를 돌려 그를 바라보았다.

"그래. 어느 정도 가까워졌다고 믿었건만 농담을 그렇게 받아들이실 줄이야."

당이록의 툴툴거림에 황군명은 고개를 저었다.

"하지만 난 내가 사람들의 생명을 빼앗는 것에 익숙해졌다고 생각하지 않았는데 말이야."

"무인은 사람을 베는 데 익숙해야 하잖아."

당이록도 알고 있다. 단운평이 말하는 것이 그것이 아니라는 것을. 알면서도 황군명에게 이렇게 말하는 것은 그만큼 믿었던 단운평에게 질책받은 것이 서운하고 답답해서이리라. 뒤쪽에서 들려오는 발소리에 황군명은 고개를 돌렸다.

"눈앞의 적은 조금의 흔들림도 없이 베어야 하지. 하지만 적이 죽었고 또 적을 죽였다는 것은 잊어서는 안 된다는 말이란 건 자네도 알고 있지 않은가."

당이록은 목소리의 주인이 관평위임에 고개조차 돌리지 않았다.

"아내와 처제를 숨기고 돌아오는 길에 운평이는 자신이 더 강해져야 한다고 하더군."

"형님은 쉽게 만족하지 못하니까……."

당이록의 툴툴거림. 하지만 관평위는 신경 쓰지 않고 말을 이었다.

"그때는 자객들이 달려들었을 때라네. 그들은 모두 가족이었고 운평의 손에 모두 생명을 잃었지. 그때 운평이가 한 말은 평생 잊지 못할 걸세."

"무슨 말을 하셨습니까?"

황군명의 물음.

"자신이 더 강했더라면 자객들이 자신에게 달려들 생각조차 하지 않았을 것이다. 그러면 자객들도 죽지 않았을 것이고 자신도 저들을 죽이지 않아도 되었을 거라고 하더군."

관평위의 말에 황군명은 가만히 자신의 행동을 되돌아보았다. 단운평을 따라다니며 들뜬 나머지 무언가 중요한 것을 놓칠 뻔했다.

"무공을 익히는 이유가 뭐라고 생각하는가?"

관평위의 물음은 당이록에게 하는 것이었다.

"심신을 단련하여 욕망을 이기고 적의 공격으로부터 자신을 보호하기 위해서……."

당이록은 처음 무공을 배우면서 들었던 말을 되뇌었다.

"운평이는 자네들이 더 더욱 강해지길 바라고 있네."

관평위는 몸을 돌려 자신의 방으로 돌아갔다. 그 후 한동안 가만히 있던 당이록은 자리에서 일어나 어디론가로 향했다.

"어딜 가는 거야?"

아직도 울적해 보이는 당이록이 걱정된 황군명의 물음에 당이록은 고개도 돌리지 않은 채 말했다.

"젠장, 원하는 게 그거라면 강해질 수밖에 없잖아. 연무장으로 간다."

당이록의 말에 황군명은 씩 웃고는 그의 뒤를 따랐다.

"상대가 필요할 테지?"

第二十八章

변화하는 데는 이유가 있다

단운평은 자리에 앉아 가만히 생각했다.

"변황무림이 정말로 쳐들어오려고 하는 것일까?"

단운평의 옆에 있던 관평위의 물음에 단운평의 앞에 앉아 있던 요호
는 고개를 저었다.

"마랑대원의 정보에 의하면 변황무림인의 일부가 중원에 온 건 확실
하네. 저번에 군명과 이록이도 마장에서 들었잖은가."

요호의 말에도 단운평은 여전히 침묵만 지켰다.

"어찌 되었든 풍운회에 대해서 좋지 못한 소문이 퍼져 가고 있다는
건 심각한 일이지."

조금 떨어진 곳에서 단운평처럼 가만히 앉아 있던 당공의의 말에 관
평위와 요호가 고개를 끄덕였다.

"천앙의 공격을 받아 적지 않은 피해를 입었다고 소문을 내고 있는

데도 비난이 끊이질 않습니다."

당공의와 조금 떨어진 곳에 있던 황군명의 말에 당공의의 얼굴이 굳어졌다.

"그러게 말일세."

단운평과 단조평이 헤어진 후 한 달. 사천당가가, 아니, 풍운회가 천앙의 공격을 대대적으로 받았다는 소식이 전해짐에도 불구하고 강호인들은 변황무림과의 전쟁에 참여하지 않는 풍운회를 비난하기 시작했다. 이유는 간단했다. 변황무림에게 조금씩 밀린다는 소식이 들려왔기 때문이다.

"거짓말이라고 믿기엔 소문의 내용이 너무 정확하네. 격렬해진 싸움 때문에 황실에서 군대를 파견한다는 소문도 있다네."

곽마효의 말에 모두는 한숨을 쉬었다. 결코 가서는 안 되건만 상황은 풍운회가 전쟁에 참여하도록 만들어지고 있었다.

"철혈무제는 여전히 선봉을 지휘하고 있다 합니까?"

단운평이 마침내 침묵을 깨고 묻자 곽마효는 고개를 저었다.

"그게, 철혈무제의 소식은 아직 들어온 것이 없다네. 아니, 철혈무제가 그곳에 있는지도 모르겠네."

앞으로의 풍운회의 움직임에 대해 논하려 모인 자리에서 모두가 어두운 표정을 하고 있었다.

"가짜 전쟁이라고 하기엔 너무 길어지고 있네. 황군이 참여하게 될지도 모른다니……."

관평위의 말에 단운평이 말했다.

"어쩌면 황군을 출전시키기 위한 것일지도."

단운평이 던진 말은 모두가 자리에서 일어나게 만들었다.

"말도 안 되는……!"

"강호와 관은 서로 불가침일세!"

"아무리 철혈무제가……!"

하지만 이들이 이렇게 발끈하는 것만으로도 충분히 가능성이 있다는 말이었다.

"철혈무제를 찾아야 하는 것이 급선무겠군."

단운평의 말에 관평위를 제외한 모두는 급히 방을 나섰다. 그들이 나가자마자 관평위는 단운평을 가만히 바라보았다.

"정말 그리 생각하는 건가? 철혈무제가 황권을 넘보고 있다고?"

왠지 단운평이 말할 때의 표정이 심드렁한 것이 사실이 아닌 말을 하고 있다고 느껴진 관평위였다.

"철혈무제는 바보가 아니라네. 지금의 황제께서 민심을 얻고 계시다는 걸 알면서 황권을 노릴 리가 없지."

'민심을 얻지 못한 자가 어찌 천하를 얻을 수 있겠는가' 라는 말은 유명한 말이었다. 단운평의 말에 관평위는 어이없다는 듯 물었다.

"자네가 한 말이 얼마나 위험한 말인지는 알고 있는가? 철혈무제가 역적이 되려고 할는지도 모른다고 한 걸세. 그런데 아니라니. 도대체 왜 그런 말을 한 건가?"

"분명 철혈무제가 황제가 되고 싶어하는 건 사실이니까. 그는 무림의 황제가 되고 싶어하네."

천하를 얻기 위해서 강호의 패권에 도전한 수많은 이들이 있었다. 정파를 거의 제압하고 최초로 사파가 무림을 정복하는 역사를 열려 했던 천마나 정파임에도 불구하고 잔인한 손속으로 사파를 멸하고 정파만의 세상을 만들려 했던 일차정사대전의 영웅인 검마도 있었다. 하지만 강호는 그 누구에게도 자신을 내어주지 않았다.

"강호의 패권을 노린다고? 강호는 무림인들의 집단일세. 구속받지 않으려 하고 또 구속하려 하지 않네. 정파나 사파를 제압한다 할지라도 수많은 낭인들은 어쩔 수가 없다는 건 자네도 알고 있지 않은가."

"긴 강호의 역사에 조부님만큼 낭인들의 지지를 받아온 분은 없지. 권력이나 재물에 집착하지 않고 순수하게 무공을 즐기셨기 때문이네. 그런 조부님을 이용하면 많은 낭인들을 포섭할 수가 있지."

"하지만 풍운객 어르신이 그럴 리가 있겠나?"

"풍운객의 손자인 내가 강호의 위험에도 나서지 않았다고 하면 낭인들의 지지는 어디로 갈까?"

단운평의 말에 관평위는 정신이 번쩍 들었다.

"그것 때문에 철혈무제가 변황무림과의 전쟁을 일으켰단 말인가?"

"글쎄. 아직 확실한 건 아무것도 없네. 지금으로서 가장 급한 건 철혈무제가 어디에 있냐는 것이지. 내일 난 소림으로 떠나겠네. 그들이라면 알고 있을 걸세."

"나도 함께……."

"미안하네만 이번에는 자네가 아니라 군명과 함께 가야 할 것 같네."

비록 정식 제자는 아니었으나 소림의 속가제자인 황군명과 함께 가는 것이 좋을 거라고 생각한 단운평이었다.

"자네는 이곳의 식솔들에게 간단한 무공을 가르쳐 주게나. 저번처럼 허무하게 죽어가지 않게."

지난번 천앙이 쳐들어왔을 때 죽은 이의 상당수가 바로 식솔들이었다. 단운평의 말에 관평위는 난감했다. 당가 안에서 일하는 이들의 대부분이 무공이라고는 간단한 보법조차 펼치지 못하건만 어떻게 가르치라는 것인지. 하나 약한 모습을 보이고 싶지 않았다.

"마랑과 함께 해보도록 하지."

요호가 들었으면 기가 찰 일이었으나 거절하지는 못할 거라고 확신하는 관평위였다.

"소림이라……."

황군명은 숭산을 바라보며 묘한 감흥에 휩싸였다. 지난번에 왔을 때는 경황이 없어 다른 생각은 하지 못했는데 지금은 달랐다. 어린 시절 강제로 이곳으로 끌려온 뒤 머리를 깎인 기억이 떠올랐다. 지금 생각하면 추억이지만 그 당시에는 다시 머리가 길면 그것을 깎이기가 싫어 몇 번이고 도망치다가 잡혀서 호되게 맞았던 기억도 났다.

"하지만 소림에서 철혈무제가 어디 있는지 알고 있을까요? 차라리 개방에 부탁하는 것이 나을 성싶은데."

"이미 양전은 버려진 존재. 개방에서 그런 위험한 일을 할 리가 없다."

방추가 개방에 간 지도 오랜 시간이 흘렀지만 어떠한 소식도 없었다. 양전도 소식을 기다리지 않았다. 그저 밤이 되면 곽마효와 아무런 말 없이 술을 들이킬 뿐이었다.

"금강동인 일로 소림을 찾았을 때 만난 사람이 누구냐?"

황군명은 제법 시간이 지난 일을 이제야 묻는 단운평을 물끄러미 바라보다가 대답했다.

"대각 대사님은 만나뵐 수 없어서 장문인과 이야기를 나눴습니다."

소림의 현 장문인은 송절 대사. 대소림사의 장문인인만큼 그 명성도 대단한 인물이었다.

"이리 오십시오."

사미승의 안내를 따라간 곳은 접객당. 단운평은 자리에 앉아 탁자에 놓인 차를 마셨다.

"일각 정도만 기다려 주시면 주지스님께서 오실 겁니다."

사미승의 차분한 모습에 단운평은 과연 소림사라고 생각했다.

일각의 시간이 흐른 뒤 문이 열렸다. 벌떡 자리에서 일어서는 황군명과 다르게 단운평은 두 번째 차를 비우고는 천천히 일어났다.

"소림이 언제까지 침묵할 건지 궁금합니다."

인사도 생략한 단운평이 단도직입적으로 한 말에 송절 대사의 뒤에 있던 덩치 큰 사내의 표정이 굳어졌다.

"허허허. 늦은 시간에 찾아와 하시는 말씀치고는 너무 아픈 말이군요."

조금의 흔들림도 없는 송절 대사의 태도에 단운평은 가볍게 포권을 해 보였다.

"단운평입니다."

"송절이라고 합니다."

송절 대사는 소림 문도를 제외한 모든 이에게 존대를 하는 것으로 유명했다.

"대각 대사님으로부터 이야기는 들었습니다. 하지만 무제께서 어떤 나쁜 짓을 하고 계시다는 증거는 아직 없으니……."

쾅!

자리에 앉는 순간 송절 대사에게서 들리는 말에 단운평은 주먹으로 탁자를 내려쳤다.

“천앙의 정체를 아시면서 그런 말씀을 하시는 겁니까?”

단운평이 탁자를 내려친 탓에 탁자에 놓인 찻잔이 허공으로 튕겨 올라갔다. 송절 대사가 부드럽게 손을 허공에 젓자 찻잔은 부드럽게 다시 탁자에 내려앉았다.

“허허허. 그리 흥분할 일이 아닙니다. 물론 천앙이 정파의 일원들로 구성되었고 무제께서 그들과 관련이 있다는 것은 알고 있습니다.”

송절 대사의 말에 단운평은 일순 불안감을 느꼈다. 일부러 약간 거칠게 행동하고 있건만 너무나 태연하다. 마치 무언가를 준비하고 있는 듯.

“소림은 무림의 질서를 어지럽히는 자들을 용서하지 않습니다. 하지만 무제가 악인이라고 생각할 수는 없습니다.”

무언가 이상했다. 대각 대사의 말과는 다르다.

“설마 천앙에 소림도 포함되어 있습니까?”

단운평의 물음에 송절 대사는 아무런 대답을 하지 않았다.

“어리석은 이들을 제대로 지도해서 바꿔야 합니다.”

단운평은 자리에서 일어났다.

“가자.”

황군명도 자리에서 일어났다.

“대각 대사는 어디 계십니까?”

“참회동에 계십니다.”

송절 대사의 대답에 단운평은 접객당을 나와 하늘을 바라보았다. 조금 늦은 시간에 소림으로 온 까닭에 노을이 지고 있었다.

“조부님께서 할 일이 있다고 하신 건 이 때문인가?”

다행히도 그가 소림을 나서는 동안 공격을 하는 이들은 없었다. 아니, 감히 그를 공격할 사람들은 없었다. 한참을 산을 내려가던 단운평이 황군명에게 말을 건넸다.

"괜찮으냐?"

"그럼요. 괜찮습니다."

하얗게 질린 안색. 결코 괜찮아 보이지 않았다. 속가제자이긴 해도 소림의 제자임을 언제나 자랑스러워했던 황군명이었기에 지금의 일은 너무나 충격이었다.

"풍운회 사람들에게 이 소식을 전하는 것이 두렵구나."

황군명은 단운평의 입에서 두렵다는 말이 나온 걸 처음으로 듣게 된 사내였다. 하나 그것은 결코 자랑할 만한 것이 아니었다.

第二十九章

절대자들의 회동

"오랜만이군."

단조평의 말에 화엽상은 웃음을 보였다.

"자네도 늙었군."

단조평은 고개를 돌려 초류염을 바라보았다. 초류염의 얼굴 가득한 자신감.

"이 정도일지는 몰랐구만. 염이 자네가 소림마저 장악할 거라고는 생각지 못했던 일이네."

"오랜만입니다. 제법 긴 세월을 준비했습니다. 한 가지 아쉬운 것이 있다면 아직 천앙의 무인들이 미완성이라는 것이지요."

"계획이 실패할 경우 힘으로라도 강호를 꺾고 싶었던 게냐?"

초류염에게 묻는 사람은 괴운화였다.

"아니, 반대입니다. 전 단 형님을 좋아했습니다. 때문에 단 형님처럼 힘으로 강호를 한번 꺾어보고 싶었는데 사형이 제대로 하지 못해서 계획을 바꿨지요."

초류염의 얼굴에 걸린 미소. 단조평과 괴운화는 과거 알았던 초류염이라는 사내에 대한 기억이 제대로 된 것인지 확신을 가질 수가 없었다. 모든 것이 거짓일지도 모른다는 생각에 두려움보다는 허탈한 마음이 드는 두 사람이었다.

"두 사람이 힘을 합칠 거라고는 생각하지 못했네."

단조평의 말에 화엽상은 피식 웃었다.

"힘을 합치긴 했지만 영원한 것이 아니라 잠시 동안일세. 난 그저 자네를 꺾을 기회를 기다릴 뿐이네."

"나를 찾아오지 그랬나?"

"자네가 전력을 다할 것 같지 않아서 말이지."

화엽상의 말에 단조평은 고개를 끄덕였다. 그건 사실이다. 몇 되지 않는 친구를 죽이고 싶진 않기에 전력을 다하는 것은 무리가 있었을 것이다.

"나를 이곳에 초대한 건 무슨 이유인가? 여기서 겨루자는 것인가?"

이들이 모인 곳은 도림. 화엽상의 명에 의해 도림의 모든 무사들은 도림 밖에 나가 도림을 지키고 있었다.

"자네와 내가 싸울 곳이 여기라면 너무 초라하지 않은가. 무대는 곧 준비할 걸세."

화엽상의 말에 단조평은 초류염을 바라보았다.

"어쩔 생각인가?"

그의 질문에 화엽상도 귀를 기울였다. 초류염과 손을 잡았지만 그의 의도를 명확히 알고 있지는 못했기 때문이다.

"저는 불변의 전설이 될 겁니다."

"이미 넘볼 수 없는 전설이 되어 있지 않은가?"

"무제라… 그것으로는 부족합니다. 저는 무황이 될 겁니다."

무황(武皇).

그것은 무림인의 환상과 같은 것이다. 장대한 중원무림의 역사 속에서 최강이라는 칭호. 그것이 바로 무황이다. 긴 세월 동안 수많은 강자들이 강호에 나타났지만 강호의 사가들은 그들을 무황이라 칭하지 않았다. 무도라는 것은 끝이 없는 것. 그 끝에 도달하는 자만이 무황이라는 칭호를 감당할 수 있기 때문이다. 태초에 중원 대륙을 평정한 황제처럼 무(武)의 전역을 지배하는 이만이 가질 수 있는 칭호였다.

"하지만 방법이 틀렸지 않은가?"

"처음으로 강호를 완벽하게 지배하는 사람에게 무황의 칭호는 당연한 것이지요."

신이 되겠다. 그의 말에 단조평은 웃음이라도 터뜨리고 싶었다. 그것은 후세 사가들이 결정할 일. 이 시대를 살고 있는 자들이 결정할 문제가 아니었기 때문이다. 하지만 웃을 수 없는 건 그것을 목표로 초류염이 무슨 짓을 저지르게 될지 몰라서였다.

"무황이 안 된다면 마신(魔神)이라도 될 겁니다."

초류염의 말에 힘을 합치고 있는 화엽상마저 심장이 두근거렸다.

"다시 묻지. 왜 이곳으로 불렀느냐?"

단조평의 물음에 초류염은 단조평과 괴운화를 보며 한 자 한 자 분명하게 말했다.

"선. 전. 포. 고. 입니다. 다음에는 저를 보실 수 없을 겁니다."

죽이겠다는 말이다.

"그래, 알겠다."

괴운화는 자리를 박차고 일어났다. 하나 초류염과 화엽상이 눈을 떼지 않는 상대는 단조평. 이미 경지를 넘어선 그들에게 괴운화의 몸 상태가 좋지 않다는 것쯤을 알아내는 것은 아무것도 아니었기에 괴운화를 무시할 수 있었다.

"운평이 때문에 중원에 돌아왔더니 의외로 이곳도 아직 재미있구나."

단조평이 자리에 일어나며 풍기는 기도에 초류염과 화엽상의 표정이 조금 변했다.

"자, 그럼… 가세."

단조평은 괴운화의 어깨를 툭 치고는 방문을 열었다. 밝은 달이 휘영청 떠 있는 모습에 단조평은 가볍게 몸을 풀고는 신법을 전개했다. 일순 단조평의 몸은 저 멀리 한 점으로 보였고 괴운화 역시 신법을 전개해 단조평의 뒤를 따랐다.

"여전히 대단한 기세더군. 하지만 아무런 세력이 없는 단조평은 어쩔 수 없을 게야. 그저 죽음의 순간을 기다릴 수밖에."

화엽상의 말에 초류염은 고개를 끄덕였다.

"하지만 그는 단조평입니다. 짧은 순간이었지만 도 하나로 강호를 굴복시킨 인물입니다."

초류염은 방을 나서 하늘을 보며 낮은 목소리로 말했다.

"물론 소림을 손에 넣은 이상 그가 승리할 가능성은 없습니다."

"처음 뵙겠습니다. 괴연화라 합니다."

괴운화가 인사를 시키자 미소를 지으며 말하는 괴연화. 단조평은 그런 괴연화의 손을 들어 자신의 얼굴에 가져다 댔다.

"할아버지보다 많이 젊으신 것 같아요."

괴운화가 노인의 모습인 것에 반해 단조평은 중년인의 모습을 하고 있었다. 내공의 차이라기보단 자식의 죽음으로 큰 고통을 겪은 괴운화가 늙어 보이는 것이 당연했다. 하지만 노인에게 늙어 보인다는 말처럼 기분 나쁜 말은 없었다.

"하하하! 그래, 하지만 나이는 비슷하단다. 할아버지라 부르거라."

대소(大笑)하는 단조평과 달리 괴운화의 표정은 일그러졌다.

"저번에 만난 아저씨랑 비슷하게 생기셨어요. 눈매나 입가의 모습이 비슷해요."

괴연화의 말에 단조평은 감탄했다. 손으로 만져 본 사람의 얼굴을 머리 속에 완벽하게 그리고 있다는 말이 아닌가.

"그 녀석이 내 손자니 닮을 수밖에."

"진짜요?"

"그래."

괴운화는 단조평이 왜 자신의 손녀를 만나겠다고 한 것인지 몰랐지만 혹시나 손녀의 눈을 보이게 할 수 있을지도 모른다는 기대에 가슴이 두근두근했다.

"아이야, 나랑 함께 가지 않겠느냐?"

단조평의 갑작스런 말에 두 조손은 놀라지 않을 수 없었다.

"소림이… 철혈무제와 한편이라?"

당거영은 황군명의 말에 넋이 나갈 지경이었다. 있을 수 없는 일이다. 다른 구대문파 모두가 철혈무제를 따른다 할지라도 소림과 무당만은 그럴 리가 없건만…….

"대각 대사는? 대각 대사께서 가만히 있으실 리가 없다."

당거영의 다급한 말에 황군명은 그가 참회동에 있음을 알려주었다.

"송절 대사와는 다른 의견을 가진 이들이 소림에 많은 것이 틀림없습니다. 대각 대사도 참회동에 있다고는 생각되지 않고."

단운평의 말에 당거영은 다급히 물었다.

"어째서 그리 생각하는가?"

당거영으로선 다급할 수밖에 없었다. 이미 돌이킬 수 없는 상황까지 왔지만 소림을 적으로 삼기는 싫었다. 누가 뭐래도 소림의 인정을 받지 못한 문파는 정파라고 할 수 없다. 소림의 한마디로 당가가 사파가 되는 것은 시간문제였다.

"소림을 나오는 동안 어떠한 공격도 없더군요. 저를 상대할 만한 고수가 없다는 말. 변황무림을 상대하기 위해 고수를 선발하는 이 상황에 소림 금강동인을 소집하지 않았다고 생각할 수밖에 없습니다. 그건 곧 소림의 장로들이 소림 금강동인의 소집을 인정하지 않는다는 말이라 생각할 수 있습니다."

소림 금강동인의 힘이 큰 까닭에 그들을 소집하기 위해서는 소림 장문인만의 결정으로 이뤄지지 않았다. 장문인과 소림 장로 다섯 사람 이상의 동의가 있어야 소림 금강동인이 소집 가능했기에 단운평은 소림의 장로들이 송절 대사와 같은 생각을 하고 있지 않다고 생각한 것이다.

"이제 어떻게 할 건가?"

당거영의 물음에 단운평은 아무런 말도 하지 않고 가만히 앉아 있었다.

"형님."

모두의 눈이 자신은 알고 있으리라 생각하고 바라보자 황군명은 길게 참지 못하고 단운평을 불렀다.

"살아남기 위한 유일한 방책은 봉문뿐이군."

단운평의 말에 모두는 입을 쩍 벌리고 단운평을 바라보았다. 봉문이라니?

봉문(封門).

문을 봉한다는 의미다. 문파가 봉문을 선언하면 봉문 기간 동안 문파의 모든 제자들은 바깥출입을 최대한 줄이고 외부의 손님 역시 받지 않는다. 봉문을 선언하는 것은 어떠한 이유로 문파가 강호의 일에 관여치 않겠다는 것을 알리는 것이기에 적대시하던 세력도 그들을 건드리지 않는 것이 강호의 불문율이었다.

"봉문을 하더라도 천앙의 공격은 끊이지 않을 것 같습니다만."

황군명의 말에 단운평은 고개를 끄덕였다.

"다만 전처럼 대규모의 인원이 쳐들어올 수는 없지."

단운평에 말에 당거영이 소리쳤다.

"불가하네!"

관평위는 고개를 끄덕였다. 봉문은 극도로 세력이 약해진 문파가 외부의 간섭을 받지 않고 힘을 키울 때나 선언하는 것이다. 당가가 봉문을 선언한다는 건 당가의 이름이 무림인들의 머리 속에서 잊혀질 것을 각오하는 대신에 무공을 연마하는 데만 최선을 다한다는 것이다.

하지만 무림문파도 사람이 사는 곳이기에 여러 가지 사업을 벌여 돈을 벌어들이고 있다. 그 사업의 바탕은 바로 강력한 무력. 봉문을 선언하면 그 사업들에도 관련할 수 없다는 것이니 무공을 키워 세력을 키우기 전에 당가가 먼저 망할 수도 있었다.

"철혈무제나 도림이 아무리 두렵다고 한들 봉문이라니. 그건 멸문을 피하기 위한 마지막 수단. 당가가 그렇게까지 무너지지는 않았네."

"당가는 봉문을 선언해야 합니다. 대신 독문은 봉문하지 않을 것이니."

당거영은 웃지 않을 수 없었다. 단운평의 이야기는 당가의 인원들을 보호하기 위해 당가는 봉문하되 당가의 무인들은 독문이란 이름으로 활동하라는 것이다.

"누가 그걸 인정하겠는가."

"당가와 함께 황룡보가 문을 닫는다면 모두가 믿을 수 있을 겁니다."

단운평의 말에 이번에 기겁한 사람은 곽마효였다. 황룡보가 벌이고 있는 사업은 운송 사업과 각종 물품의 판매, 그리고 객점과 주점을 관리하는 것이었다. 운송 사업과 물품의 판매는 이문이 많이 남는 장사. 그것을 멈추라는 것은 강호 전역에 큰 문제를 야기한다. 특히나 운송 사업을 황룡보가 멈추게 되면 대륙의 수많은 상인들뿐만 아니라 여행을 하는 사람 모두가 불편을 겪게 된다.

"불가하네. 상인들이나 무공을 모르는 평범한 백성들까지 피해를 입게 되네."

곽마효도 반대를 했다.

"불가하오. 마랑대의 인원 모두 낭인들, 어디 갇혀 있는 것을 참지 못할 거요."

요호마저도 반대를 했다. 단운평은 그들을 둘러보다가 손가락을 세웠다.

"단 두 달. 두 달 동안만 봉문하면 됩니다."

단운평의 말에 모두의 얼굴에서 의아함이 스쳐 지나갔다.

"이미 한 달 이상 끌고 있으니 길어도 두 달 안에 전쟁이 멈추지 않으면 황군이 개입할 겁니다. 그것은 철혈무제도 바라지 않는 일. 변황과의 전쟁이 끝나게 되면 무림맹이나 도림에서 천앙을 그냥 둘 수가 없습니다."

풍운회가 변황무림과의 전쟁에 참가하지 않은 반면 천앙은 그때를 이용해 풍운회를 공격하는 등의 모습을 보였다. 천앙이 적대시하는 곳은 풍운회로 정해진 것이 아니라 불특정 세력. 천앙과 변황무림이 관련있다고 생각할 수밖에 없는 상황이니 철혈무제는 천앙을 제거할 수밖에 없었다. 물론 천앙의 세력이 사라진다 할지라도 그들을 죽이지는 않겠지만.

"두 달 정도라면……."

"황룡보도 두 달 정도라면 어떻게 할 수 있겠네."

"마랑대원들 수련 기간으로 삼기에 딱 좋군."

모두의 동의를 얻었다. 단운평은 당이연을 불러 독문의 출전을 준비했다.

풍운회가 봉문을 선언하자 강호인들의 비난이 잦아들었다. 이것은 단운평도 예상하지 못했던 일로 천앙의 공격을 받았으나 별다른 타격을 입지 않았다는 무림맹의 발표와 다르게 큰 피해를 입었기에 봉문을 했다고 생각한 강호인들은 풍운회가 변황과의 전쟁에 참가하지 않은 것을 인정하기 시작했던 것이다. 그리고 황군이 개입하려고 하자 변황무림에서 협상안을 제시해 전쟁이 끝나갈 기미를 보였던 것도 강호인들의 아량이 커지게 만들었다.

"도림 주변을 샅샅이 뒤졌지만 천앙의 무인들이 숨을 만한 곳은 보이지 않습니다."

당이연의 보고에 단운평은 고개를 끄덕였다.

"요호가 알아낸 사실이 잘못된 것일지도 모르겠군."

단운평이 온 곳은 다름 아닌 도림. 요호가 약물로 만들어진 천앙의 무인들이 도림에 있다는 정보를 알려주자 그들이 있는 곳을 찾아 나섰다. 도림 안이라면 숨어들 수가 없었기에 도림 밖을 찾았지만 흔적이 보이지 않았다.

"물러나야겠군."

단운평의 말에 당이연을 비롯한 당가십이수는 신속히 도림에서 먼 쪽으로 이동했다.

"정말 도림 안에 있을까?"

단운평의 물음에 당이연은 고개를 저었다.

"알 수 없지만 도림 안이 가장 안전한 것은 사실입니다."

"하지만 도림의 주변 마을에는 정파에서 보낸 첩자들이 가득한데 천앙이 가장 먼저 모습을 드러내는 곳이 도림이라면 곤란할 텐데."

단운평의 말에 당이연은 고개를 끄덕이고는 물었다.

"역시 주변에 있을 거란 말씀이십니까?"

단운평은 고개를 끄덕이고는 말했다.

"도림보다 더욱 깊숙한 곳들을 찾았는데 어쩌면 마을 가까이 있는 것이 아닐까?"

단운평의 물음에 당이연은 손짓으로 두 사람을 불렀다.

"도림에서 가장 가까운 마을이 어디냐?"

"북쪽과 남쪽에 있는 마을의 거리가 비슷하게 가깝습니다."

당이연의 물음에 답한 두 사람이 가리키는 방향을 바라보던 단운평은 당이연에게 말했다.

"내가 북쪽을 맡을 테니 모두를 이끌고 남쪽을 맡아라."

"저는 문주님을 따르겠습니다."

"명이다."

단운평의 말에 당이연은 더 이상 말하지 않고 단운평에게 포권을 해 보이고는 남쪽을 향해 움직였다.

"젠장, 남쪽을 택할 것을 그랬군."

단운평은 산의 북쪽 마을 가까이 다가갔다가 집집마다 건장한 체구의 사내들이 있자 답답했다. 사내들 모두 붉은 눈을 하고 있는 것이 결코 정상은 아닌 듯했다. 단운평이 마을 입구에 서자 순식간에 다섯 명의 장정들이 단운평을 둘러쌌다.

"누구시길래 이곳에 오셨소?"

다섯 사내 중 단운평의 정면에 있는 사내의 물음. 단운평은 가만히 그를 바라보다 손을 뻗었다.

쾅!

인간의 주먹과 얼굴이 부딪칠 때 나는 소리라고 믿기 어려운 소리가 터져 나왔다.

"적이다!"

옆에 있던 사내의 소리와 함께 마을 전체가 움직이기 시작했다. 단운평은 발빠르게 뒤로 물러서며 묵뢰를 뽑아 들었다.

“묵도! 풍룡이다!”

단운평의 도가 검은색이라는 것은 유명한 일. 한 사내가 풍룡이라 소리치는 순간 마을 사내들의 혈광이 짙어졌다.

“죽어라!”

순식간에 단운평의 사지를 향해 날아드는 도검들. 단운평은 뒤로 빠르게 물러났다가 가볍게 땅을 차고는 앞으로 달려들며 묵뢰를 휘둘렀다.

서격.

단숨에 두 개의 검을 잘라 버린 단운평은 묵뢰의 도신으로 제일 앞에 있는 사내의 머리를 후려갈겼다.

퍼벅.

무서운 소리와 함께 머리에서 핏줄기가 치솟았다. 단운평은 묵뢰를 던져 화살을 쏘려던 사내의 가슴을 뽀개어 버리고는 어깨를 풀며 갈지자로 움직였다. 단운평의 또 다른 절기 질풍섬각이 간만에 모습을 드러낸 것이다.

“북쪽 마을이라니… 북쪽에는 마을이 없는데?”

마을 촌장의 말에 당가십이수는 급히 단운평이 간 곳을 향해 몸을 움직였다. 그들의 비호 같은 움직임에 마을 촌장은 멍하니 그들을 바라보다 고개를 절레절레 저었다. 괜한 곳에 관심을 가져봤자 자신에게 돌아올 것이 없다는 걸 알기 때문이다.

“어떻게 조사한 거냐!”

빠르게 이동하면서 북쪽 마을에 대해서 말한 사내를 추궁하는 당이연. 잘못된 정보를 알려준 두 사내는 아무런 대꾸도 하지 못했다.

“더 늦으면 곤란하겠군. 힘을 비축해 두는 것도 좋지만 신법을 사용해서 빠르게 가도록 하자.”

당이연은 호흡을 가다듬고 신법을 전개했다. 당이연을 비롯한 십이 인은 나무 사이를 바람처럼 스쳐 지나갔다.

“휴!”

당이연은 마을 입구에서 호흡을 고르고는 전황을 살폈다. 이곳저곳에 쓰러진 사내들. 사내들의 팔다리가 이상한 모양으로 꺾여져 있었다.

“역시 문주님이시군.”

어느 순간부터 당이연은 단운평을 단 대협이 아닌 독문의 문주라는 뜻으로 문주님이라 부르고 있었다.

“뭣들 하는 것이냐? 어서 문주님을 찾아라!”

당가십이수는 급히 흩어지며 단운평을 찾았다.

“이쪽입니다!”

당이연은 외침 소리에 급히 그쪽으로 몸을 움직였다. 단운평이 이리저리 몸을 움직이는 모습에 당이연은 감탄하지 않을 수 없었다. 단운평은 타격기를 사용하지 않고 상대의 관절을 공격해 팔을 부러뜨리거나 이상한 모양으로 꺾어 공격 불능 상태로 만들고 있었다.

“쳐라!”

당이연의 명에 당가십이수도 싸움에 참가하게 되었는데 단운평의 목소리가 들려왔다.

“죽이지는 말아라!”

“존명!”

당이연을 비롯한 당가십이수는 붉은 눈의 사내들을 제압하기 위해 적을 죽일 때보다 두 배 이상 움직여야 했다.

“이곳은 아니군.”

마을 사내들 대부분을 제압한 단운평의 말에 당이연은 무슨 소리냐는 듯 단운평을 바라보았다.

“실패작인가?”

단운평의 말에 부러진 팔을 감싼 채 식은땀을 흘리던 사내가 소리쳤다.

“무슨 소리냐! 우리가 실패작이라니… 우리는 물건이 아니다.”

단운평은 사내에게 가까이 다가가 그의 턱을 잡았다.

“그럼 이 눈은 뭐지?”

단운평의 물음에 사내는 아무런 말을 하지 못했다.

“버려진 자들이군.”

단운평이 그들을 뒤로한 채 마을 입구 쪽으로 향하려는 찰나 커다란 목소리가 들려왔다.

“이놈들! 우리가 왔는데 나와서 마중조차 하지 않다니!”

“버러지 같은 놈들이라 그 정도도 생각하지 못하나?”

“낄낄! 그럴지도 모르지!”

연신 시끄럽게 떠들어대는 무리들. 단운평과 당가십이수들은 직감적으로 알 수 있었다. 진짜는 저쪽이었다.

단운평은 자신의 묵뢰를 가볍게 막아내는 사내에게 감탄하지 않을 수 없었다.

“엄청나군.”

단운평과 맞서는 사내 역시 단운평에게 감탄하지 않을 수 없었다.

약물로 강화된 몸이건만 도를 든 손목이 욱씬대는 것이 자칫하다간 손목이 부러질 판이었다.

'바람이 불어 구름이 걷히니…….'

초식 풍. 빨라진 묵뢰의 움직임에 사내는 뒤로 물러서며 열심히 도를 치켜들었다. 하나 점차 빨라지는 묵뢰의 속도만큼 손목에 가해지는 힘이 커지다 어느 순간 사내는 비명과 함께 도를 떨어뜨리고 말았다.

서걱.

털썩 소리와 함께 쓰러진 사내. 단운평은 사내의 가슴을 베고는 뒤돌아 상대의 검을 막았다.

"마지막 남은 녀석이군."

단운평은 힘껏 도를 휘둘렀다.

캉!

무서운 소리와 함께 뒤로 물러서는 사내는 격한 숨을 쉬었다.

"괴물 같은 놈."

사내의 말에 구석에서 격한 숨을 내쉬던 당이연은 마음속으로부터 동의를 표했다. 검에 베이고 찔려도 달려드는 사내들로 인해 당가십이수 세 명이 힘을 합쳐야만 천앙의 무인 한 명을 간신히 쓰러뜨릴 수 있었다.

천앙의 무인 수는 무려 아홉. 자신들이 힘을 합쳐 싸운 이들보다 단운평이 상대하는 이가 더 많았으니 당이연이 놀라는 것도 당연했다. 더욱이 단운평은 힘든 기색도 보이지 않고 있지 않은가.

"네 녀석은 죽이지 않겠다."

사내가 검을 놓치는 순간 왼발을 들어 올린 단운평은 힘껏 사내의 목덜미를 찼다. 방심 따위는 할 수 없었다. 단운평은 황룡보에서의 교훈을 되새기며 다리에서 조금도 힘을 빼지 않고 사내의 뇌를 흔들어

기절하게 만들었다.

"보통 저 정도 충격이면 목이 부러졌겠지?"

당이연의 물음에 당가십이수 중 두 번째 서열인 사내는 고개를 끄덕였다.

"역시 괴물이군요, 문주님은."

단운평은 이른바 연단이 실패한 무인들을 모아놓고 천앙의 무사들이 제조되는 곳을 알아냈다. 그리고 당이연을 시켜 사로잡은 사내를 당가로 이송하기로 했다.

"여기서 멈추실 겁니까?"

당이연은 단운평이 천앙의 무인들을 모두 제거하려 온 것이라고 생각했다.

"저들은 적객. 가장 하급의 무인들이다. 그곳에 간다는 건 자살 행위지."

단운평은 과거의 경험을 떠올렸다. 백의를 입었거나 흑의를 입은 이들이었다면 어땠을까 하는 궁금증도 들었지만 백의를 입은 이들이 일곱 명이나 있었다면 도망치는 것이 나을 일이었다.

"어쨌든 다른 이들의 눈에 띄지 않게 당가에 돌아가는 것이 중요하다."

단운평 등은 급히 도림이 있는 숲에 떠났다. 연단이 실패한 무인들은 떠나는 단운평 등을 멍하니 바라보다 이미 죽은 적객들의 시체를 마을 입구 쪽으로 끌고 갔다.

第三十章
계획된 종결 (1)

계획된 종결 (1)

철혈무제의 안을 무조건 받아들이겠다!

변황무림의 항복이나 다름없는 말에 강호의 무인들은 환호했다. 그리고 철혈무제를 칭송했다. 황실에서도 철혈무제의 행동을 치하하며 비단을 보냈는데 철혈무제는 그 비단을 전쟁에서 죽은 무인들의 넋을 달래기 위한 공양으로 바쳐 더 더욱 많은 이들에게 존경을 받았다.

"아직 남아 있는 싸움이 있습니다."

무림맹에서 벌어진 거대한 잔치에서의 초류염의 외침. 모두의 눈이 초류염에게로 향했다.

"천앙을 물리치기 위해 도림과의 협정을 유지할 겁니다."

초류염의 선언에 정사파 무인들은 역대 그 유래를 찾아볼 수 없을 정도로 친분을 가졌다. 순식간에 이뤄진 정사연합은 천앙을 멸하기 충분하다고 많은 사람의 마음을 흔들어놓았다. 하나 문제가 발생했다.

어디에도 천앙의 모습이 보이지 않았던 것이다.

"대단하군. 자신들이 곧 천앙이면서 천앙을 제거하겠다니. 자살이라도 하겠다는 건가?"

당이록의 말에 요호는 고개를 끄덕이고 말했다.

"이제 그만 봉문을 풀어야 하지 않겠습니까?"

"그래, 더 이상 봉문을 했다간 당가 식솔들 모두 굶어야 할 걸세."

하지만 단운평은 고개를 저었다.

"지금 봉문을 해제했다가는 그전에 받았던 비난의 배는 받아야 할 겁니다. 그래도 상관없으시겠습니까?"

"나는 상관없네."

곽마효의 말에 단운평은 고개를 끄덕였다.

"황룡보는 봉문을 풀어도 됩니다."

대신 다른 사람은 안 된다는 말이다.

"언제까지 봉문을 해야 한단 말이냐?"

당거영의 물음에 단운평은 차를 들이켰다. 봉문을 하고 조용히 지내다 보니 차를 마시는 습관이 든 단운평이었다.

"천앙이 다시 활동할 때까지. 아니면 정사연합이 깨어질 때까지 기다려야 합니다."

단운평은 조용히 말하고는 자리에서 일어나 밖으로 나가 묵뢰를 뽑아 들었다.

붕—

묵직한 소리와 함께 단운평의 도무(刀舞)가 펼쳐졌다. 아름답다는 느낌을 주는 검무와 달리 단운평의 도무는 보는 사람에게 섬뜩한 감정을 일으켰다.

"정사연합이 깨어지지 않으면?"

"깨어집니다. 곧."

단운평의 확신에 찬 말에 당거영은 더 이상 할 말이 없었다. 단운평이 확신에 차서 한 말 중에 틀린 말은 없었으니…….

쾅!

당가의 정문 쪽에서 들려온 소리. 단운평은 내공을 끌어올려 신법을 전개했다.

"무슨 일…….”

단운평은 문 앞에 쓰러진 사내가 서문호임을 알아보고는 급히 그의 맥을 짚었다.

"얼른 혈선의를 모셔와라!"

단운평의 외침에 많은 사람들이 부산스럽게 돌아다녔고 밤새 단약을 만들고 날이 밝은 후에야 잠이 들었던 당공진은 눈을 비비며 나타났다.

"아니!"

쓰러져 있는 이가 서문호 임을 알아본 당공진은 급히 서문호의 맥을 살피고는 그를 데리고 약전으로 향했다.

"으으!"

신음과 함께 정신을 차리는 서문호를 보고 당공진은 안도의 한숨을 쉬었다.

"아… 다행이군, 다행이야. 그럼 나는 이만 자러 가보겠네. 중요한 일인 것 같지만 이미 한계에 이르렀으니 한숨 자고 나서 듣겠네.”

무려 네 시진 가까이 서문호를 치료한 당공진이었으니 당장이라도 잠을 자지 않았다간 자신이 쓰러질 판이었다.

"어떻게 된 거냐?"

단운평의 목소리에 서문호는 눈에 초점을 맞추고 단운평을 바라보았다.

"서문세가가 공격을 받았습니다. 아니, 서문세가뿐만이 아니라 다른 세가들도 공격을 받았습니다."

단운평은 벌떡 일어나 서문호에게 다가갔다.

"몇 군데나 공격받은 것이냐?"

"자세한 건 알 수 없지만 무림맹에 적극적으로 협조하고 있는 제갈세가 등 몇 개의 세가를 제외하곤 대부분 공격을 받았습니다. 다행히 큰 피해는 없었지만 이곳까지 오는 길에 또다시 습격을 받아서……."

서문호의 설명을 듣고 있던 황군명이 물었다.

"누가 공격을……."

그의 질문에 대한 대답은 단운평이 했다.

"천앙. 드디어 움직이는군."

단운평은 급히 방을 나서 당가 집무실로 향했다.

"결과는 나중에 알려주겠소."

황군명은 흘러내린 이불을 끌어다 덮어주고는 급히 방을 나섰다. 피를 많이 흘린 탓에 어지러운 서문호는 다시 눈을 감았다.

"무슨 소린지. 세가들이 천앙의 공격을 받다니, 그들이 왜 세가들을 공격한단 말이냐?"

황군명의 설명을 듣고 당공의가 보인 첫 번째 반응이다.

"천앙을 더 이상 숨겨두기는 힘들고 이제 천앙이 나서야 할 때인데 자신의 문파를 공격할 수는 없습니다. 더군다나 구대문파에게도 세가는 경쟁자이지만 세가들끼리도 경쟁하고 있으니 일석이조라 할 수 있을 겁니다."

황군명의 분석에 당공의도 고개를 끄덕일 수밖에 없었다.

"이제 어쩌지? 봉문을 열긴 해야 하지만 별로 내키지 않는군."

봉문을 짧은 시간에 다시 열면 비난을 받아야 한다. 결국은 변황무림과의 전쟁을 피하기 위해 봉문을 한 것이라고 비난할 게 뻔했기 때문이다. 또한 여는 순간 천앙의 공격이 풍운회를 우선으로 할 것이 틀림없었다.

"기다리면 되오. 봉문을 해제하라고 세가들이 부탁을 할 테니."

단운평의 말에 당공의도 모든 것을 알 수 있었다. 단운평은 처음부터 천앙이 활동하기 시작하면 세가를 노릴 것을 예상하고 있었던 것이다. 세가들이 공격을 받으면 결국 세가들끼리 힘을 합칠 수밖에 없었다. 그리고 천앙의 공격을 받아 피해를 입은 세가들은 당가에 찾아올 수밖에 없었다. 무엇보다 풍운회에는 천앙을 대적할 만한 절대고수, 독왕과 풍룡이 있기 때문이었다.

"일단 서문세가가 왔으니 다음은 남궁세가겠군."

지략이 우수한 곳에서 먼저 올 것이다. 시간을 끌수록 입지가 좁아질 것이고 자칫 또다시 천앙의 공격을 받을 수 있다는 것을 생각한다면 말이다.

"이제 남은 건 정사연합이 붕괴되는 것인데. 어느 쪽이 먼저 배신할 건지 궁금하군."

어차피 천앙을 제거할 의지가 없는 무림맹과 도림이다. 가능한 한 빠르게 움직여 천앙이 지나간 자리에서 남겨진 것들, 즉 땅이나 돈을 걷어들이는 것이 필요하다. 돈이 관련된 이상 그들 사이가 벌어질 것은 자명한 일이었다.

"섬서에서 손님이 왔습니다."

단운평은 연무장으로 향했다. 일단 유리한 고지에 있는 이상 서두를 것이 없었다. 단운평은 자신의 의도대로 흘러가는 것에 안심 반 불안 반이었다. 특히 아직 무림맹에 남은 숨은 군사의 정체를 알지 못했던 것이다. 제갈명운에게도 물어봤지만 그자는 항상 복면을 하고 있어 그 정체를 알 수가 없다고 했다.

"문제는 도왕이나 철혈무제가 언제 움직이냐는 것인데……."

단운평은 머리 속이 혼란스러워지자 묵뢰를 바닥에 뉘어놓고 질풍섬각을 펼쳤다. 단운평은 복잡한 생각은 잊고 질풍섬각을 펼치는 자신의 움직임에 집중했다. 그리고 조부가 말한 것을 떠올렸다.

'바람의 자유로움, 구름의 허허로움, 벼락의 준엄함, 비의 은혜로움, 폭포의 웅장함, 빛의 따사로움.'

대충이나마 머리 속으로 그려지는 어떤 그림이 있긴 하지만 이것들이 의미하는 바를 정확히 이해하기는 힘들었다. 특히나 빛의 따사로움과 도법이 어떻게 결합될 수 있는지는 전혀 알 수 없었다. 단운평은 고개를 저어 머리 속의 잡념을 털어내고는 질풍섬각에 이어 묵뢰를 집어들고 풍운뇌력도법을 전개했다.

초식 하나하나를 펼치는 단운평의 움직임이 점차 빨라지기 시작했다. 그리고 어느 순간 폭음이 들려왔다.

"이것이구나."

깊지만 결코 넓지는 않은 구멍. 단운평은 손이 떨려옴을 느꼈다. 바닥의 구멍을 만들어낸 것은 초식 폭. 단운평은 초식 폭의 본 위력은 자신이 펼쳤던 것의 다섯 배가 넘음을 깨닫고는 조부의 말을 다시금 생각했다.

"자유로움과 허허로움, 준엄함, 웅장함이라… 하지만 은혜로움과 따사로움이 무공의 위력을 더해줄 것 같지는 않군."

혼자 중얼거리는 단운평. 단운평을 부르러 왔던 주화령은 단운평 가까이 다가왔다가 초식 폭으로 만들어진 구멍을 보고 놀라지 않을 수 없었다. 문파의 연무장 바닥은 보통 단단한 청석으로 만들어진다. 천년의 세월에도 견딜 수 있기를 바라며 두 자가 넘는 깊이의 청석을 깔아둔 사천당가였건만 초식 폭은 그런 청석을 뚫고 바닥의 흙마저 깊게 파내었다. 넓게 퍼지던 힘을 집중시킴으로써 그 파괴력이 증가하게 된 것이었다.

"주 소저, 무슨 일이오?"

단운평의 물음에 구멍을 바라보던 주화령은 놀라며 고개를 돌렸다.

"단 대협이 와서 봐야 할 것 같아서요."

주화령의 말에 단운평은 묵뢰를 어깨에 걸치고 주화령을 따라나섰다. 그들이 떠난 뒤 수련을 하러 왔던 당이록과 요호의 눈이 휘둥그레진 건 그리 오랜 시간이 지나지 않아서였다.

"이곳이 자네가 준비한 무대인가 보구만."

단조평은 끝이 보이지 않는 깊은 절벽 옆에서 자신을 불러낸 화엽상을 보고서 미소를 지었다.

"변함없이 자네는 미소를 짓고 있군. 이런 상황에서마저."

화엽상은 처음부터 단조평의 저 미소가 싫었다. 자신이 좋아했던 여인과 혼인을 하는 것도 좋고 자신보다 무공이 뛰어난 것도 괜찮았지만 저 미소는 정말로 싫었다. 마치 자신을 비웃는 듯 느껴져 매번 거슬렸다. 그리고 저 미소 때문에 호승심이 생겨난 것이었다. 저런 기분 나쁜 미소를 짓는 녀석에게 지기 싫었다. 아니, 지고 난 뒤 단조평의 미소를 보는 것이 싫었던 것이다.

"먼저 가겠네."

단조평은 가볍게 손을 뻗으며 앞으로 나갔다. 단운평을 구할 때 사용했던 무공으로 단 일 수지만 상대의 모든 움직임에 반응이 가능한 무공이었다.

"좋구만."

거기에 맞서는 화엽상이 펼치는 것은 수강. 단운평에게 펼쳤던 천지와는 비교할 수 없는 것이었다. 단조평은 순간 화엽상이 사라지고 거대한 손만이 자신을 덮쳐 오는 듯 느껴졌다.

콰쾅!

폭음과 함께 뒤로 물러선 단조평의 손이 가볍게 떨렸다.

"대단하군."

"천만에, 자네가 더 대단한 것 같구만."

화엽상 역시 가볍게 손을 떨고 있었다. 충돌의 여파가 몸 내부를 진동시켜 온몸이 찌릿찌릿했던 것이다.

"역시… 놀고만 있지는 않았나 보구만."

화엽상은 품에서 작은 나뭇가지 하나를 꺼내 들었다. 작은 나뭇가지지만 단조평의 눈에는 천하제일의 보도로 보였다. 단조평은 손날을 세워 보였다.

"해동국에 가서 배운 것일세."

단조평은 날카로운 기합성과 함께 허공으로 솟구쳤다. 그리고 힘차게 내려쳐지는 손.

"천부인(天斧刃)!"

그와 동시에 화엽상의 나뭇가지도 움직였다.

"천절(天切)!"

쿠콰광!

폭음과 함께 대기가 일렁였다. 그리고 바닥의 흙이 치솟아 두 사람의 신형이 보이지 않았다. 잠시 후 흙먼지가 걷히자 화엽상은 퉤 하고 피를 뱉고는 단조평을 향해 걸어갔다. 한 걸음 한 걸음 잔뜩 힘이 실린 그의 걸음에 바닥이 움푹움푹 파이기 시작했다.

"역시 자네는 대단해."

단조평도 성큼 앞으로 걸어가기 시작했다.

"다시 한 번 보여주게."

천부인과 천절은 다시금 두 사람의 손에서 펼쳐졌다.

콰쾅!

주르륵—

화엽상은 충격에 뒤로 쭉 밀려났다.

"해동국에서 무슨 일이 있었는지 궁금하군."

자신만이 뒤로 물러나고 단조평은 제자리에 가만히 있자 화엽상이 툴툴거렸다.

"자세히 보게. 자네 나이가 얼마길래 이런 기술을 쓸 수가 있는 건가?"

단조평의 툴툴거림. 화엽상은 그제야 단조평의 다리가 땅에 무릎까지 박혀 있는 것을 볼 수가 있었다.

"멍청한! 아직은 그와 겨룰 때가 아니건만."

쾅!

초류염은 화엽상이 단조평과 겨루기 위해 어디론가로 향했다는 말에 탁자를 내려쳤다.

쩌적!

두꺼운 나무로 된 탁자는 비명과 함께 간단히 갈라졌다.

"어쩌면 지금이 가장 좋을 때일지도 모릅니다. 어쩌면 도림도 한번에 정리할 수 있을지 모르겠군요."

부드러운 표정과 호리호리한 몸. 초류염은 자신의 앞에서 웃고 있는 젊은 사내를 보고 고개를 끄덕였다.

"너무 이른 감이 없지 않지만 이미 벌어진 일. 우선 강호에 소문을 퍼뜨리는 일을 먼저 하게."

"이미 지시해 뒀습니다."

사내의 말에 초류염은 묘한 표정을 지었다. 시키지 않아도 잘하는 부하를 두는 건 그리 좋은 일이 아니었다. 동등한 입장의 동료라면 좋을지 모르지만 부하는 시키는 것을 잘하는 것이 좋다. 시키지 않아도 잘하는 이는 욕심을 부리게 되어 있기 때문이다.

하지만 초류염은 아직까지 눈앞의 사내를 처분할 생각이 없었다. 사내의 머리에서 나오는 각종 계략은 꽤나 쓸 만했고 또 어떤 일을 뒤에서 꾸미든 자신을 이길 수는 없었기 때문이다.

"그보다 단운평이라는 사내가 문제입니다. 머리가 좋은 사내라 자칫 커다란 세력을 구축하게 되면 천앙이 힘들어집니다."

사내는 단운평에 의해 적객 무사 세 명이 당했단 소식을 아직 초류염에게 전하지 않고 있었다. 단조평이 나타난 뒤 항상 긴장된 모습을 보이는 초류염이었기에 괜히 그를 자극했다간 곤란한 일이 생길지도 몰랐기 때문이다.

"그 녀석 따위는 신경 쓰지 말게. 풍운객만 쓰러지면 풍룡에 대한 낭인들의 믿음도 깨어질 걸세."

사내는 초류염의 말에 동의할 수가 없었다. 자신의 생각에는 풍룡이 풍운객보다는 훨씬 중요했다. 어느 순간 강호에서 풍룡은 새로운 물결을 가져다주는 존재로 인식되고 있다. 그걸 초류염 역시 알고 있지만 신경 쓰지 않고 있다니 사내는 이해할 수가 없었다.

역사는 말해 주고 있다. 변화의 초기에는 새로운 물결을 이끄는 사람들이 미움을 받지만 변화의 시기가 무르익을 때는 새로운 물결을 이끄는 이는 사람들의 영웅이 된다.

"나가보게."

초류염의 축객령에 사내는 허리를 깊이 숙여 인사를 하고 돌아서서 방을 나갔다.

'역시 화엽상 쪽을 택했어야 했던가?'

방을 나선 사내는 천천히 복도를 걸어갔다. 맞은편에서 오던 한 여인이 사내를 보고 반갑게 말을 걸었다.

"오랜만이네요."

그녀의 인사에 가볍게 목례를 했다.

"오랜만이군요."

사내는 얼굴에 미소를 지으며 여인의 얼굴을 바라보았다.

"무림맹에는 어쩐 일이세요?"

여인의 물음에 사내는 고개를 숙인 채 답했다.

"저 같은 사람도 필요하지 않을까 하는 생각에 왔습니다."

"어머! 혁련 공자님이 어떤 사람이라서 그런 말씀을 하시는 건지. 강호팔걸 중에서 가장 강하신 분이 그런 말씀을 하시면 저 같은 사람은 필요없다는 말씀 같군요."

그녀의 정색에 사내, 혁련비는 고개를 절레절레 저었다.

"저 따위보단 백배는 더 도움이 되실 겁니다."

순간 혁련비의 눈에서 광기가 번뜩였다. 여인은 그의 말에 얼굴 가득 미소를 짓고는 말했다.

"농담이에요. 아… 늦었군요. 저 먼저 가볼게요."

여인은 복도 저편에 있는 다른 여인의 손짓에 혁련비에게 급히 인사를 하고 그쪽으로 뛰어갔다. 그녀가 사라지자 혁련비의 얼굴에서 미소가 사라졌다.

"좋겠군. 저리 웃을 수 있다니. 이제는 기쁜 것도 슬픈 것도 느낄 수가 없어."

혁련비는 천천히 자신의 방으로 들어섰다. 방 안은 너무나 단출했다. 벽에 걸린 검과 도 한 쌍. 그리고 탁자와 침상. 그것이 다였다. 가만히 의자에 앉아 차를 따르던 혁련비는 허공을 향해 말했다.

"여섯 시진 안에 풍운객과 도왕의 승부에 대한 모든 자료를 준비하라."

그의 말에 어디선가 대답이 들려왔다.

"존명."

그 대답에 혁련비는 고개를 끄덕이고는 벽에 걸린 검을 들었다.

"그리고… 열두 시진 안에 풍룡의 현재 상태에 대한 모든 정보를 가져와라."

혁련비의 말에 이번에는 대답이 없었다. 하나 혁련비는 신경 쓰지 않았다. 대답하지 않는다 할지라도 자신의 명은 충분히 이행될 것이다.

"무제께서 하시지 않는다면 내가 할 수밖에."

철혈무제에게 위해를 가할 가능성이 있는 자라면 자신이 나서서 없애는 것이 좋다. 혁련비도 알고 있다. 철혈무제는 자신이 나서는 것을 싫어한다. 하지만 그보다도 무능한 자를 더욱 싫어한다. 나중에 풍룡으로 인해 어떤 문제가 발생하게 되면 어떻게 될지 충분히 짐작할 수 있었기 때문이다.

웅—

가볍게 검을 휘두르자 검신이 울었다. 만족스러운 표정으로 검을 내려다보던 혁련비는 다시금 검을 벽에 걸고는 침상으로 갔다. 언제나 철혈무제와 이야기하는 것은 많은 심력을 소비하게 했다. 하지만 그만큼의 소득이 있었다. 이제 남은 군사는 자신뿐이다. 언제나 자신의 의견에 반대를 하고 나서던 언하두나 자신이 대단한 줄 착각하고 있던 제갈세가의 애송이는 더 이상 신경 쓰지 않아도 됐다.

"큭큭큭. 모든 것이 원하는 대로 흘러가고 있군."

혁련비는 조용히 눈을 감았다. 그런 혁련비의 눈가에 눈물이 맺혀 있었다.

단운평이 집무실에 들어가자 두 명의 중년인이 자리에서 일어섰다.

"하남에서 왔소이다."

"섬서에서 왔소."

포권을 해 보이는 두 사내를 향해 단운평은 조용히 고개를 숙여 인사를 했다.

"단운평이오."

두 사내는 각기 하남남궁가와 섬서사도가에서 풍운회와 힘을 합치겠다는 의사를 전하기 위해 온 사람들. 단운평은 조용히 자리에 앉았다.

"어쩔 건가?"

당공의의 물음에 단운평은 두 사내를 가만히 바라만 보고 있었다. 단운평이 한참을 그렇게 아무런 말 없이 있자 황군명이 나서지 않을 수 없었다.

"무림맹과 적대시하는 우리와 손을 잡는다는 것이 무엇을 의미하는 것인지 알고 계시리라 믿습니다."

그의 말에 두 사내는 눈살을 찌푸리며 황군명을 바라보았다. 자신들은 단운평이나 당공의와 이야기를 하러 왔지 황군명 따위와 어떤 얘기를 나누고 싶은 생각이 없었다.

하지만 황군명은 그들의 생각 따위는 신경 쓰지 않았다. 단운평이 아무런 이야기를 하지 않는다는 건 자신에게 이 일을 맡기기 위해서라는 것 정도는 금세 눈치챌 수 있었다. 그렇다면 상대의 시선보다는 이들이 원하는 것이 무엇인지를 아는 것이 더 중요했다.

"풍운회에 힘을 더해주시는 대신 원하시는 것이 무엇입니까?"

황군명의 물음에 두 사내는 단운평과 당공의의 눈치를 살폈다.

"이야기는 군명과 나누시오."

천천히 자리에서 일어나는 단운평. 그가 자리에서 일어나자 남궁가와 사도가의 두 사내는 벌떡 자리에서 일어났다.

"감히 우리를 무시하는 것이냐!"

하나 단운평은 태연했다.

"남궁가와 사도가도 나를 무림공적으로 생각했던 걸로 알고 있소만. 이제 당신들이 손을 내밀면 고맙게 잡아야 한다는 말인가? 더구나 풍운회의 전반적인 일을 맡고 있는 군명을 그런 눈으로 보면서 풍운회와 손을 잡겠다니. 어디까지 나를 무시하는 것이냐!"

단운평의 말에 두 사내는 당황해하며 아무런 말도 하지 못했다. 단운평의 말은 사실이다. 불과 며칠 전까지만 해도 단운평을 무림공적으로 여기고 그와 그를 돕는 서문가를 비난했던 그들이었다.

강호십대세가는 같은 세가로서 힘을 합치기도 했지만 서로를 경쟁상대로 여기고 비난도 끊임없이 하는 사이였다. 때문에 이제 풍운회와 힘을 합치는 것이 유리하다고 생각해서 온 이들이 반갑기만 한 것이 아닌 단운평이었을 것이 분명했다. 거기에다가 황군명마저 무시했으니 단운평의 분노에 할 말이 없는 두 사람이었다.

"무엇 때문에 풍운회에 온 건지는 충분히 알고 있으니 원하는 것이 무엇이고 당신들이 줄 수 있는 것이 어디까지인지는 군명과 상의하는 것이 좋을 것 같소. 나에게 개인적으로 바라는 것이 있어서 온 것이 아니지 않소?"

단운평이 방문을 열고 나가 버리자 황군명은 한숨이 절로 나왔다. 그렇지 않아도 자신을 좋게 보지 않았던 두 사내가 이제는 도끼눈을 하고 바라보고 있다. 단운평의 행동이 이해가지 않는 것은 아니지만 그로 인해 황군명의 입장이 조금은 난처해졌다.

"자… 회주님의 말씀은 들으셨겠고. 협상은 저와 하시는 것이 좋다는 건 아시겠지요?"

그의 말에 당공의도 한숨을 쉬었다. 어떻게 생각하면 황군명이 이들을 상대하는 것이 좋겠지만 어찌 생각하면 풍운회의 앞날이 걱정되는 당공의였다.

"왜 그랬나?"

방 밖에서 기다리고 있던 관평위가 단운평에게 물었다. 하나 단운평은 아무런 말을 하지 않았다.

"저 정도로 달궈뒀으면 감정을 속이기가 힘들 테지."

화가 치밀든 기분이 좋든 감정이 들뜨게 되면 속마음을 감추기 힘들게 된다. 단운평은 남궁가와 사도가가 원하는 것이 정확히 무엇인지 궁금했다.

천앙에 대항하겠다. 그리고 무림맹의 위협에 대응하겠다는 것 외에도 바라는 것이 있을 것이다. 그것을 분명히 파악하고 결정해 두어야 한다. 앞으로 더 많은 이들이 풍운회에 모여들지 모른다. 풍운회에 힘을 합치는 세력이 커질수록 풍운회와 손을 잡으려는 이들의 수가 많아질 것이다.

지금은 풍룡과 독왕이란 이름으로 인해 모여들지만 시간이 흐르면 풍룡보다 풍운회라는 이름이 더욱 힘을 발휘할 것이다. 그때는 자신이 아니라 황군명이 나서야 할 때. 단운평은 황군명에게 모든 일을 맡길 생각이었다.

"군명은 재능이 있는 녀석이지. 자네도 배울 면이 있을 걸세."

황군명은 사람을 다루는 것이나 상황에 대한 분석력이 몹시도 뛰어났다. 단운평이 논리성과 번뜩이는 직감에 의존하는 것과는 달랐다. 그의 말에 관평위는 고개를 저었다.

"난 무인이지 군사가 아니라네."

황군명과 자신은 바라는 것이 달랐다. 하지만 단운평의 생각은 달랐다.

"언제까지고 떠돌이 무사처럼 지낼 수는 없지 않은가. 하다못해 장원이라도 있어야 가족과 함께 있을 수 있지 않겠는가. 그때는 군명처럼 사람을 다룰 수가 있어야 하네."

"나는 풍운회에 있을 걸세."

관평위의 말에 단운평은 고개를 저었다.

"풍운회는 실체가 없다네. 힘든 시간이 지나가면 모든 세력은 분리되고 남는 것은 없을 거네."

단운평의 말이 사실이라는 건 관평위도 알고 있었다. 하지만 황군명에게 배우라니. 그건 인정할 수 없는 일이다.

"자네에게 배우고 있네."

단운평은 다시 한 번 고개를 저었다.

"나처럼 적을 만드는 건 배워서는 곤란하네."

관평위는 단운평의 눈빛이 부담스러웠다.

"알겠네."

관평위의 마음은 단운평과 언제까지고 함께하고 싶었지만 단운평의 생각은 달랐다. 자신은 모든 일이 끝나고 무림을 떠날 몸. 하지만 관평위는 무림에서 살아갈 사람이다.

"위험하구만."

단조평의 말에 화엽상은 고개를 저었다.

"아직 멀었네."

두 사람 모두 알고 있었다. 서로는 서로에 대해서 너무 잘 알고 있

다. 최강의 한 수를 펼치지 않는 이상 서로가 쓰러지는 일은 없을 것이
다. 하나 그 최강의 한 수를 펼치게 되면 상대는 패하는 것으로 끝나는
것이 아니라 죽게 된다.

"아마도 자네가 없으면 세상 살맛이 나지 않을 것 같군."

단조평이 화엽상을 보고 말하자 화엽상의 얼굴은 묘하게 일그러졌
다. 파황 괴운화의 생명이 얼마 남지 않았다는 것을 알고 있다. 단조평
의 말은 이제 강호에 남은 호적수가 자신밖에 없다는 말. 자신을 인정
하는 말이지만 좋은 기분은 아니었다.

"죽일 각오도 없이 나와 싸우고 있는 건 아니겠지?"

어떤 무공은 살기를 지워야만 제대로 위력을 발휘하지만 단조평이
쓰는 무공은 투기가 강할수록 강한 힘을 내는 무공. 단조평이 자신을
죽일 각오로 무공을 펼치지 않는다면 아직 여유가 있다는 말. 그건 화
엽상으로선 참을 수 없는 일이었다.

"얼마 전부터 우리를 보고 있는 저 녀석들은 자네의 아이들인가?"

단조평이 고개를 돌려 한곳을 바라보자 화엽상은 고개를 저었다.

"그럴 리가. 감히 우리를 방해하도록 둘 리가 없지."

"그렇다면 저 아이는 보내야겠구만."

단조평은 천천히 바닥에 박혀 있는 발을 빼고는 화엽상을 향해 걸어
갔다. 화엽상도 단조평을 바라보고는 그를 향해 천천히 걸어갔다.

"저 녀석 앞에선 펼치고 싶지 않은 기술이 하나 남았네. 자네도 알
고 있을 걸세. 질풍섬각."

단조평의 말에 화엽상도 말했다.

"나도 이런 나뭇가지를 쓰는 건 별로 좋아하지 않게 되었다네."

쇄액—

화엽상이 던진 나뭇가지는 무서운 소리와 함께 제법 거리를 둔 채 단조평과 화엽상을 바라보는 사내를 향해 날아갔다.

푹!

사내는 감히 달아날 생각도 못하고 팔을 들어 나뭇가지를 받았다. 아니, 팔에 나뭇가지가 꽂혔다. 사내는 엄청난 고통에도 표정 하나 변하지 않고 태연하게 일어났다.

"죄송합니다."

자신의 팔에 박힌 나뭇가지는 빼지도 않고 자연스럽게 포권을 해 보이는 사내. 그의 행동에 단조평은 서늘한 느낌이 들었다. 인간이되 인간이 아닌 느낌. 하나 화엽상은 신경 쓰지 않았다. 자신의 공격을 피하지도 못한 상대다. 상대할 가치를 느끼지 못할 상대였다.

"염이는 아닌 것 같군."

초류염이 보낸 자라면 저런 행동은 하지 않는다. 천천히 팔에 박힌 나뭇가지를 뺀 사내가 몸을 돌리고 사라지자 단조평은 당장이라도 사내의 뒤를 따라가서 정체를 확인하고 싶었다. 하나 자신을 짓누르는 기운. 단조평은 흩어진 정신을 모아 다시금 온몸에 기를 모았다. 그리고 단운평에게 들었던 무림맹의 숨겨진 군사에 대한 말을 떠올리고 화엽상에게 물었다.

"무림맹의 숨은 군사는 누군가?"

하나 화엽상은 대답하지 않았다.

"다시 시작하지."

조용히 손을 들어 올리자 화엽상의 손이 빛을 받은 유리처럼 번쩍였다.

타닥.

바닥을 가볍게 차면서 뒤로 물러나는 단조평은 양손을 힘껏 뻗었다.

펑!

단조평은 화엽상의 손에서 뻗어 나온 것이 수강이라는 걸 알고 그 힘을 거스르지 않은 채 뒤로 물러났다. 뒤로 한참을 물러난 단조평은 자신 앞으로 달려오는 화엽상을 향해 왼발을 휘둘러 화엽상의 목덜미를 노렸다. 하나 화엽상은 튕기듯 옆으로 움직여 단조평의 공격을 피하고는 오른손을 뻗어 단조평의 가슴을 노렸다.

쿵!

자신의 발이 허공을 지나자 힘껏 바닥을 찍어 찬 단조평은 왼손으로 화엽상의 주먹을 막았다. 단조평은 화엽상을 가볍게 밀어내려 했는데 순간 화엽상이 강한 힘으로 주먹을 밀고 들어왔다.

"쿨럭!"

단조평의 입에서 피가 튀었다. 화엽상의 손이 단조평의 손을 밀어 가슴에 닿자 충격이 가해진 것이다.

"자네의 손자에게 배운 것일세. 힘으로 밀어붙이면 아무래도 우리 나이에서는 힘들더군."

단조평은 화엽상을 경악에 찬 눈으로 바라보았다. 있을 수 없는 괴력이다. 화엽상의 나이를 생각하면 더 더욱.

"설마 자네……!"

단조평은 화엽상이 조금 전 냈던 힘이 내공이나 초식과 무관한 순수한 근력이라는 사실에 화엽상이 무슨 짓을 한 것인지 알 수 있었다.

"그래, 나 역시 그것을 시술받았지."

"불완전한 역류만자침법을 시술받다니!"

꿈틀대는 화엽상의 팔 근육을 보고는 단조평의 눈가가 떨렸다. 화엽상이 불완전한 역류만자침법이 어떤 결과를 가져올지 모를 리가 없다. 단조평은 화엽상의 눈빛이 변하자 급히 뒤로 물러섰다. 숨겨둔 칠 할이 바로 역류만자침법을 통한 육체 개조라면 단조평으로선 승산이 없다.

단운평이 천앙을 걱정하는 이유가 바로 이것이다. 역류만자침법으로 단기간에 무공을 높인 자들은 상대할 수 있지만 이미 경지에 도달한 자가 육체 개조를 위해 사용한다면 그것만큼 고약한 일이 없다. 절정에 달한 고수는 내공이나 기예의 수준으로도 충분히 강한 존재. 절정에 다다른 무인이라면 역류만자침법을 통해 강해지는 것에는 관심이 없을 것이다.

아니, 그러한 행동을 자존심 상하는 일이라 믿을 것이라고 믿었지만 혹시나 하는 생각을 떨치기 힘들었던 단운평이었다. 그러나 불행히도 단운평의 예상은 틀려 버렸다. 그것도 최악의 상황으로.

"이미 버려졌구만."

단조평은 이미 자신의 호적수가 사라졌음을 깨달았다. 저런 자는 이미 자신의 호적수라 생각할 수 없었다.

"자네의 손자는 역류만자침법을 사용해도 되고 나는 안 된다는 건 무슨 이유인가?"

화엽상의 물음에 단조평은 고개를 저었다.

"그 녀석은 어쩔 수 없는 상황이지. 더군다나 이미 역류만자침법의 기운이 사라지고 있을 걸세. 역류만자침법은 녀석을 정상으로 만들기 위해 사용한 것이지 다른 이들보다 뛰어나기 위해 시술된 것이 아니라네."

역류만자침법에 대해서 신수에게 알려준 것이 바로 단조평이다. 단조평의 형이자 신수의 부친인 단조경은 역류만자침법의 사용을 반대했었고 그 때문에 신수가 단운평과의 생활을 따로 한 것이었다.

"어찌 되었든 자네 가문만이 그걸 사용할 수 있다는 것도 이상하지 않은가."

화엽상의 말에 단조평은 한숨을 내쉬고는 양 허벅지를 손가락으로 찔렀다.

"자네는 인정하려 들지 않겠지만 역류만자침법은 자네를 망가뜨리게 될 걸세."

"녀석을 곧 보게 되겠구나."

바다를 바라보던 중년 여인의 말에 그녀의 곁에 있던 미소녀가 고개를 갸웃거렸다.

"그분과는 더 이상 인연이 없다고 하셨잖아요?"

그러자 중년 여인은 픽하니 웃었다.

"녀석과의 인연은 끊을 수가 없단다. 하늘이 정해준 인연을 어떻게 끊겠느냐."

중년 여인은 여인으로서 어울리지 않게 도를 허리에 차고 있었다. 게다가 웬만한 장정보다 커다란 키. 일대종사의 풍모를 지닌 여인이었다.

"희야, 강호로 가게 되면 좋지 못한 것도 많이 보게 될 것이다. 해남도로 되돌아가는 것이 좋지 않겠니?"

중년 여인의 말에 희라고 불린 소녀는 거칠게 고개를 저었다.

"전 강호라는 곳이 궁금했어요. 그분이 왜 그렇게 싫어하면서도 가려고 발버둥 친 건지 궁금하고 사부님께서도 사람이 가서는 안 되는 곳이라고 하시면서 또 그곳으로 가시려고 하시네요. 어떤 곳인지 경험하게 되면 좋은 공부가 될 거예요.”

중년 여인은 한숨을 쉬고는 소녀의 손을 잡아끌고 배의 앞쪽으로 향했다. 일렁이는 파도를 보며 한참을 조용히 있던 두 사람. 소녀가 다시 입을 열었다.

“소문으로는 그분은 풍룡이라 불리신다고 하더군요.”

“어디서 들은 게냐?”

“아저씨께…….”

소녀가 말하는 아저씨라면 매번 자신들의 거처로 음식물을 배달해 주는 사내를 말하는 것이리라. 그 사내는 중년 여인에 의해 생명을 구한 뒤 중년 여인의 집 안에 필요한 각종 물품을 구해다 주었다. 물론 중년 여인은 그것을 공짜로 받을 수가 없어 물품 값을 지불하고 있었다.

처음에는 그 돈을 받지 않겠다고 하던 사내는 중년 여인이 사내가 사 온 물건을 사용하지 않자 어쩔 수 없이 돈을 받게 되었다. 시간이 지나 사내는 아예 물품을 파는 상인이 되었고 중년 여인에게 보다 저렴한 가격으로 물품을 제공하였다.

“풍룡이라… 역시 핏줄은 숨길 수가 없군.”

중년 여인은 단운평의 어린 시절 얼굴을 떠올리며 앞에 보이는 중원 대륙을 응시했다. 잠시 후 배가 멈추자 선장이 급히 달려왔다.

“성녀님, 정말로 중원으로 가시려는 겁니까?”

선장의 말에 중년 여인은 부드럽게 미소를 지으며 말했다.

“아무래도 가지 않으면 안 될 것 같아서요. 멍청한 제자 녀석이 십 년이 지나도록 연락이 없는 건 그렇다 쳐도 제 사부님이 돌아오셨다고 해서 만나뵈러 가야 합니다."

중년 여인의 말에 선장은 고개를 끄덕이고는 말했다.

"성녀님의 사부님이시라면 정말 대단한 분이신가 보군요. 군사부일체라. 사부님이 오셨다면 가보셔야지요. 하지만 다시 돌아오시는 거 잊으시면 안 됩니다. 모두들 성녀님만 믿고 있는데."

선장의 말에 중년 여인은 고개를 끄덕였다. 따뜻한 사람들로 가득한 곳이다. 중년 여인은 과거 강호를 다니면서 겪었던 일들을 생각하고는 반드시 해남도로 돌아가겠다고 생각했다. 중년 여인은 조심스럽게 배에서 내려 주변을 바라보았다.

"오랜만이군. 여전히 이곳은……."

중년 여인은 소녀와 함께 주변을 둘러보다가 선장을 향해 인사를 하고는 천천히 어디론가로 걸어갔다. 그런 그녀들의 뒷모습을 걱정스런 눈으로 바라보던 선장은 하늘을 바라보고는 배를 묶어둘 밧줄을 꺼냈다.

"사부를 만나겠다고 하시니 말릴 수도 없는 일이지만 두 분이 다니시기엔 위험하지 않을지 걱정이구나. 사부란 분을 빨리 뵙고 돌아오셨으면 좋겠는데……."

선장은 배에서 내려 배를 제대로 정박시키기 시작했다. 하늘의 상태를 보아 곧 비가 올 것 같았으니 철저하게 준비하지 않다가는 배가 부서질지도 모를 일이었다.

『풍룡강호』 제4권으로 이어집니다